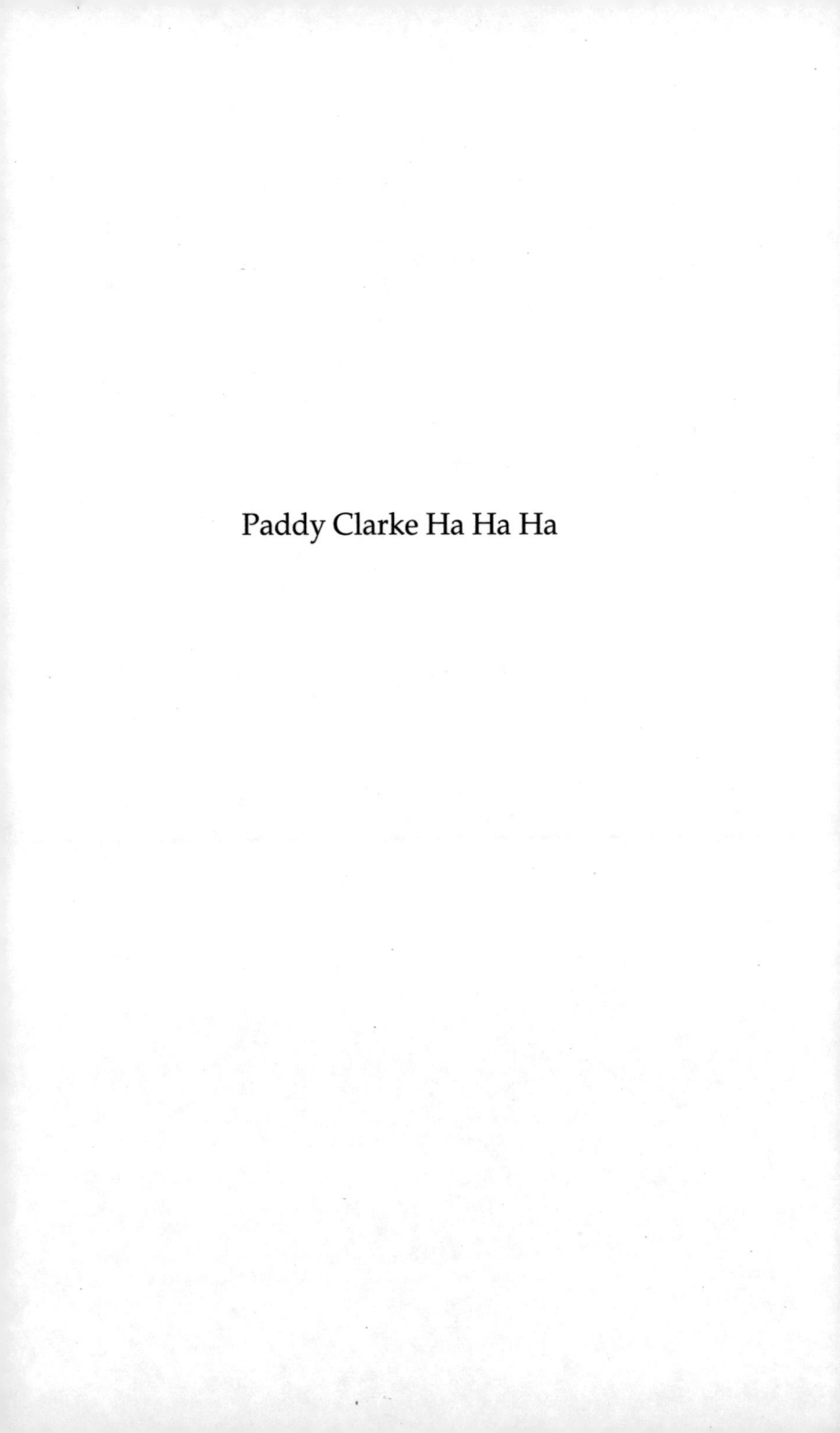

Paddy Clarke Ha Ha Ha

Roddy Doyle

Paddy Clarke Ha Ha Ha

Tradução
Lídia Cavalcante-Butler

2ª edição

© Roddy Doyle, 1993
© Editora Estação Liberdade, 1995, para esta tradução

Revisão da tradução	Angel Bojadsen
Revisão	Fábio Fujita
Fotografia da capa	Derek Speirs / Report, cedida por Martin Secker & Warburg Limited
Capa	Nuno Bittencourt / Letra & Imagem
Composição	Miguel Simon

CIP-BRASIL. CATALOGAÇÃO NA PUBLICAÇÃO
SINDICATO NACIONAL DOS EDITORES DE LIVROS, RJ

D784p
2. ed.

Doyle, Roddy, 1958-
  Paddy Clarke Ha Ha Ha / Roddy Doyle ; tradução Lídia Cavalcante-Butler. - 2. ed. - São Paulo : Estação Liberdade, 2016.
  288 p. ; 21 cm.

  Tradução de: Paddy Clarke Ha Ha Ha
  ISBN 978-85-85865-06-1

  1. Romance irlandês. I. Cavalcante-Butler, Lídia. II. Título.

16-34183   CDD: 828.99153
                        CDU: 821.111(415)-3

28/06/2016   28/06/2016

Todos os direitos reservados à Editora Estação Liberdade. Nenhuma parte da obra pode ser reproduzida, adaptada, multiplicada ou divulgada de nenhuma forma (em particular por meios de reprografia ou processos digitais) sem autorização expressa da editora, e em virtude da legislação em vigor.
Esta publicação segue as normas do Acordo Ortográfico da Língua Portuguesa, Decreto nº 6.583, de 29 de setembro de 2008.

Editora Estação Liberdade Ltda.
Rua Dona Elisa, 116 | 01155-030 | São Paulo-SP
Tel.: (11) 3660 3180 | Fax: (11) 3825 4239
www.estacaoliberdade.com.br

Este livro é dedicado a
Rory

A gente estava descendo a nossa rua. Kevin parou e bateu no portão com o galho. Era o portão da Sra. Quigley; ela sempre espiava pela janela, mas nunca fazia nada.
— Quigley!
— Quigley!
— Quigley! Quigley! Quigley!
Liam e Aidan viraram a esquina da rua deles, que era uma rua sem saída. Não falamos nada. Eles não disseram nada. A mãe de Liam e Aidan tinha morrido. Sra. O'Connell era o nome dela.
— Seria genial, não seria? — eu disse.
— É — respondeu Kevin. — Legal!
A gente estava falando de ter a mãe morta.
Simbad, meu irmão mais novo, começou a chorar. Liam estava na minha classe na escola. Um dia ele fez cocô nas calças; o cheiro invadiu nosso nariz como quando você abre a porta de um forno e a golfada de ar quente bate no rosto de uma vez só.
O professor não fez nada. Não gritou ou bateu na mesa com a varinha, nada do tipo. Simplesmente mandou a gente cruzar os braços e dormir, e quando a gente obedeceu, carregou Liam para fora da sala de aula. Ele demorou um século para voltar e Liam não voltou de jeito nenhum.
— Se fosse eu, ele me matava — murmurou James O'Keefe.
— É.
— Não é justo — disse James O'Keefe. — Não é mesmo.
O professor, o Sr. Hennessy, detestava James O'Keefe. Enquanto escrevia alguma coisa na lousa de costas para a classe, dizia:

— O'Keefe, sei que está aprontando alguma. Não me deixe pegá-lo em flagrante!

Uma vez ele disse isso e James O'Keefe nem estava na sala de aula. Estava em casa com caxumba.

Henno levou Liam ao banheiro dos professores e o limpou. Depois levou Liam para a sala do diretor, que o levou de carro para a casa da tia dele, porque não tinha ninguém em sua casa. A tia dele morava em Raheny.

— Ele usou dois rolos de papel higiênico — Liam nos contou — e me deu um xelim.

— Deu nada!

— Deu!

— Mostre então.

— Olhe aqui!

— Mas aí só tem três pence.

— Gastei o resto — disse Liam.

Aí ele tirou do bolso o que sobrou de uma embalagem de caramelos e nos mostrou.

—Aqui, olhe — disse ele.

— Dá um pra gente.

— Não. Só sobraram quatro — disse Liam, enquanto colocava o pacotinho de volta no bolso.

— Ahh! — disse Kevin e deu um empurrão em Liam.

Hoje quando a gente estava voltando para casa do terreno da construção, achamos uma porção de pregos e umas tábuas de madeira usadas para fazer barcos. A gente estava atirando tijolos numa trincheira cheia de cimento mole quando Aidan começou a correr. Ouvimos a sua respiração asmática. Aí corremos também. Alguém nos perseguia. Tive que esperar por Simbad. Olhei para trás e vi que não tinha ninguém atrás da gente, mas não disse nada. Paramos quando chegamos ao fim do terreno baldio e alcançamos a rua. Rimos. Passamos pelo vão da cerca-viva. Entramos no vão e olhamos para ver se alguém estava atrás da gente. A manga da camisa de Simbad se enganchou nos espinhos.

— O homem está vindo! — gritou Kevin, enquanto se esgueirava através do vão da cerca.

Deixamos Simbad enroscado na cerca e fingimos ir embora. Ouvimos quando ele começou a fungar. A gente se abaixou atrás dos pilares do portão da última casa antes da rua terminar na cerca. Era a casa de O'Driscoll.

— Patrick! — Simbad chamou.

— Simbad! — gritou Kevin.

Aidan pôs os dedos na boca. Liam atirou uma pedra na cerca.

— Vou contar tudo pra mamãe — gritou Simbad.

Desisti e resolvi liberar Simbad da cerca-viva e fiz ele enxugar o nariz na manga da minha camisa. Era hora do jantar. Terça-feira era dia de torta de carne moída com batata.

O pai de Liam e Aidan uivava para a lua. Tarde da noite, no seu quintal. Não todas as noites, só algumas vezes. Eu nunca ouvi nada. Mas Kevin contou que ele já tinha ouvido. Mamãe disse que era porque ele sentia saudade da mulher.

— Sra. O'Connell?

— É.

Papai concordou com ela.

— Ele está de luto — disse mamãe. — O pobre.

O pai de Kevin disse que o Sr. O'Connell uivava porque bebia. Ele nunca o chamava pelo nome. Chamava-o de latoeiro.

— Que história é essa, menino! — disse mamãe quando lhe contei. — Não preste atenção no que ele diz, Patrick! É tudo besteira. Onde iria ficar bêbado? Não há bares aqui em Barrytown.

— Há três em Raheny — eu disse.

— Raheny é muito longe daqui — disse ela. — Pobre do Sr. O'Connell! Não se fala mais nisso, está bem?

Kevin disse para Liam que viu o pai dele olhar para a lua e uivar como lobisomem.

Liam chamou Kevin de mentiroso. Kevin desafiou Liam a dizer aquilo de novo. Liam ficou calado.

Nosso jantar não estava pronto e Simbad tinha deixado um dos sapatos no terreno da construção. Como estávamos proibidos de ir brincar lá, ele disse à mamãe que não sabia onde tinha deixado o sapato. Ela deu uma palmada nas pernas dele.

Segurou-o pelo braço e tentou mais uma vez, mas ele conseguiu se safar e a palmada ficou no ar. Mesmo assim, ele chorou. E aí ela desistiu.

Simbad era um verdadeiro chorão.

— Quanta despesa você me dá, menino! — disse ela a Simbad.

Ela também estava quase chorando.

Ela disse que teríamos que ir procurar o sapato depois do jantar. Nós dois, porque eu devia ter tomado conta direito de Simbad.

A gente teria que ir no escuro, através da cerca, pelo vão, pelo terreno baldio, na lama, pela trincheira e pelos vigias. Ela nos mandou lavar as mãos. Fechei a porta do banheiro e me vinguei de Simbad. Dei-lhe uma canelada nas pernas.

Fiquei de olho em Deirdre no carrinho enquanto mamãe punha meias limpas em Simbad. Ela o fez assoar o nariz e ficou olhando nos olhos dele durante um século e depois enxugou suas lágrimas com as costas da mão.

— Pronto, pronto, querido.

Fiquei com medo de ela perguntar o que estava errado com ele e de ele contar o que acontecera. Balancei o carrinho da maneira como ela sempre fazia.

Fizemos uma fogueira. Estávamos sempre acendendo fogueiras.

Tirei o pulôver para que não cheirasse a fumaça. Estava frio, mas não liguei muito. Procurei um lugar limpo para deixar o pulôver. Estávamos no canteiro de obras. O terreno sempre se modificava: a parte cercada com arame onde eram guardadas as ferramentas, os tijolos, as máquinas e também o barracão onde os peões sentavam para tomar chá. Sempre havia migalhas de pão espalhadas em frente à porta do barracão, pedaços enormes com traços de geleia nas beiradas. Observamos através da cerca uma gaivota tentando pegar uma das migalhas de pão — era comprida demais para o bico dela, seria mais fácil pegar pelo meio — quando um outro pedaço saiu voando pela porta aberta e acertou em cheio na cabeça da gaivota. Ouvimos as gargalhadas dos homens dentro do barracão.

Certos dias íamos ao canteiro de obras e o barracão não estava mais lá, apenas a marca na lama, tijolos quebrados e rastros de pneus no chão. Havia uma rua nova onde antes só tinha cimento mole e um cercado novo erguido onde ela terminava. Procurávamos o lugar onde tínhamos escrito os nossos nomes no cimento com um galho, mas já haviam desaparecido e o cimento estava liso de novo.

— Que merda! — disse Kevin.

Nossos nomes estavam escritos por toda Barrytown, nas ruas e nas calçadas. Agíamos na calada da noite, quando os peões tinham ido embora e só ficavam os vigias noturnos. E quando pela manhã viam os nomes, já era tarde: o cimento tinha endurecido. Só marcávamos o primeiro nome, sem sobrenome para evitar que os peões viessem bater de porta em porta na rua Barrytown procurando os meninos que tinham sabotado o cimento mole.

Não havia somente um canteiro de obras. Havia vários, com casas de estilos diferentes. Escrevemos o nome e o endereço de Liam com uma caneta de feltro preta na parede dentro de uma das casas que os peões tinham acabado de construir. Não aconteceu nada.

Mamãe uma vez achou que eu cheirava a fumaça. Olhou para as minhas mãos e as segurou.

— Olhe as suas mãos! — disse ela. — Suas unhas, Deus do céu! Estão tão pretas que parece que você está de luto!

Aí é que ela me cheirou.

— O que andou aprontando?

— Apagando um fogo.

Ela me deu um pito danado. O pior foi esperar para ver se ela contaria tudo ao papai quando ele chegasse em casa.

Kevin tinha fósforos da marca Swan. Eu adorava aquelas caixas de fósforos. Fizemos uma tenda de índio com as tábuas que achamos e trouxemos duas caixas de papelão que encontramos atrás das lojas. Desmantelamos as caixas e as colocamos embaixo das tábuas. A madeira sozinha levava muito tempo para pegar fogo. Ainda era dia. Kevin riscou um fósforo. Eu e Liam espiávamos para ver se alguém se aproximava. Não tinha mais ninguém com a gente. Aidan estava na casa da tia. Simbad estava no hospital para operar das amígdalas. Kevin pôs o fósforo aceso embaixo do papelão, esperou pegar fogo e soltou o fósforo. Esperamos o fogo começar a comer o papelão e corremos em busca de um esconderijo.

Eu não sabia usar fósforos muito bem: quando não quebrava, não acendia; ou eu segurava do lado errado ou, se acendia, soltava cedo demais.

Esperamos atrás de uma das casas. Se o vigia viesse, a gente corria. Estávamos perto da cerca, nosso meio de fuga. Kevin disse que se não pegassem a gente dentro do terreno, não podiam fazer nada. Se fizessem alguma coisa, como nos bater ou nos agarrar, a gente podia processá-los. Não podíamos ver o fogo direito. Esperamos: A casa ainda não estava terminada. Só tinha as paredes. Era uma fileira de seis casas geminadas. A Cooperativa estava construindo as casas ali. Esperamos um pouquinho. Tinha me esquecido do pulôver.

— Oh, não!
— O que foi?
— Oh, meu!
— O quê?
— Emergência, emergência.

Agachamos e engatinhamos ao redor da casa, mas não da casa toda porque levava muito tempo. Havia um barril perto de onde tinha deixado o pulôver. Procurei me esconder. Me agachei atrás do barril e respirei fundo, me preparando. Olhei para trás. Kevin se levantou, olhou ao redor e se agachou de novo.

— OK — murmurou ele.

Respirei mais uma vez. Saí do refúgio e corri para apanhar o pulôver. Ninguém gritou. Fiz um barulho, como bombas explodindo, ao tirar o pulôver de cima dos tijolos. Me enfiei novamente atrás do barril.

A fogueira estava queimando bem, um fumaceiro enorme. Peguei uma pedra e atirei no fogo. Kevin se levantou mais uma vez e avaliou o terreno, procurando sinais da presença dos vigias. A retaguarda estava livre. Recebi o sinal verde. Corri, me abaixei e alcancei a proteção da parede da casa. Kevin me cumprimentou com um tapinha nas costas. Liam também.
    Amarrei o pulôver na cintura. Fiz um nó duplo com as mangas.
    — Vamos lá.
    Kevin saiu correndo do nosso refúgio. Nós o seguimos e dançamos ao redor da fogueira.
    — Um, uum, uum...
    Tapamos a boca com as mãos e imitamos os gritos de guerra de índios. Dos peles-vermelhas.
    — Um, ia, ia, ia ummm, ia, ia, umm...
    Kevin chutou as brasas contra mim. A fogueira desmoronou. Não parecia mais uma fogueira. Parei de dançar. Kevin e Liam, também. Kevin empurrou Liam na direção da fogueira.
    — Pare com isso!
    Ajudei Kevin. Liam ficou muito sério. Paramos. Estávamos suados. Tive uma ideia.
    — O vigia é um filho da mãe! — gritei.
    Nos escondemos atrás da casa e caímos na gargalhada. Aí gritamos todos juntos:
    — O vigia é um filho da mãe! O vigia é um filho da mãe!
    Ouvimos um barulho. Kevin ouviu.
    Escapamos. Corremos pelo resto do campo aberto. Corri em zigue-zague, de cabeça abaixada para que as balas não me atingissem. Caí na trincheira depois de passar pelo vão da cerca. Começamos uma briga. Só de brincadeira. Liam me deu um soco que passou raspando pelo meu ombro e me acertou na orelha. E doeu. Assim ele teve que me deixar acertá-lo na orelha também. Ele até pôs as mãos no bolso para não tentar interceptar o soco.
    Saímos da trincheira pois os mosquitos começaram a atacar os nossos rostos.

***

Simbad não queria engolir a cápsula de querosene.
— É óleo de fígado de bacalhau — eu disse.
— Não é, não — disse ele.
Ele se retorceu, mas eu o segurei com mais força. Estávamos no pátio da escola, dentro do galpão.

Achava gostoso óleo de fígado de bacalhau. Quando a gente mastigava a cápsula, o óleo se derramava dentro da boca, como se fosse tinta num papel borrão. Era morno também. Gostava do sabor. O plástico da cápsula também era gostoso.

Era segunda-feira. Henno vigiava o pátio, mas sempre ficava do outro lado, assistindo ao handebol. Ele era doido: se viesse para o nosso lado do pátio, no galpão, com certeza pegava todo mundo em flagrante. Se um professor pegasse cinco alunos fumando ou fazendo arte, ganharia uma gratificação no salário. Isso quem contou foi Fluke Cassidy, que tinha um tio que era professor. Mas Henno sempre assistia ao handebol e, às vezes, tirava o paletó e o pulôver e entrava no jogo também. Era um jogador de primeira. Brilhante. Quando tocava na bola, não se podia vê-la até ela bater no muro. Ligeira como bala. Ele tinha um adesivo no carro que dizia: "Viva mais, jogue handebol!"

Os lábios de Simbad tinham desaparecido, de tanta força com que ele os apertava para manter a boca fechada. Não tinha jeito de abrirmos a boca dele. Kevin pressionava a cápsula de querosene, mas nada de entrar na boca. Belisquei o braço dele. Nada. Era um desastre! Na frente de todos eles não conseguia dominar meu irmão mais novo. Puxei o cabelo dele, levantei-o pelas orelhas. Queria machucá-lo. Seus olhos estavam cerrados, mas lágrimas escapavam. Apertei o nariz dele com os dedos. Ele abriu a boca para poder respirar e Kevin empurrou a cápsula dentro com a metade para fora. Aí Liam acendeu o fogo.

Deixamos Liam riscar o fósforo no caso de nos flagrarem.
Parecia um dragão cuspindo fogo.

***

Eu preferia uma lupa aos fósforos. Passávamos as tardes queimando pequenos montes de grama cortada dos jardins. Adorava ver a grama mudar de cor. Adorava quando a chama começava a correr através da grama. A gente tem mais controle com uma lupa. Era mais fácil, embora precisasse de técnica. Se o sol ficasse fora das nuvens por tempo suficiente, a gente podia cortar uma folha de papel sem tocá-la, era só pôr duas pedras de cada lado para a folha não voar. Competíamos: queimar, soprar; queimar, soprar; queimar, soprar. Aquele que queimasse o papel em dois pedaços teria que deixar o outro queimar a mão. A gente desenhava um homem no papel e queimava buracos com a lupa no corpo dele: nas mãos e nos pés, como Jesus Cristo. Desenhávamos também os cabelos longos. Deixávamos o pinto para queimar por último.

Abríamos caminhos pelas urtigas. Mamãe queria saber o que eu andava fazendo vestido com a capa de chuva e luvas num dia tão bonito.

— Estamos cortando urtigas — expliquei.

As urtigas eram enormes, gigantes. A dor da queimadura delas era intensa. A gente se coçava por um século e depois o vermelhão da pele desaparecia. As urtigas se alastravam por um dos cantos do terreno atrás das lojas. Nada crescia ali, além de urtigas. Depois de cortá-las com o taco de *hurling*[1], a gente amassava os galhos com os pés e o sumo espirrava por todo lado. Abríamos ruas através das urtigas, uma rua para cada um. Quando estava na hora de ir para casa, as ruas se cruzavam e as urtigas tinham desaparecido completamente. Os tacos ficavam verdes e eu tinha duas bolhas vermelhas no rosto, pois tinha tirado a máscara uma vez para coçar a cabeça.

Estava na cozinha observando as migalhas. Papai pôs a mão na minha lupa e eu o deixei pegá-la. Ele olhou para os pelos da mão e perguntou:

---

1 Esporte irlandês com times usando tacos similares ao hóquei. [N.T.]

— Quem lhe deu isso?
— Você.
— Ah, é verdade. Fui eu.
Aí me devolveu a lupa.
— Aqui, rapaz.
Ele apertou o polegar na mesa da cozinha.
— Veja se dá para ver a impressão.
Eu não tinha certeza se dava.
— A impressão digital — disse ele — do dedo polegar.
Empurrei a cadeira para perto dele e coloquei a lupa no lugar onde ele tinha pressionado o dedo. Olhamos cuidadosamente através do vidro. Só se viam os pontinhos amarelos e vermelhos da mesa, só que maior do que o normal.
— Vê alguma coisa?
— Não.
— Venha cá, então.
Segui-o até a sala.
— Aonde vão, agora que o jantar está quase pronto? — perguntou mamãe.
— Voltamos já, já — respondeu.
Ele pôs a mão no meu ombro e nos aproximamos da janela.
— Suba aqui para fazermos um teste.
Puxou a poltrona para perto de mim, para que eu pudesse alcançar a janela.
— Agora!
Enrolou a persiana, enquanto dizia:
— Saiam do caminho.
Amarrou o cordão e segurou por um momento para se certificar de que a persiana estava firme no lugar.
Foi então que apertou o dedo contra o vidro da janela.
— Agora olhe!
A marca na janela se tornou curvas e linhas.
— Agora aperte o seu — disse ele.
Apertei o meu dedo polegar contra o vidro também. Ele me segurou para que eu não caísse da poltrona.
Olhei.

— São iguais, as duas? — perguntou.
— A sua é maior.
— E além disso?
Fiquei calado. Não tinha certeza.
— Todas elas são diferentes — explicou. — Ninguém tem a mesma impressão digital que outra pessoa. Você sabia?
— Não.
— Bom, agora sabe.
Alguns dias depois, Napoleon Solo achou impressões digitais na sua maleta 007.
Olhei para o papai.
— Não lhe disse?

Não tivemos nada a ver com o que aconteceu com o celeiro. Não fomos nós que botamos fogo nele.
O celeiro tinha sido abandonado. Quando a Cooperativa comprou o sítio de Donnelly, ele comprou um outro perto de Swords. Mudou tudo para lá, com exceção da casa, do celeiro e do cheiro. O cheiro piorava quando chovia. A água amolecia a merda dos porcos, que tinha se acumulado durante os anos. O celeiro era enorme e verde. Era fantástico quando estava cheio de feno. A gente entrava sorrateiramente pelo portão de trás. Era perigoso. Isso era antes, quando não existiam as casas novas. Donnelly tinha uma espingarda e um cachorro cego de um olho. O nome dele era Cecil. Donnelly tinha também um irmão abobalhado que a gente chamava de tio Eddie. Tio Eddie tomava conta das galinhas e dos porcos. E sempre passava o ancinho nos pedregulhos do caminho em frente da casa depois que um carro ou trator passava e desarrumava as pedrinhas. Tio Eddie um dia passou em frente de casa quando mamãe pintava o portão.
— Deus o abençoe! — mamãe murmurou consigo mesma, mas consegui ouvir.
E quando um dia ela mencionou tio Eddie enquanto jantávamos, eu disse:
— Deus o abençoe! — e papai me deu um tapa nos ombros.

Tio Eddie tinha dois olhos, mas era como Cecil, pois um deles era fechado. Papai contou que o olho dele ficou assim porque um dia estava olhando pelo buraco de uma fechadura quando deu uma virada de vento e o olho dele ficou para sempre daquele jeito.

Quando uma pessoa faz caretas ou finge ser gago e o vento muda naquele momento, ou alguém bate nas costas dessa pessoa, ela fica daquele jeito para sempre. Declan Fanning, que tinha catorze anos e os pais queriam mandá-lo para um colégio interno por fumar, ficou gago porque estava imitando um gago quando alguém bateu nas costas dele.

Tio Eddie não era gago, mas só sabia dizer duas coisas: ótimo, ótimo. Um dia na igreja, os Donnellys estavam sentados na fileira atrás da nossa, e o padre Moloney falou:

— Podem sentar-se.

Quando nos levantamos, porque estávamos ajoelhados, tio Eddie disse:

— Ótimo, ótimo.

Simbad começou a rir. Olhei para o papai para que ele não pensasse que era eu.

A gente podia subir no feno, até alcançar o teto do celeiro. A gente mergulhava de um nível para o outro no feno. Nunca me machuquei. Era incrível. Liam e Aidan contaram que tio Mick, irmão da mãe deles, tinha um celeiro igual àquele dos Donnellys.

— Onde? — perguntei.

Eles não sabiam.

— Onde fica? — insisti.

— No interior.

A gente viu um monte de ratos. Eu próprio não, mas a gente escutava o barulho deles. Kevin já tinha visto um montão. Eu só vi um rato achatado, já morto. Ainda tinha as marcas dos pneus no corpinho dele. A gente tentou queimá-lo, mas o fogo não pegou.

Estávamos no topo do celeiro quando tio Eddie entrou, sem saber que estávamos lá.

Seguramos a respiração para não fazer barulho. Tio Eddie deu duas voltas pelo celeiro e depois saiu para o terreiro. Havia um feixe de sol no portão. Era daqueles portões grandes de ferro que desliza para abrir e fechar. O celeiro era todo de ferro. De onde a gente estava, dava até para tocar no telhado de tão alto.

O celeiro ficou rodeado de casas em construção. A rua estava sendo alargada e havia montanhas de canos no fim dela. Os canos chegavam até o mar. Ali seria a estrada principal para o aeroporto. A irmã de Kevin, Filomena, disse que o celeiro parecia a mãe de todas aquelas casas, tomando conta. A gente chamou Filomena de boba, mas a verdade é que parecia mesmo a mãe das casas.

Três carros do corpo de bombeiros vieram para apagar o fogo, mas não conseguiram. A rua inteira ficou alagada com a água das mangueiras. Aconteceu durante a noite. Quando acordamos de manhã, o fogo já tinha se apagado. Mamãe proibiu que nos aproximássemos do celeiro e ficou nos vigiando o dia todo para ter certeza de que não iríamos lá. Subi no pé de maçã para tentar ver alguma coisa. Nada. Não era uma árvore muito grande, além disso estava cheia de folhas. E só dava maçã bichada.

Acharam uma caixa de fósforos perto do celeiro, foi o que ouvimos. A Sra. Parker, que morava nos bangalôs, contou para mamãe. O Sr. Parker trabalhava para os Donnellys. Dirigia o trator e levava tio Eddie ao cinema todo sábado à tarde.

— Eles vão procurar pelas impressões digitais — disse à mamãe.

— Com certeza.

— Eles vão procurar pelas impressões digitais — eu disse a Simbad — e, se eles acharem suas impressões digitais na caixa de fósforos, vão te prender e te levar para a banda dos meninos de Artane.[2]

Simbad acreditou em mim, mas ao mesmo tempo, não.

---

2 Subúrbio do norte de Dublim, onde havia uma casa de correção. [N.T.]

— E por causa dos teus lábios, vão te fazer tocar o triângulo.

Seus olhos se encheram de água. Como eu detestava o pirralho.

Tio Eddie tinha morrido queimado no incêndio, a gente ouviu dizer. A Sra. Byrne, da segunda casa acima da nossa, contou para mamãe. Falou em voz baixa e as duas se benzeram.

— Talvez tenha sido melhor assim — disse a Sra. Byrne.

— É — concordou mamãe.

Morria de vontade de ir até o celeiro ver tio Eddie, antes que retirassem o corpo. Mamãe fez a gente fazer um piquenique no quintal. Papai chegou em casa do trabalho. Ele ia trabalhar de trem. Mamãe se levantou e foi conversar com papai longe da gente para que não ouvíssemos. Mas eu sabia sobre o que conversavam: tio Eddie.

— Tem certeza? — perguntou papai.

Mamãe balançou a cabeça, confirmando.

— Ele não disse isso para mim quando desceu a rua e me viu. Só disse "ótimo, ótimo".

Ficaram em silêncio por alguns instantes. Depois começaram a rir, os dois ao mesmo tempo.

Ele não tinha morrido coisa nenhuma. Não tinha nem se machucado.

O celeiro nunca mais voltou a ser verde. Ficou todo enferrujado, envergado, quebrado. O telhado tinha se dobrado como uma tampa de lata. Balançava e rangia. O portão foi encostado contra uma das paredes do lado de fora. Era um tição só. Uma das paredes tinha desmoronado. A sujeira escura das paredes deu lugar ao amarelado da ferrugem.

Todo mundo dizia que alguém das casas novas da Cooperativa era culpado pelo incêndio. Tempos depois, mais ou menos um ano, Kevin contou que tinha sido ele. Mas não foi ele, pois estava de férias numa caravana em Courtown quando o incêndio aconteceu. Eu não disse nada.

Em dias claros, podíamos ver as partículas de poeira no ar, sob o teto. Às vezes, o meu cabelo ficava cheio de poeira, mesmo quando chegava em casa. Em dias de ventania, grandes pedaços caíam do teto. O chão embaixo do teto era vermelho. O celeiro foi sendo engolido aos poucos pelo tempo.

Simbad prometeu.
Mamãe passou as mãos entre os cabelos de Simbad, lhe descobrindo a testa. Passou os dedos por entre os fios, arrumando-os em cima da cabeleira. Estava quase chorando também.
— Já tentei de tudo — disse ela. — Agora me prometa de novo.
— Prometo — disse Simbad.
Mamãe desatou suas mãos. Eu também chorava.
Ela amarrou as mãos dele na cadeira para que ele não arrancasse as cascas da ferida nos seus lábios.
Ele gritou. Seu rosto ficou vermelho, depois roxo. Um dos gritos continuou por uma eternidade. Não respirava. Os lábios cobertos de feridas por causa do querosene. Durante duas semanas parecia que ele não tinha lábios.
Ela segurou suas mãos, mas deixou que ele se levantasse.
— Deixe-me ver sua língua — pediu.
Ela queria ter certeza de que ele não estava mentindo.
— OK, Francis — disse ela. — Não há marcas.
Francis era Simbad. Ele voltou a pôr a língua dentro da boca.
Ela libertou suas mãos, mas ele não saiu do lugar. Eu me aproximei.

A gente zarpava ao longo do cais e caía na água gritando "viagem ao fundo do mar", e aquele que conseguisse falar o maior número de palavras dessa frase antes de tocar na água, vencia. Ninguém nunca conseguiu ganhar. Uma vez cheguei a dizer "fundo", mas Kevin, que era o juiz, decidiu que minha bunda tocara na água antes que eu dissesse "do". A gente jogava pedras uns nos outros, mas não era de verdade. Nunca nos atingiam, as pedras.
Eu me escondi atrás do buffet quando o submarino ia ser engolido pela água-viva gigante. Era terrível. Não liguei no

começo e coloquei os dedos nos ouvidos quando papai disse à mamãe que era ridículo. Mas quando a água-viva cercou o submarino, subi no buffet. Estava deitado de barriga em frente da televisão. Não chorei. Mamãe disse que a água-viva tinha ido embora, mas não saí de trás do buffet enquanto não ouvi os comerciais na televisão. Ela me levou para a cama e ficou comigo um pouquinho. Simbad já dormia. Levantei para tomar água. Ela disse que não me deixaria assistir àquilo de novo, mas logo esqueceu. No episódio seguinte tudo tinha voltado ao normal: era sobre um cientista louco que inventou um novo torpedo. Almirante Nelson deu um murro tão forte nele que ele foi parar no periscópio.

— Assim é que se faz! — disse papai.

Ele nem viu a cena. Só ouviu. Não tirou os olhos do livro que lia. Não gostei disso. Ele estava zombando de mim. Mamãe tricotava. Eu era o único que podia ficar assistindo. Contei a Simbad que era incrível, mas não disse por quê.

Estava dentro da água, no mar, com Edward Swanwick. Ele não ia à mesma escola que a maioria da gente. Estudava na Belvedere, na cidade.

— Tudo do melhor para os Swanwicks — disse papai, quando mamãe contou que tinha visto a Sra. Swanwick comprando manteiga em vez de margarina no mercadinho. Ela riu.

Edward Swanwick tinha que usar paletó e gravata e jogar rúgbi. Dizia que detestava tudo isso, mas voltava sozinho de trem para casa todo dia, então não devia ser tão ruim assim.

Atirávamos água um no outro. Paramos de rir pois brincávamos assim já fazia um século. A maré estava baixando, por isso sairíamos da água a qualquer momento. Edward Swanwick empurrou com as mãos uma onda para o meu lado e tinha uma água-viva nela. Era enorme, transparente, com veias rosas e toda roxa no meio. Levantei meus braços bem alto para me livrar dela, mas mesmo assim ela ainda tocou na minha pele. Gritei. Tentei sair da água e alcançar os degraus, mas pude sentir a água-viva arranhando as minhas costas. Pelo menos achei que era. Gritei de novo. Não pude fazer nada. O fundo era cheio de pedras e muito íngreme na ponta da praia. Não era uma praia de verdade. Alcancei os degraus e agarrei a grade.

— Essa é uma urtiga-do-mar.

Ele voltou aos degraus pelo outro lado, evitando a água-viva. Subi o segundo degrau e daí procurei pela marca na pele. O ardor da água-viva só começava depois de a gente sair da água. Tinha uma marca vermelha do lado da barriga. Dava para ver. Estava fora da água agora.

— Você vai me pagar! — disse a Edward Swanwick.

— É com certeza uma urtiga-do-mar.

— Olhe! — mostrei-lhe meu ferimento.

Ele já estava na plataforma, olhando para a água-viva.

Tirei o calção sem ligar de pôr a toalha. Não havia ninguém ao meu redor. A água-viva ainda estava lá. Parecia uma sombrinha mole. Edward Swanwick começou a procurar pedras. Chegou a descer alguns degraus para alcançá-las, mas não arriscou entrar na água de novo. Eu não conseguia vestir a camiseta, pois estava todo molhado. A camiseta grudava nos meus ombros.

— O toque dela é muito venenoso — disse Edward Swanwick.

Finalmente consegui pôr a camiseta. Olhei para a minha barriga para conferir se a marca ainda estava lá. Achei que estava começando a arder. Torci o calção. Edward Swanwick jogava pedras, tentando atingir a água-viva.

— Vê se acerta nela!

Ele não acertou.

— Você é um molengão — disse a ele.

Embrulhei meu calção na toalha. Era uma toalha de banho macia e grande. Não devia ter trazido.

Corri o tempo todo no caminho de volta por toda a rua Barrytown, passando pelos bangalôs onde havia um fantasma e uma velha fedorenta sem dentes, passando pelas lojas. Comecei a chorar quando faltavam três casas para chegar à minha. Entrei pelo quintal, pela porta da cozinha. Mamãe dava mamadeira à neném.

— O que foi, Patrick?
Ela olhou para as minhas pernas, procurando por arranhões. Levantei a camiseta para lhe mostrar. Agora chorava de verdade. Queria um abraço, pomada e um curativo.
— Uma água-viva, uma urtiga-do-mar, me pegou.
Ela pôs a mão do lado da minha barriga.
— Aqui?
— Ai! Não. Olhe a marca vermelha. É muito venenosa!
— Não estou vendo nada. Ah! Agora estou vendo.
Enfiei a camiseta dentro das calças de novo.
— Que vamos fazer? — perguntou ela. — Vou ao vizinho e telefono para uma ambulância?
— Não. Pomada.
— OK. Então pomada vai curar. Posso acabar de dar mamadeira a Deirdre e Cathy antes de passar a pomada?
— Hum, hum...
— Ótimo.
Apertei a mão com força no lugar onde estava a marca para que não desaparecesse.
A beira da praia era na verdade uma estação de bombeamento de água que tinha uma plataforma com um monte de degraus para se chegar lá. Quando era maré alta, a plataforma ficava alagada. Tinha degraus também para se chegar à água. E no outro lado também, mas a água lá era fria, as pedras maiores e era mais difícil de passar para se chegar à água.
O píer não era um píer de verdade. Era um cano coberto de cimento. O cimento não era liso. Tinha pedras e rochas pontiagudas. Não dava para dar uma corrida até o fim. A gente tinha que observar as passadas e não pôr o pé no cimento com muita força. Não era fácil de brincar em frente ao mar. Tinha muitas algas, muito lodo e pedras. A gente devia sempre olhar o fundo antes de mergulhar. Mas para nadar era bom.
Eu era um bom nadador. Simbad não entrava na água, a não ser que mamãe estivesse com ele. Kevin uma vez mergulhou do píer e rachou a cabeça. Teve que ir ao hospital da rua Jervis para darem pontos. Foi de táxi com a irmã e a mãe.

Alguns de nós tinham sido proibidos de nadar na praia. Se a gente cortasse o dedo numa pedra, pegaria poliomielite. Um menino de Barrytown, Seán Rickard, morreu e parecia que tinha sido por ter bebido água do mar. Alguém disse também que ele tinha engolido um pirulito que se enroscou na garganta.

— Ele estava sozinho no quarto — disse Aidan — e não pôde bater nas próprias costas para desenroscar o pirulito.

— E por que não foi à cozinha?

— Não conseguia respirar.

— Eu posso bater nas minhas costas — disse Kevin. — Veja só!

Olhamos enquanto ele batia nas próprias costas.

— Tem que ser com muito mais força do que isso — disse Aidan.

Todos nós tentamos.

— Que bobagem. Não ligue para eles — disse mamãe, gentilmente.

— O pobrezinho morreu de leucemia.

— O que é leucemia?

— Uma doença.

— A gente pega bebendo água?

— Não.

— Como, então?

— Não se pega da água.

— Nem da água do mar?

— De nenhum tipo de água.

A água do mar era limpa, disse papai. Os engenheiros da Cooperativa testaram e acharam a água em ótimas condições.

— Pronto! — disse mamãe.

Meu avô Finnegan, o pai dela, trabalhava para a Cooperativa.

A professora que tínhamos antes de Henno, Sra. Watkins, levou para a classe uma toalha de pratos com motivos da Proclamação da Independência, porque tinha feito cinquenta anos desde 1916. O texto da Proclamação aparecia no meio e as figuras dos sete homens que a assinaram espalhadas ao redor.

Ela colou a toalha na lousa e fomos vê-la de perto, um por um. Alguns meninos se benzeram em frente à toalha.

— *Nach bhfuil sé go h'álainn*[3], rapazes?

Ela dizia a cada dois meninos que passavam.

— *Ta*[4] — respondíamos.

Li os nomes escritos na ponta da toalha. Thomas J. Clarke era o primeiro. Clarke, como eu.

A Sra. Watkins pegou a *bata*[5] e leu a Proclamação em voz alta, apontando cada palavra.

— "Nessa hora suprema, a nação irlandesa deve, pelo seu valor e disciplina e pela coragem de seus filhos de se sacrificarem pelo bem comum, provar ser digna do destino majestoso a que é convocada." Assinada em nome do governo interino: Thomas J. Clarke, Seán MacDiarmada, Thomas MacDonagh, P. H. Pearse, Eamonn Ceannt, James Connolly, Joseph Plunkett.

A Sra. Watkins começou a bater palmas e a gente a acompanhou.

Começamos a rir. Ela nos olhou séria e paramos, mas continuamos a bater palmas.

Virei para James O'Keefe:

— Thomas Clarke é meu avô. Passe para frente.

A Sra. Watkins bateu com a *bata* na lousa.

— *Seasaígí suas*.[6]

Ela nos fez marchar ao lado de nossas carteiras.

— *Clé – deas – clé deas – clé*.[7]

As paredes da sala tremiam. O prédio em que estávamos era pré-fabricado e ficava atrás do prédio principal da escola. Dava para entrar embaixo do assoalho. O verniz descascava por causa do sol. Dava para a gente retirá-lo com as mãos. Só conseguimos uma sala no prédio de verdade um ano depois, quando

---

3 *Não é maravilhosa?*
4 *Sim.*
5 *Régua.*
6 *Levantem-se.*
7 *Esquerda – Direita – Esquerda direita – Esquerda.*

mudamos para a classe de Henno. Adorávamos marchar. Dava até para sentir as tábuas do assoalho vibrando sob os nossos pés. Botávamos tanta força nas pisadas que esquecíamos de manter o ritmo. Ela nos mandava marchar duas vezes por dia, quando dizia que começávamos a ficar preguiçosos.

Dessa vez, enquanto marchávamos, a Sra. Watkins leu a Proclamação:

— Irlandeses e irlandesas, em nome de Deus e de todas as gerações passadas das quais recebe a antiga tradição de unidade, a Irlanda, por meio desta Proclamação, convoca seus filhos a levantarem sua bandeira e lutarem pela sua liberdade.

Ela teve que parar. Não tinha mais sentido marchar. Ela bateu na lousa.

— *Suígí síos*.[8]

Ela parecia decepcionada e irritada.

Kevin levantou o braço.

— Professora?

— *Sea?*[9]

— Paddy Clarke disse que Thomas Clarke da toalha é o avô dele, professora.

— Ele disse isso?

— Sim, professora.

— Patrick Clarke?

— Sim, professora?

— Fique de pé para que eu possa vê-lo.

Levei séculos para levantar e sair da minha carteira.

— Seu avô é Thomas Clarke?

Sorri.

— Ele é ou não é?

— É sim, professora.

— Este homem aqui? — ela apontou para Thomas Clarke num dos cantos da toalha. Ele parecia um vovô.

— Sim, professora.

---

8 *Sentem-se.*
9 *Sim?*

— Onde ele mora, Patrick Clarke?
— Em Clontarf, professora.
— Onde?
— Clontarf, professora.
— Venha aqui, Patrick Clarke!
O único barulho na sala era o das minhas passadas no assoalho.
Ela apontou para o que estava escrito embaixo da figura de Thomas Clarke.
— Leia isto para nós, Patrick Clarke.
— Ex... executado pelos britânicos no dia 3 de maio de 1916.
— O que significa "executado", Dermot Grimes, que está com o dedo no nariz e pensa que não posso vê-lo daqui?
— Morto, professora.
— Correto. E este ainda é o seu avô que mora em Clontarf, Patrick Clarke?
— É, professora.
Fingi que olhava para a figura mais uma vez.
— Pergunto mais uma vez, Patrick Clarke: este homem é o seu avô?
— Não, professora.
Ela me deu três reguadas em cada mão.
Quando voltei à carteira não conseguia baixar o assento. Minhas mãos não conseguiam fazer nada. James O'Keefe puxou o assento para baixo com o pé. Fez um barulho tremendo. Achei que ia apanhar de novo. Pus as mãos entre as coxas. Não me agachei. Ela não deixava. A dor era tão intensa que era como se minhas mãos estivessem se esfarelando. Depois ia diminuindo aos poucos e só ficava a sensação de fisgadas. As palmas começaram a suar como nunca. Um silêncio total. Olhei para Kevin. Fiz a cara mais feia que pude, mas meus dentes rangeram. Vi Liam se voltar para o lado dele, esperando Kevin olhá-lo. Queria ameaçá-lo também.

Gostava do meu vô Clarke, muito mais do que do vô Finnegan. A mulher do vô Clarke, minha avó, já tinha morrido.

— Ela foi para o Céu — disse ele — e com certeza está se divertindo por lá.
Ele sempre me dava dinheiro. Quando íamos vê-lo ou quando vinha nos visitar. Uma vez veio de bicicleta.
Estava fuçando nas gavetas do buffet uma noite, quando *Mart and Market* estava passando na televisão. A gaveta de baixo estava tão cheia de fotografias que quando tentei abri-la, algumas delas caíram no chão embaixo do buffet. Me esgueirei para apanhá-las. Uma delas era do vovô e vovó Clarke. Já fazia tanto tempo que a gente não os visitava.
— Papai?
— Que é, filho?
— Quando é que a gente vai visitar o vô Clarke?
Papai parecia ter perdido alguma coisa, aí achado e depois percebido que não era o que queria.
Sentou-se e ficou me olhando uns minutos.
— O vovô Clarke morreu — disse ele. — Você não se lembra?
— Não.
Não me lembrava mesmo.
Ele me pegou nos braços.

As mãos de papai eram enormes. Os dedos eram longos. Não eram gordos. Dava para ver os ossos sob a pele. Uma das mãos balançava ao lado da poltrona. A outra segurava um livro. Suas unhas eram limpas, com exceção de uma, e as partes brancas das unhas eram maiores do que as minhas. As rugas ao redor dos dedos eram como linhas de cimento entre os tijolos na parede. Eram as únicas rugas que ele tinha nos dedos, mais os poros. Pareciam buracos com um pelo em cada um deles. Pelo escuro. Os pelos apareciam embaixo do punho.
O morto e o desnudo. Esse era o título do livro que lia. Tinha um soldado uniformizado na capa. Seu rosto estava sujo. Era americano.
— É sobre o quê?
Ele olhou para a capa do livro.

— Guerra — disse ele.
— É bom? — perguntei.
— Sim, é — respondeu. — É muito bom.
Apontei a capa.
— Ele está na história?
— Está.
— Como ele é?
— Ainda não cheguei na parte dele. Quando chegar, lhe conto.

"Terceira Guerra Mundial iminente."
Ia buscar o jornal todo dia para papai, quando ele chegava em casa do trabalho, e na mesma hora aos sábados também. Mamãe é quem me dava o dinheiro. *Evening Press.*
"Terceira Guerra Mundial iminente."
— A palavra "iminente" significa "vai chegar"? — perguntei à mamãe.
— Acho que sim — respondeu ela. — Por quê?
— Terceira Guerra Mundial está chegando — eu disse. — Olhe!
Ela olhou para a manchete do jornal.
— Meu bem, isso é só nos jornais. Eles exageram essas coisas.
— A gente vai entrar em guerra? — perguntei a ela.
— Não — respondeu.
— Por que não?
— Porque não vai haver nenhuma guerra.
— Você já era nascida na época da Segunda Guerra Mundial?
— Sim — respondeu. — Claro que era.
Ela estava fazendo o jantar. Fez cara de ocupada.
— Como foi?
— Não era tão mal. Você teria ficado decepcionado, Patrick. A Irlanda não participou da guerra. Quer dizer, não de verdade.
— Por que não?
— Oh, é complicado explicar. Não entramos porque foi assim. Teu pai te explica.
Fiquei esperando. Ele entrou pela porta da cozinha.
— Olhe!

"Terceira Guerra Mundial iminente."
Ele leu.
— Terceira Guerra Mundial iminente — disse ele. — Iminente, isso sim, hein!
Ele não me pareceu preocupado.
— Preparou a sua arma, Patrick? — perguntou ele.
— Mamãe disse que não haverá guerra coisa nenhuma — eu disse.
— Ela está certa.
— Por que não?
Às vezes, ele gostava dessas perguntas, outras vezes, não. Quando gostava, cruzava as pernas, se estivesse sentado, e se inclinava um pouco para o lado da poltrona. Fez assim agora, inclinando-se para o meu lado. Não consegui ouvi-lo a princípio, porque foi como esperava que ele fizesse: cruzar as pernas e se inclinar — e tinha acontecido do jeito que queria que acontecesse.
— ... entre os árabes e os israelenses — ouvi ele dizer.
— Por quê?
— Eles não se gostam — disse ele. — A mesma história de sempre.
— Por que o jornal fala em Terceira Guerra Mundial? — perguntei.
— Primeiro, para vender mais — explicou. — Uma manchete desse tipo vende. Mas também porque os americanos estão a favor dos judeus, e os soviéticos, dos árabes.
— Judeus são israelenses?
— São. É isso.
— E quem são os árabes?
— O resto deles. Todos os vizinhos: Jordânia, Síria...
— Egito.
— Muito bem! Você sabe das coisas.
— A Família Sagrada foi ao Egito quando Heródes os perseguia.
— É verdade. Sempre tem emprego para marceneiros em qualquer lugar.

Não entendi completamente o significado daquilo, mas era o tipo de coisa que mamãe não gostava de ouvi-lo dizer. Ela não estava aqui, porém. Por isso dei risada.

— Os judeus estão ganhando — disse papai. — Contra todas as expectativas. Bom para eles!

— Judeus vão à missa no sábado — eu disse.

— É verdade — disse ele. Nas sinagogas.

— Eles não acreditam em Jesus Cristo.

— Correto.

— Por que não?

— Ah, boa pergunta!

Esperei.

— As pessoas acreditam em coisas diferentes.

Queria saber mais.

— Alguns acreditam em Deus. Outros, não.

— Comunistas não acreditam em Deus.

— É verdade — disse ele. — Quem lhe contou isso?

— O professor Hennessey.

— É um bom homem, o professor Hennessey — disse ele.

Eu sabia pelo jeito dele que o que vinha depois era parte de um poema. Às vezes, ele fazia isso.

— E ainda olhavam e ainda admiravam como uma cabeça tão pequena tanto conhecimento guardava. Alguns acreditam que Jesus Cristo é o filho de Deus, mas outros, não.

— Você acredita, não é?

— Sim. Acredito. Por quê? O professor Hennessey andou perguntando isso a você?

— Não.

Suas feições mudaram.

— Os israelenses são um grande povo — disse ele. — Hitler tentou exterminá-los todos, quase conseguiu, e olhe para eles agora. Uma minoria, com menos armamento, com tudo de menos e ainda estão ganhando. Às vezes acho que deveríamos mudar para lá, para Israel. Você gostaria, Patrick?

— Não sei. Acho que sim.

Sabia onde ficava Israel. Tinha o formato de uma flecha.

— É quente lá — eu disse.
— Hum, hum.
— Mas também neva no inverno.
— Isso mesmo. Uma mistura boa. Não é como aqui que só chove.
— Eles não usam sapatos — eu disse.
— É mesmo?
— Usam sandálias.
— Como o... como é o nome dele mesmo?
— Terence Long.
— É. Esse mesmo. Terence Long.
Ambos rimos.

— TERENCE LONG
TERENCE LONG
NÃO USA MEIA
QUE BOBÃO!

— Pobre do Terence Long — disse papai. — Viva os israelenses!
— Como foi a Segunda Guerra Mundial? — perguntei.
— Longa — respondeu.
Eu sabia as datas.
— Eu era criança quando a guerra explodiu — disse ele — e já tinha quase terminado a escola quando acabou.
— Seis anos.
— Seis longos anos.
— Mestre Hennessey nunca viu uma banana antes dos dezoito anos.
— Com certeza está dizendo a verdade.
— Fluke Cassidy se meteu em encrenca: perguntou a ele o que os macacos comiam durante a guerra.
— E o que aconteceu? — quis saber papai quando parou de dar risada.
— Mestre Hennessey bateu nele.
Ele ficou calado.
— Seis vezes.
— Que brutalidade!

— Não foi nem ideia dele. Kevin Conroy disse a Fluke para perguntar aquilo.
— Então é bem feito para ele, não é?
— Ele chorou.
— Tudo por causa das bananas.
— O irmão de Kevin se alistou no F.C.A.[10]
— Verdade? Eles vão fazê-lo empinar as costas direito.
Não entendi. Ele não era corcunda, nem nada.
— Você já esteve?
— No F.C.A.?
— É.
— Não.
— Durante a...
— Papai era do F.D.L.[11]
— O que é F.D.L.?
— Força de Defesa Local.
— Ele tinha uma espingarda?
— Acho que sim. Em casa, não. Mas acho que tinha, sim.
— Vou me alistar quando tiver idade.
— No F.C.A.?
— É. Posso?
— Claro que pode.
— A Irlanda já esteve em guerra?
— Não.
— E a Batalha de Clontarf?
Ele sorriu. Esperei.
— Aquilo não foi guerra — disse ele.
— O que foi então?
— Uma batalha.
— Qual a diferença?
— Bem... vamos ver... Guerras são longas.
— E batalhas são curtas.
— É. Isso mesmo.

---

10 Fórsa Cosanta Áitiúil, em gaélico. Defesa territorial. [N.T.]
11 No original, L.D.F.: Local Defense Force. [N.E.]

— Por que é que Brian Boru estava numa barraca? — perguntei.
— Estava rezando.
— Numa barraca? Não se reza numa barraca.
— Estou com fome, e você?
— Também.
— O que tem para jantar?
— Carne moída.
— Certíssimo.
— Como é que gás mata a gente?
— Envenenando.
— Como?
— Não se deve respirá-lo. Os pulmões não aguentam. Por quê?
— Os judeus — eu disse.
— Ah! — disse ele. Certo.
— Se a Irlanda entrasse em guerra, você se alistaria?
— Não vai acontecer.
— Pode acontecer — eu disse.
— Não — disse ele. — Acredito que não.
— Terceira Guerra Mundial iminente — eu disse.
— Não dê atenção a isso.
— Você se alistaria?
— Sim — disse ele.
— Eu também.
— Ótimo. E Francis idem.
— Ele ainda é muito pequeno — eu disse. — Eles não o deixariam entrar.
— Não haverá uma guerra. Não se preocupe.
— Não estou preocupado — eu disse.
— Tá bom.
— Estivemos em guerra contra os ingleses, não estivemos?
— Sim.
— Aquela foi uma guerra de verdade — eu disse.
— Bem, não foi guerra propriamente dita. Pensando bem, acho que foi, sim.

— Nós ganhamos.
— É. Fizemos picadinho deles. Nós demos a eles uma lição que nunca vão esquecer.
Rimos.
Jantamos. Estava uma delícia. A carne moída não estava muito rala. Sentei na cadeira ao lado da do papai, a cadeira de Simbad. Simbad não disse nada.

— Não é Adidás. É Adidas.
— Não é. É Adidás.
— Não, não é. É Adidas!
— Adidás!
— Adidas!
— Cara de tacho! É Adidás!
— Adidas! Adidas! Adidas!

Nenhum de nós tinha chuteiras da Adidas. Íamos ganhá-las de Natal. Eu queria aquelas com presilhas, de parafusar. Escrevi isso na minha cartinha ao Papai Noel, mesmo não acreditando nele. Só escrevi porque mamãe pediu, porque Simbad ia escrever também. Simbad queria um trenó. Mamãe o ajudava a escrever a carta. A minha, eu já tinha terminado. Estava no envelope, mas ela não me deixou fechá-lo porque a cartinha de Simbad iria junto. Não era justo. Queria um envelope só para mim.

— Pare de reclamar — disse mamãe.
— Não estou reclamando.
— Sim, você está. Pare já.

Não estava reclamando. Colocar duas cartas num envelope era só estúpido. Papai Noel poderia pensar que só tinha uma carta e assim traria só o presente de Simbad e nem saberia do meu. De qualquer forma, não acreditava em Papai Noel. Só criancinhas acreditavam. Se ela dissesse que eu estava reclamando de novo, falaria isso e ela teria que passar o dia inteiro fazendo Simbad acreditar nele outra vez.

— Não sei se o Papai Noel vai trazer um trenó para a Irlanda — mamãe disse a Simbad.
— Por que não?

— Porque quase não existe neve aqui — disse ela. — Você iria usá-lo muito pouco.

— Mas tem neve no inverno — disse ele.

— Só às vezes.

— Nas montanhas.

— Mas as montanhas ficam a quilômetros daqui. Quilômetros.

— A gente vai de carro.

Ela não perdeu a paciência. Cansei de esperar. Fui até a cozinha. Se a gente pusesse um envelope em frente ao vapor da chaleira, daria para abrir o envelope e depois fechá-lo novamente sem ninguém descobrir. Precisava de uma cadeira para alcançar a tomada e ligar a chaleira. Verifiquei se havia água suficiente. Não só levantei a chaleira para verificar, mas a destampei e olhei dentro. Desci da cadeira e a coloquei de volta no lugar certo. Não precisava mais dela.

Voltei para a sala. Simbad ainda queria um trenó.

— Ele tem que trazer o que a gente quer — disse ele.

— Ele traz, meu querido, ele traz — assegurou ela.

— Então...

— Mas ele não quer que você fique decepcionado. Ele quer dar às crianças presentes com que possam brincar o tempo todo.

A voz dela não mudou. Não iria reprimi-lo.

Fui à cozinha de novo. Tirei a cartinha de dentro do envelope e a coloquei sobre a mesa, longe da marca redonda molhada pela garrafa de leite. Lambi a parte de borracha da lapela e fechei o envelope. Apertei com toda força. O vapor já saía da chaleira fervendo. Esperei. Queria secar a cola. Mais vapor. A chaleira cantava. Segurei o envelope contra o vapor tomando cuidado para não queimar os dedos. Estava perto demais — o envelope estava ficando úmido. Passei o envelope várias vezes pelo vapor, mas só por um instante. O envelope começou a amolecer como se estivesse sonolento. Peguei a cadeira e subi nela novamente, desliguei a chaleira e pus a tomada perto da lata de chá, onde estava antes de usá-la. Havia pássaros japoneses desenhados na lata, com as caudas se entrelaçando e presas por seus bicos.

O envelope estava um pouco ensopado. Peguei-o, fui ao quintal e pus a unha embaixo da lapela, que se desgrudou do resto do envelope. Só um pouquinho. Segurei a parte solta com a outra mão. Então era verdade! Pus o dedo na cola. Ainda grudava. Tinha conseguido! Voltei para dentro. Estava frio e ventava. Além do mais, escurecia. Não tinha medo de escuro, só quando também ventava. Coloquei a carta de volta no envelope.

Simbad estava terminando sua cartinha.

— L-E-G-O — mamãe soletrava para ele.

Simbad não era bom de caligrafia. Ela me deixou pôr a carta dele no envelope. Dobrei-a separadamente e pus dentro do envelope ao lado da minha.

Quando papai chegou, depois do trabalho, pôs a carta dentro da chaminé. Ele se agachou, para certificar-se de que não podíamos mais vê-la de onde estávamos.

— Papai Noel, o senhor recebeu a carta? — gritou para dentro da chaminé.

— Sim, claro! — disse ele numa voz grossa e profunda fazendo de conta que era a voz do Papai Noel.

Olhei para Simbad. Ele acreditou que era a voz do Papai Noel de verdade e olhou para mamãe. Eu, não.

— O senhor vai conseguir trazer todos esses presentes? — gritou papai de novo.

— Veremos — disse ele. — Acho que sim. A maioria deles. Até logo! Tenho muitas outras casas para visitar. Adeus!

— Digam "adeus" ao Papai Noel, rapazes — pediu mamãe.

Simbad disse "adeus" e eu tive que dizer também. Papai saiu do caminho para que Papai Noel nos ouvisse dizer direito.

Minha garrafa de água quente era vermelha. Da cor do Manchester United. A de Simbad era verde. Adorava o cheiro da minha garrafa de água quente. Eu a enchia de água e depois esvaziava só para cheirá-la. Punha o nariz no gargalo, quase dentro, e cheirava. Que maravilha! Não se podia encher a garrafa de qualquer jeito. Mamãe me mostrou: você deitava a garrafa e a enchia de água devagarinho, se não o ar poderia ficar dentro, o que faria a borracha apodrecer e a garrafa estourar. Pulei em cima da garrafa de Simbad, mas não aconteceu nada. Não fiz isso de novo. Às vezes, quando nada acontece é sinal de que realmente está prestes a acontecer.

A casa de Liam e Aidan era mais escura do que a nossa por dentro. Isso acontecia por causa do sol e não porque ela era suja, como muita gente dizia. As poltronas e o sofá eram rasgados e caindo aos pedaços. Pular no sofá era legal porque ele estava cheio de buracos e ninguém mandava a gente parar. A gente subia no braço, depois no encosto e aí pulava. E, em pares, podíamos duelar nos equilibrando no encosto.

Gostava da casa. Era melhor para brincar. Todas as portas ficavam abertas; não havia um canto onde não pudéssemos ir. Uma vez, quando estava brincando de esconde-esconde, o Sr. O'Connell entrou na cozinha, abriu o armário perto do fogão e me achou lá, escondido. Tirou um saco de biscoitos e depois fechou a porta bem devagarinho, sem fazer barulho. Não disse nada. Aí, abriu a porta de novo e perguntou se eu queria um.

Eram biscoitos quebrados, um saco cheio deles. Não tinha nada de errado com eles, só estavam quebrados. Mamãe nunca os comprava.

Alguns dos meninos na escola tinham mães que trabalhavam na fábrica de chocolates Cadbury's. A minha e a de Kevin, não. A de Liam e Aidan já tinha morrido. A mãe de Ian McEvoy trabalhava lá. Não o ano todo, somente antes da Páscoa e do Natal. Às vezes, Ian McEvoy trazia um ovo de Páscoa na lancheira; o chocolate era bom, só tinha defeito no formato do ovo. Mamãe disse que a Sra. McEvoy só trabalhava na Cadbury's porque precisava.

Não entendi.

— O seu pai tem um emprego melhor do que o do pai de Ian McEvoy — disse ela. Depois disse: — Não diga isso a Ian, você promete?

Os McEvoys moravam na minha rua.

— Papai tem um emprego melhor do que o do seu pai!

— Não tem!
— Tem sim!
— Não tem!
— Tem sim!
— Então prove!
— Sua mãe trabalha na Cadbury's só porque precisa.
Ele não entendeu o que eu queria dizer. Eu também não.
— Porque precisa! Porque precisa!
Dei-lhe um empurrão. Ele me empurrou de volta. Segurei na cortina com uma mão e com a outra empurrei-o com toda força. Uma de suas pernas deslizou no sofá e ele caiu.
— Campeão! Cam-pe-ão! Cam-pe-ão!
Gostava de me sentar no vão, mas não em cima da mola. O tecido era demais! Parecia que a estampa era separada do resto do tecido como se alguém tivesse passado um pequeno aparador de grama e deixado as estampas intactas. As estampas, flores enormes, pareciam grama espetada, ou até mesmo o meu cabelo na nuca depois de eu ter ido ao barbeiro. O tecido não tinha cor, mas quando estava claro dava para ver que as flores tinham sido de várias cores. Sentávamos todos nesse sofá para assistir à televisão. Cabia todo mundo e a gente vivia brigando. O Sr. O'Connell nunca pedia para a gente parar ou se calar, nem mandava a gente embora.

A mesa da cozinha era igualzinha à nossa, mas o resto da cozinha, não. As cadeiras eram todas diferentes. As nossas eram todas iguais, de madeira, com o assento vermelho. Uma vez, quando fui chamar Liam para brincar, eles estavam jantando quando bati na porta da cozinha. O Sr. O'Connell me mandou entrar. Ele estava sentado do lado da mesa, no lugar onde Simbad e eu sentamos em casa, e não na ponta da mesa, como papai. Era Aidan quem estava sentado lá. O Sr. O'Connell se levantou para ligar a chaleira e, quando voltou, sentou-se no lugar onde mamãe sempre sentava. Não gostei nada disso.

Ele é que fazia o café da manhã, o jantar e tudo mais, o Sr. O'Connell. Eles comiam batatinhas fritas todo dia no almoço. Eu só comia sanduíches. Mas quase nunca comia de fato.

Colocava-os na prateleirinha embaixo da carteira: banana, presunto, queijo, geleia. Às vezes, comia algum deles, mas empurrava o resto para o fundo. Sabia que estava ficando muito cheio quando o topo da carteira começava a se erguer por causa da montanha de sanduíches embaixo. Esperava que Henno saísse — ele estava sempre saindo da sala, dizendo que sabia o que a gente fazia quando virava as costas, por isso não devíamos tentar nada e a gente até que acreditava —, então pegava a lixeira e a trazia para o lado da minha carteira. Descarregava os embrulhos de sanduíches dentro dela. Todo mundo olhava. Alguns estavam embrulhados em papel-alumínio, mas aqueles que não, aqueles dentro de sacos plásticos, eram os melhores, especialmente os que estavam bem no fundo da prateleira. O bolor crescia por todos os lados: verde, amarelo e azul. Kevin instigou James O'Keefe a comer um, mas ele não queria.

— Bunda-mole!
— Come você!
— Apostei primeiro.
— Se você comer, eu também como.
— Cagão!

Apertei o papel-alumínio e uma bolota se formou nas pontas e começou a sair pelos lados. Era como no cinema. Todo mundo queria dar uma olhadinha. Dermot Kelly caiu da carteira e bateu a cabeça no assento.

Pus a lixeira de volta antes que Dermot começasse a chorar.

A lixeira era dessas de palha. Estava cheia de sanduíches estragados. O cheiro invadia a sala, ficando cada vez mais forte, e eram apenas onze horas da manhã, faltando ainda três horas para as aulas acabarem.

O Sr. O'Connell fazia comida que dava água na boca: batatas fritas e hambúrguer. Ele, na verdade, não cozinhava. Trazia da cidade já pronto, pois não havia um bar que vendesse batata frita em Barrytown naquela época.

— Deus tenha piedade dos meninos! — disse mamãe quando papai contou do cheiro de batata frita e vinagre que o Sr. O'Connell trazia para dentro do trem.

Ele fazia purê de batata. Abria uma cratera no meio da montanha, como um vulcão, e aí depositava a manteiga, cobrindo o prato. Fazia isso com todos os pratos. Também fazia sanduíches de presunto e dava uma latinha de arroz-doce para cada um dos meninos e os deixava comer da lata. Eles nunca comiam salada.

Simbad não comia nada. A única coisa que comia era pão com geleia. Mamãe tentou fazê-lo comer o jantar; disse que não o deixaria se levantar da mesa até que terminasse o que tinha no prato. Papai perdeu a paciência e gritou com ele.

— Não grite com ele, Paddy — mamãe disse ao papai. Não era para a gente ter escutado.

— Ele está me provocando — disse papai.

— Isso só piora as coisas — disse ela mais alto.

— Você o mima demais. Esse é o problema!

Ele se levantou e foi para a sala.

— Vou ler meu jornal. Se esse prato não estiver limpo quando terminar de ler, você vai ver o que é bom, ouviu?

Simbad murchou na cadeira, olhando para o prato e esperando que a comida desaparecesse. Mamãe acompanhou papai à sala para conversarem mais. Ajudei Simbad a comer o que restava, mas ele não mantinha a comida na boca, aos poucos os pedaços iam caindo de novo no prato e também na mesa.

Papai deixou Simbad plantado por mais de uma hora antes de vir examinar o prato. Estava vazio. A comida, na minha barriga e na lixeira.

— Assim é que eu gosto de ver — disse papai.

Simbad foi para a cama.

Ele era assim, nosso pai. De vez em quando ficava ruim e malvado, sem nenhuma razão. Não deixava a gente assistir à televisão e, outras vezes, sentava no chão ao nosso lado e assistia aos programas com a gente, mas nunca por muito tempo. Estava sempre com pressa, dizia. Mas geralmente só ficava sentado em sua poltrona.

Eu polia tudo na casa aos domingos de manhã. Mamãe me dava um pano, às vezes tiras de um pijama velho. Começava no andar de cima, no quarto deles. Polia a penteadeira e ajeitava as escovas sobre ela. Limpava a cabeceira da cama. A poeira era permanente, deixava sempre uma marca no pano. Lustrava o Coração de Jesus na parede até onde conseguia alcançar. A cabeça de Jesus pendia para o lado, como se fosse a de um gatinho. O quadro mostrava a data em que papai e mamãe haviam se casado — dia 25 de julho de 1957 — e as datas de nascimento de cada um de nós, com exceção da minha irmã mais nova, porque ainda não tinham mandado escrever. Os nomes foram escritos pelo padre Moloney. O meu era o primeiro: Patrick Joseph. Depois o da minha irmã que morreu: Angela Mary. Ela morreu antes de sair de dentro da mamãe. Depois Simbad: Francis David. Depois minha irmã: Catherine Angela. Tinha lugar reservado para a minha irmã mais nova. O nome dela era Deirdre. Eu era o mais velho. Meu nome, o mesmo do papai. Tinha espaço para mais seis nomes. Limpei a escada até embaixo, incluindo o corrimão. Limpei todos os bibelôs na sala. Nunca quebrava nada. Tinha uma caixa de música antiga. A gente girava a chave atrás e ela tocava uma musiquinha. Tinha uma foto de um marinheiro na frente. O feltro na parte de trás estava ficando velho e descolorado. Era da mamãe. Eu nunca limpava a cozinha.

A tia de Aidan e Liam, aquela que morava em Raheny, era quem limpava a casa deles. Às vezes, eles iam ficar com ela. Ela tinha três filhos, mas eram bem mais velhos do que Aidan e Liam. O marido dela cortava a grama dos jardins da Cooperativa. Ele também cortava as cercas-vivas na nossa rua duas vezes por ano. Seu nariz era vermelho, enorme, com bolotas por todos os cantos. Liam dizia que era muito melhor vendo de perto.
— Você se lembra da sua mãe? — perguntei.
— Lembro.
— O quê?
Ele não disse nada. Só respirou.
A tia deles era legal. Caminhava de um lado para o outro. Dizia "Deus, que frio", "Deus, que calor", dependendo da condição do tempo. Quando ia à cozinha, dizia "chá, chá, chá".

Quando ouvia a Ave-Maria às seis horas, ia para perto da televisão dizendo "as notícias, as notícias, as notícias". Tinha veias enormes que se interligavam como raízes na batata da perna. Ela assava biscoitos. Eram grandes e quadrados. Deliciosos, mesmo quando já estavam meio moles.

Eles tinham uma outra tia que não era tia de verdade. Isso foi o que Kevin disse. Ela era a namorada do Sr. O'Connell, mas já não era uma mocinha, já era velha fazia muitos anos. Seu nome era Margaret e Aidan gostava dela, mas Liam, não. Ela sempre trazia caramelos quando vinha visitá-los e fazia questão de dividir os brancos e os cor-de-rosa igualmente entre eles, mesmo sabendo que o sabor era o mesmo. Fazia ensopado de carne e torta de maçã. Liam disse que um dia ela peidou quando eles estavam todos sentados assistindo ao *Fugitivo* na televisão.

— Mulheres não peidam.
— Peidam, sim. Claro que peidam.
— Não, elas não peidam. Se peidam, então prove.
— Minha avó sempre está peidando — disse Ian McEvoy.
— As velhas podem. As novas, não.
— Mas Margaret já é velha — disse Liam.
— Feijão, feijão, bom pro coração.

Quanto mais se come, mais se peida.

Uma vez caiu no sono no sofá, na casa deles. Liam achou que ela estava caindo em cima dele — eles estavam todos assistindo à televisão —, mas ela só estava se apoiando. Roncava também. O Sr. O'Connell tapou o nariz dela com os dedos e então ela parou de roncar.

Durante as férias, depois do Natal, Liam e Aidan foram a Raheny ficar com a tia de verdade e a gente não os viu por um século. Isso porque Margaret tinha vindo morar com o Sr. O'Connell. Eles tinham um quarto vago na casa. A casa deles era igual à nossa; Liam e Aidan dormiam no mesmo quarto e não tinham irmãs, por isso um quarto sobrava. Era nesse que ela estava agora.

— Não, ela não está — disse Kevin.

A tia verdadeira de Liam e Aidan os tinha levado embora na calada da noite. Tinha uma carta da Assistência Social dizendo que ela poderia levá-los porque Margaret estava morando na casa e não podia. Isso foi o que ouvimos dizer. Inventei um pouquinho. Ela pôs Liam e Aidan na carroceria do caminhão da Corporação que o marido dirigia. Era legal ouvir isso depois de ter inventado. Mas o resto era verdade.

O tio deles uma vez nos deu uma carona na carroceria do caminhão. Mas depois nos mandou descer porque ficamos em pé. Ele disse que era perigoso e que não tinha seguro para o caso de um nós cair e rachar a cabeça no asfalto da rua.

Íamos a pé a Raheny. Levamos um tempo enorme para chegar, pois o armazém da companhia elétrica não tinha vigia naquela hora. Por isso entramos lá e fizemos uma verdadeira folia.

Havia pirâmides de postes para os cabos elétricos e um cheiro de piche. Tentamos quebrar a fechadura do barracão, mas não conseguimos. Na verdade, não tínhamos intenção de quebrá-la. Fingíamos que queríamos. Eu e Kevin. Íamos à casa da tia de Liam e Aidan.

Chegamos. Ela morava num bangalô perto da delegacia.

— Liam e Aidan estão em casa?

Ela abriu a porta antes de batermos.

— Eles já saíram — disse ela. — Foram ao laguinho quebrar o gelo para os patos.

Fomos até St. Anne. Eles não estavam no laguinho. Tinham subido numa árvore. Liam estava na parte mais alta, onde os galhos são mais envergados, e se balançava no galho como um doido. Aidan não conseguia alcançá-lo.

— Ei! — gritou Kevin.

Liam continuou a se balançar na árvore.

— Ei!

Liam parou. Não desceram da árvore. Também não subimos.

— Por que vocês estão morando com a sua tia e não com o seu pai? — perguntou Kevin.

Não responderam.

— Por que, hein?

Voltamos pelo campo de futebol. Voltei a olhar na direção da árvore. Quase não distinguia os dois lá em cima. Estavam esperando que a gente sumisse de vista. Olhei para o chão procurando pedras. Não achei nenhuma.

— A gente sabe por quê!

Eu disse a mesma coisa.

— A gente sabe por quê!

— Brendan, Brendan, dê uma olhadinha!

Tenho a xoxota cabeludinha!

O nome do Sr. O'Connell era Brendan.

— Brendan, Brendan, dê uma olhadinha!

Tenho a xoxota cabeludinha!

— Pensando bem — ouvi papai comentar com a mamãe —, quando foi a última vez que ouvimos o Sr. O'Connell uivar para a lua?

Margaret estava voltando das lojas. Esperamos atrás da cerca da casa de Kevin. Ouvimos suas passadas. Dava para ver a cor do casaco dela através da cerca.

— Brendan, Brendan, dê uma olhadinha!

Tenho a xoxota cabeludinha!

Queria um gole de água. Mas não queria beber a água do banheiro. Queria ir até a cozinha. Estava muito escuro no corredor. Tinha saído da claridade da luz do abajur, no quarto. Fui apalpando até achar a escada.

Já tinha descido três degraus, quando ouvi vozes. Vozes como quando a gente fala baixo, mas querendo gritar. Parei. Estava frio.

Na cozinha, era onde estavam. Ladrões. Ia chamar papai. Ele devia estar no quarto dormindo.

Mas a televisão estava ligada.

Fiquei sentado um pouco na escada. Estava frio.

A televisão ligada. Então mamãe e papai deviam estar acordados. Ainda estavam lá embaixo. Não era ladrão coisa nenhuma.

A porta da cozinha não estava fechada. A luz que saía de lá iluminava os degraus à minha frente. Não dava para compreender o que diziam.

— Parem! — murmurei apenas.

Por alguns instantes, pensei que era só papai gritando de uma maneira como se estivesse tentando não gritar, mas às vezes se esquecendo de que estava gritando. Tipo gritos sussurrados.

Meus dentes tiritavam. Não fiz esforço nenhum para pará-los. Gostava quando eles faziam isso.

Mamãe gritava também. Podia sentir a voz do papai, mas só dava para distinguir a voz dela. Estavam brigando de novo.

— E você, então?

Ela disse isso. Foi a única coisa que consegui compreender direito.

Fiz de novo:

— Parem!

Um momento de silêncio. Tinha funcionado; tinha conseguido fazê-los parar. Papai saiu da cozinha e veio assistir à televisão. Sentia o peso de suas passadas e o intervalo entre elas. Então o vi.

Eles não bateram as portas; a briga tinha terminado.

Fiquei ali um século.

Ouvi mamãe ocupada na cozinha.

Se o seu pônei é saudável, a pele é lustrosa e flexível. Se fosse doente, sua pele seria dura e feia. John Logie Baird inventou a televisão em 1926. Ele era escocês. As nuvens que contêm chuva são geralmente chamadas de nimbo-estrato. San Marino, capital San Marino. Jesse Owens ganhou quatro medalhas de ouro nas Olimpíadas de 1936 e Hitler odiava negros e as Olimpíadas daquele ano foram em Berlim e Jesse Owens era negro e Berlim era a capital da Alemanha. Tudo isso eu sabia. Lia tudo. Lia embaixo do cobertor com a minha lanterna, não apenas quando ia dormir. Era mais excitante assim, como se eu fosse espião e pudesse ser pego a qualquer momento.

Fiz o dever de casa em braile. Levou um século. Precisava ter cuidado para não rasgar a folha com a agulha. Havia uma série de buraquinhos marcados na mesa da cozinha quando acabei. Mostrei o braile ao papai.

— O que é isso?

— Braile: escrita para cegos.
Ele fechou os olhos e apalpou os buraquinhos na folha de papel com a ponta dos dedos.
— O que está escrito aqui?
— É o meu dever de casa de inglês — respondi. — Quinze linhas sobre o seu animal de estimação predileto.
— O professor é cego?
— Não. Eu que quis fazer assim. E fiz tudo certinho. Henno me mataria se lhe trouxesse o exercício só em braile.
— Mas você não tem um animal de estimação.
— A gente pode inventar um.
— O que você escolheu?
— Um cachorro.
Ele levantou a folha contra a luz e observou os buraquinhos. Eu já tinha feito o mesmo.
— Legal, rapaz.
Apalpou os buraquinhos de novo, fechando os olhos.
— Não posso distinguir um do outro. Você pode?
— Não.
— Quando se perde a visão, os outros sentidos ficam mais aguçados. Deve ser isso, você não acha?
— É. O braile foi inventado por Louis Braille em 1836.
— É verdade?
— Sim. Ele ficou cego num acidente quando era criança. Ele era francês.
— E ele deu seu nome ao alfabeto?
— É.
Tentei. Tentei fazer os meus dedos lerem. Sabia o que estava escrito na página. Espiei embaixo do cobertor e não acendi a lanterna. Toquei na folha de leve. Eram só buraquinhos. "Meu animal de estimação predileto é o cachorro..." Assim começava minha redação de quinze linhas. Mas eu não sabia ler em braile. Não conseguia separar os buraquinhos, onde as palavras começavam e onde terminavam.
Tentei ser cego. Não conseguia ficar com os olhos fechados. Tentei pôr uma venda nos olhos, mas não consegui apertar o nó

muito bem e não queria contar a ninguém o que estava tentando fazer. Prometi a mim mesmo que ia pôr o dedo no aquecedor elétrico toda vez que abrisse os olhos, mas sabia que não faria isso; então continuava a abrir os olhos. Fiz aquilo uma vez porque Kevin duvidou que eu seria capaz de colocar o dedo no aquecedor elétrico. A marca da queimadura ficou no dedo durante semanas, sentia o cheiro do meu dedo queimando o tempo todo.

A expectativa de vida de um ratinho é de dezoito meses.

Mamãe gritou.

Não consegui me mexer. Não pude ir ver o que era.

Ela foi ao banheiro e viu um ratinho nadando em círculos na privada. Papai estava em casa. Puxou a descarga, mas a água não tocou no ratinho porque ele estava na beirada do vaso. Ele pôs o pé dentro da privada e empurrou o ratinho para dentro da água. Agora queria ver. Agora sabia por que ela tinha gritado. Mas não havia lugar para mim. O ratinho nadava tentando subir pelos lados da privada e papai esperava que a descarga enchesse de novo.

— Deus do céu, Paddy, ele vai morrer, não vai?

Papai não respondeu. Contava os segundos até a água parar de chiar dentro da descarga; dava para ver ele mexendo os lábios.

— A expectativa de vida de um ratinho é de dezoito meses — eu disse.

Tinha acabado de ler.

— Não nesta casa — disse papai.

Mamãe quase riu. Ela acariciou meus cabelos.

— Posso ver?

Ela se moveu abrindo espaço, mas de repente parou.

— Deixe o menino ver — disse papai.

O ratinho deveria ser um bom nadador, mas não estava tentando nadar direito. Só lutava para sair da água de qualquer jeito.

— Adeuzinho! — disse papai puxando a descarga.

— Posso ficar com ele? — perguntei.

Tive a ideia naquele instante. Meu animal de estimação predileto.

O ratinho ficou rodando na privada, foi engolido pela água, entrou pelo cano e desapareceu.

Simbad também queria ver.

— Ele sairá na beira da praia — eu disse.

Simbad olhou para a água.

— Será mais feliz lá — disse mamãe. — É mais natural.

— Posso ter um ratinho de estimação?

— Não — disse papai.

— De aniversário?

— Não.

— De Natal?

— Não.

— Eles assustam as renas do Papai Noel — disse mamãe. — Vamos, meninos!

Ela queria que saíssemos do banheiro. Estávamos esperando que o ratinho voltasse.

— O quê? — perguntou papai.

— Ratinhos — disse ela. — Eles assustam as renas.

Ela olhou para Simbad confirmando com a cabeça.

— É verdade — disse papai.

— Venham meninos, vamos! — disse mamãe.

— Quero ir ao banheiro — pediu Simbad.

— O rato vai te pegar! — eu disse.

— É só xixi. De pé. Aqui.

— Ele vai morder o seu pinto — eu disse.

Mamãe e papai já estavam descendo a escada.

Simbad se afastou demais da beira do sanitário; molhou todo o assento e também o chão.

— Francis não levantou o assento! — gritei.

— Levantei, sim.

Só aí ele levantou.

— Ele só levantou o assento depois que acabou de fazer xixi!

Eles não voltaram.

Dei um chute nele enquanto ele limpava o assento com a manga.

— Se o mundo está girando, por que não giramos também? — perguntou Kevin.

Estávamos deitados na grama sobre uma caixa de papelão amassada, olhando para o céu. A grama estava um pouco úmida. Sabia a resposta, mas fiquei calado. Kevin também sabia. Era por isso que tinha perguntado. Eu já sabia disso. Tinha percebido pelo tom de sua voz. Nunca respondia às perguntas de Kevin. Nunca me apressava em responder, na escola ou em qualquer outro lugar. Sempre lhe dava chance de responder primeiro.

A melhor história que já ouvi era aquela do padre Damião e os leprosos. O padre Damião era um homem magro e se chamava Joseph de Couster antes de se tornar padre. Nasceu em 1840 num lugar chamado Tremeloo, na Bélgica.

Eu precisava de uns leprosos.

Quando ele era menino, chamavam-no de Jef e era um pouco gordo. Todos os adultos bebiam cerveja preta belga. Joseph queria ser padre. No começo o pai dele não deixava. Mas depois deixou.

— Quanto ganha um padre? — perguntei.

— Demais — disse papai.

— Psiu, Paddy — disse mamãe ao papai. — Eles não ganham nada.

— E por que não?

— É difícil de... É muito complicado. Eles têm vocação.

— O que é vocação?

Joseph passou a viver com os padres da congregação do Sagrado Coração de Jesus e Maria. O padre fundador da congregação tinha passado por aventuras perigosas e excitantes durante a Revolução Francesa. Vivia sob a sombra da guilhotina. Joseph teve que adotar um nome novo e escolheu Damião em homenagem a um Damião que tinha sido mártir quando a Igreja ainda era jovem. Ele foi primeiro irmão Damião, antes de se tornar padre Damião.

Foi ao Havaí. Na travessia, o capitão do navio pregou uma peça no padre Damião: pegou o telescópio e pôs um fio de cabelo no meio da lente. Aí, chamou o padre para dar uma olhada através do telescópio e disse que aquilo era a linha do Equador. O padre Damião acreditou nele, mas não foi tachado de bobo porque ainda não se sabia muito a respeito dessas coisas naquela época. O padre Damião teve que usar farinha de trigo para fazer hóstias, porque as hóstias de papel tinham acabado. Ele não teve enjoo do mar. Adaptou-se ao balanço do navio rapidamente.

Pão sovado era o melhor para fazer hóstias, quando ainda era fresco. Não era preciso molhar. Pão de cachorro-quente também não era mau. Mas pão de forma não prestava de jeito nenhum. Continuava crescendo depois que a gente amassava. Era muito difícil partir o pão em hóstias perfeitas, redondas. Usava uma moeda que tomava emprestado da carteira da mamãe. Sempre pedia, no caso de ela me ver mexendo em sua carteira. Apertava a moeda em cima do bolo de pão com bastante força. Às vezes a hóstia saía redondinha e ficava grudada na moeda quando a levantava. Minhas hóstias eram muito mais gostosas do que as de verdade. Deixei algumas no parapeito da janela durante dois dias e elas ficaram duras, iguaizinhas às verdadeiras, mas já não estavam tão boas. Sempre me perguntava se era pecado fazer hóstias. Achava que não. Uma das hóstias que deixei na janela ficou embolorada. Agora, isso era pecado: deixar as hóstias embolorarem. Rezei uma Ave-Maria e quatro Pai-Nossos, porque preferia o Pai-Nosso à Ave-Maria e também porque o Pai-Nosso era mais longo e melhor. Rezei comigo mesmo dentro do galpão, no quintal, no escuro.

— Corpo de Cristo!
— Amém — disse Simbad.
— Feche os olhos — pedi.
Ele fechou.
— Corpo de Cristo!
— Amém.

Ele ergueu a cabeça e esticou a língua para fora. Pus a hóstia embolorada em sua língua.

— Como é que os padres fazem hóstias? — perguntei à mamãe.
— Farinha de trigo — disse ela. — É pão comum até ser abençoado.
— Mas não é pão de verdade.
— É um tipo diferente de pão. É pão sem levedura.
— O que é isso?
— Não sei bem.
Não acreditei nela.

A melhor parte da história começava quando o padre Damião foi à colônia de leprosos. Chamava-se Molokai. Era para onde todos os leprosos eram levados, assim eles não transmitiam a doença para ninguém. O padre Damião sabia do seu destino. Sabia que iria ficar lá para sempre. Tinha uma expressão estranha estampada nos olhos quando anunciou ao bispo que desejava ir à colônia. O bispo ficou emocionado e orgulhoso com a coragem do missionário tão jovem. A igrejinha em Molokai estava em ruínas e totalmente deserta, mas o padre Damião a restaurou. Quebrou um galho de uma árvore e usou-o como vassoura, começando a varrer o chão da capela minúscula. Pôs flores nos vasos. Os leprosos que o observavam continuaram a observá-lo o dia inteiro. O padre era forte e saudável, e eles eram fracos e leprosos. Mesmo depois do primeiro dia, ainda não estavam dispostos a ajudá-lo. Quando ia dormir, ficava ouvindo os lamentos dos leprosos misturados com o barulho das ondas quebrando na praia deserta. A Bélgica nunca lhe parecera tão distante como naquele momento. Depois de um certo tempo, os leprosos começaram a se aproximar e a ajudá-lo. Eles se tornaram seus amigos e o chamavam de Kamiano.

— Tem leproso na Irlanda?
— Não.
— Nenhum?
— Nenhum.

O padre Damião construiu uma capela nova, casas novas e um montão de outras coisas. Mostrou a todos eles como cultivar a terra e colher legumes, mesmo sabendo o tempo todo que um dia também pegaria lepra. Não se importava. Sua felicidade maior era ver seus filhos, meninos e meninas que ele fazia questão de cuidar. Todos os dias passava horas com suas crianças.

Os leprosos se desmanchavam em pedaços. É isso que acontece com leprosos. Já ouviu aquela do caubói leproso? Ele jogou a perna por cima do cavalo. Já ouviu aquela do leproso viciado no jogo de cartas? Um dia jogou a própria mão.

Numa noite de dezembro de 1884, o padre Damião foi fazer um escalda-pés para aliviar a dor. Ficou com bolhas nos pés. A água estava fervendo, mas seus pés estavam dormentes. Sabia agora que tinha lepra. "Não sei como lhe dar essa triste notícia, mas é verdade", disse o doutor tristemente. Mas o padre Damião não se importou. "Estou com lepra. O bom Deus seja abençoado!" E rezou.

— O bom Deus seja abençoado! — eu disse.

Papai começou a rir.

— Onde aprendeu isso, menino?

— Lendo — disse. — O padre Damião falava assim.

— E qual delas é a história dele?

— Padre Damião e os leprosos — eu disse.

— Ah! Sim. É verdade. Uma alma santa!

— Já teve algum leproso na Irlanda?

— Acho que não.

— E por que não?

— Acho que só acontece em climas quentes.

— Às vezes é quente aqui — eu disse.

— Mas não tão quente.

— É, sim.

— Mas não é quente o suficiente — disse papai. — Tem que ser muito, muito quente.

— Quanto mais?

— Mais uns quinze graus — respondeu.

Lepra não tinha cura. O padre Damião não contou à sua mãe quando lhe escreveu uma carta. Mas as pessoas descobriram assim mesmo e começaram a mandar doações para o padre Damião; ele construiu uma outra igreja com o que recebeu.

Era de pedra, a igreja. E ainda existe. Os turistas que vão a Molokai ainda podem visitá-la hoje. O padre Damião contou às suas crianças que estava morrendo e que as freiras iriam tomar conta delas daí em diante. Elas se ajoelharam aos seus pés e imploraram: "Não, não, Kamiano! Queremos ficar com você até o fim." As freiras tiveram que voltar de mãos vazias.

— Peça de novo.

Simbad abraçou minhas pernas:

— Não, não, Kam... Kam...

— Kamiano!

— Esqueci o nome.

— Kamiano!

— Não posso apenas dizer "Patrick"?

— Não. Faça de novo e é melhor acertar dessa vez!

— Não quero brincar mais!

Dei-lhe uma meia tortura chinesa. Ele agarrou minhas pernas.

— Mais em baixo.

— Como?

— Mais para baixo.

— Você vai me chutar.

— Não, não vou. Mas te chuto se não fizer.

Simbad me agarrou pelos calcanhares. Segurou firme, meus pés ficaram presos ao chão.

— Não, não, Kamiano. Queremos ficar com você até o fim!

— Muito bem, crianças, vocês podem ficar.

— Muito, muito obrigado, Kamiano — disse Simbad.

Ele não largava os meus pés.

O padre Damião morreu num Domingo de Ramos. Os nativos se sentaram no chão batendo no peito, um costume havaiano muito antigo, enquanto balaçavam para frente e para trás, murmurando tristemente. A lepra tinha desaparecido! Não havia feridas, nem marcas, nem nada. Era milagre! Tinha virado santo. Li a história duas vezes.

Eu precisava de leprosos. Simbad sozinho não bastava. Além disso, vivia fugindo de mim. Contou para mamãe que eu estava fazendo-o virar um leproso, coisa que não queria ser. Por isso eu precisava de leprosos. Não podia pedir a Kevin. Ele acabaria sendo o padre Damião e eu, o leproso. E essa história era minha. No final, consegui os gêmeos McCarthy e Willy Hancock. Seriam quatro. Aqueles três achavam sensacional brincar com um garoto maior do que eles: eu. Levei-os ao quintal de casa e expliquei o que era ser leproso. Eles queriam ser leprosos.

— Leproso pode nadar? — perguntou Willy Hancock.
— Claro — respondi.
— Mas a gente não sabe nadar — disse um dos gêmeos.
— Podem nadar, sim, mas não precisam — eu disse. — Vocês só têm que fingir que são leprosos. É só fazer cara de doente e andar tremendo.

Eles se sacudiram.
— Leproso pode dar risadas?
— Claro — eu disse. — Eles só têm que deitar para que eu possa secar a testa do suor e rezar por eles.
— Sou leproso!
— Eu também!
— Tremor, tremor, tremor, sou leproso, sou leproso!
— Tremor, tremor, tremor, sou leproso, sou leproso!
— Pai nosso que estais no céu, santificado seja o Vosso nome...
— Tremor, tremor, leproso!
— Cala a boca um momento!
— Tremor, tremor, leproso!

Eles tinham que ir para casa jantar. Podia ouvi-los através da cerca a caminho de casa:
— Sou leproso! Tremor, tremor, tremor!
— Tenho uma vocação — disse à mamãe, no caso de a Sra. McCarthy vir tirar satisfação quando ouvisse os gêmeos, ou até mesmo a Sra. Hancock.

Ela ainda não tinha terminado de preparar o jantar e tentava segurar Catherine para não deixá-la entrar no armário embaixo da pia, cheio de escovas e material de limpeza.
— O que disse, Patrick?
— Tenho uma vocação.

Ela pegou Catherine no colo.
— Tem alguém pondo ideias na sua cabecinha?
— Não — respondi. — Quero ser um missionário.
— Bom menino — disse ela, mas não do jeito que queria ouvi-la. Queria que ela chorasse. Queria que papai me cumprimentasse. Esperei e quando ele voltou do trabalho lhe contei.
— Tenho vocação.
— Não, não tem, não. Você ainda é muito novo.
— Mas eu tenho — eu disse. — Deus falou comigo.
Estava saindo tudo errado.
Ele falou com mamãe:
— Eu lhe disse, não disse?
Sua voz soava irritada.
— Encorajar essas besteiras – disse ele.
— Não encorajei coisa nenhuma — rebateu.
— Encorajou sim!
Ela parecia pensar um pouco antes de responder:
— Você o encorajou!
A voz dele trovejou.
Ela saiu da cozinha, quase correndo. Tentou desfazer o nó do avental. Ele foi atrás dela. Ele parecia uma outra pessoa, como se tivesse sido pego fazendo alguma coisa errada. Eles nem ligaram para mim. Não entendi o que aconteceu. Não sabia o que tinha feito.
Eles voltaram. Calados.

Caramujos e lesmas são gastrópodes; têm pés no estômago. Pus sal numa lesma. Dava para ver a tortura e a agonia. Apanhei a lesma com a pá e lhe preparei um enterro decente. O nome certo de futebol era *association football*. *Association football* era jogado com uma bola redonda em um campo retangular com onze jogadores de cada lado. O objetivo era fazer gols, isto é, chutar a bola dentro da trave do time adversário, trave esta que era formada por uma barra horizontal elevada sobre duas barras verticais. Sabia isso de cor. Era incrível. Não soava como regras. Tinha um tom arrogante. A maior goleada da história foi Arbroath 36 x 0 Bon Accord. Joe Payne, o jogador que mais fez gols em uma partida, marcou dez a favor do Luton em 1936. Geronimo foi o último dos Apaches renegados.

Segurei a bola. Estávamos em Barrytown Grove. A rua tinha calçamento alto, o que era bom para controlar a bola. Ela estava furada.

— O objetivo — expliquei — é fazer gols, isto é, chutar a bola dentro da trave do time adversário, trave esta que é formada por uma barra horizontal elevada sobre duas barras verticais.

Eles caíram na gargalhada.

— Explica de novo!

Repeti tudinho, mas dessa vez pus um sotaque de gente rica. Eles caíram na gargalhada de novo.

— Ge-ro-ni-MO!

Era o último dos Apaches renegados.

— O senhor é um renegado, Sr. Clarke!

O professor Hennessey às vezes nos chamava de renegados antes de nos dar umas bolachas.

— E o que é que você é?

— Um renegado, senhor.

— Correto.

— Renegado!

— Renegado, renegado, renegado!

Eu tinha uma fotografia de Geronimo. Agachado com um joelho no chão. Seu braço esquerdo encostado no joelho esquerdo. Segurava um rifle. Tinha um lenço amarrado no pescoço e uma camisa cheia de desenhos que não percebi até quando fui pendurar a fotografia na parede do meu quarto. Ele usava uma pulseira que parecia um relógio no pulso direito. Talvez a tivesse roubado. Talvez até tivesse cortado o braço de alguém para consegui-la. O rifle parecia feito em casa. Mas a melhor parte era o seu rosto. Olhava diretamente para a lente, além da lente, até. Ele não parecia ter medo dela. Não achava que a lente ia roubar-lhe a alma, como os outros índios achavam. Seu cabelo era preto, partido ao meio e longo, caindo nos ombros. Nada de penas ou outras besteiras. Ele me parecia muito velho, as feições do rosto, mas o resto era jovem.

— Pai?
— Que é?
— Quantos anos você tem?
— Trinta e três.
— Geronimo tinha cinquenta e quatro anos — eu disse.
— O quê? — disse ele. — Sempre?

Tinha cinquenta e quatro anos quando a fotografia foi tirada. Poderia até ter sido mais velho. Ele me parecia bravo e triste. Seus lábios eram murchos, como uma cara triste num desenho animado. Seus olhos, molhados e escuros. Seu nariz era grande. Eu me perguntava por que parecia tão triste. Talvez já soubesse o que iria acontecer com ele. A parte da perna que aparecia na fotografia era como uma perna de menina, sem pelos ou marcas. Usava botas. Havia plantas ao seu redor. Cobri seus cabelos com os dedos. Seu rosto parecia o de uma velha triste. Levantei os dedos. Lá estava Geronimo de novo. Era apenas uma fotografia em preto e branco. Colori sua camisa. Usei tinta azul. Levou um século.

Vi outra fotografia num livro. Era Geronimo com seus guerreiros. Estavam num campo aberto. Geronimo no meio, de jaqueta e um lenço listrado. Mas continuava a parecer velho e jovem ao mesmo tempo. Seus ombros pareciam velhos; suas pernas, jovens.

Nenhuma fotografia de índio nos livros se parecia com os índios dos filmes. Havia uma dos índios Snake e Sioux em pé de guerra. O índio mais importante no quadro tinha um rabo de cavalo e o resto da cabeça era careca e brilhava como uma maçã. Cavalgava com o corpo agachado do lado do cavalo para evitar as flechas do inimigo. Os olhos do cavalo acompanhavam o índio. O cavalo parecia ter medo. Era uma pintura. Gostava dela. Havia uma outra de um índio matando um búfalo. O búfalo estava com a cabeça embaixo do cavalo: o índio teria que matá-lo rápido para que ele não virasse o cavalo no ar. Mas alguma coisa na maneira como o índio segurava o cavalo, com as costas erguidas e os braços esticados, preparando a flecha, me dizia que ele iria vencer. Bem, o nome do quadro era "O último dos búfalos". Havia outros índios nos cantos do quadro, atacando os búfalos, e havia búfalos abatidos espalhados pelo chão. Não dava para pendurar essa fotografia na minha parede porque pertencia a um livro da biblioteca. Fui à biblioteca em Baldoyle com papai. Havia uma sala para os adultos e outra para as crianças.

Ele sempre estava interferindo. Tinha ido devolver um de seus livros emprestados e, depois de entregá-lo, veio à nossa sala e começou a escolher livros para mim. Nunca colocava os livros de volta no lugar certo.

— Li este aqui quando tinha a sua idade.

Não me interessava.

Tinha direito a dois livros. Ele olhou para as capas.

— Índios americanos.

Tirou o cartão do livro e pôs dentro da minha carteirinha da biblioteca. Sempre fazia isso. Olhou para o outro:

— Daniel Boone, herói. Homem decente.

Li no carro. Conseguia ler no carro e não ficar enjoado se não olhasse para a estrada. Daniel Boone era um dos maiores pioneiros dos Estados Unidos. Mas, como a maioria dos outros pioneiros, não possuía o dom da escrita. Escrevia alguma coisa numa árvore depois de matar um urso.

"D. Boone matô um urço nessa arvore 1773."

Sua ortografia era muito pior do que a minha, até mesmo pior do que a de Simbad. Nunca escreveria "urso" errado. E também onde já se viu um marmanjão como ele escrevendo em árvores?

— DANIEL BOONE DANIEL BOONE
METIDO A VALENTE
MAS O URSO ERA MAIS INTELIGENTE
DANIEL CORREU COMO UM PRETO
E SUBIU NA ÁRVORE
QUE COVARDE

Tinha uma fotografia dele no livro. Parecia um molenga. Tentava salvar sua mulher e seu filho de um índio segurando uma faca. O índio tinha cabelo espetado e vestia cortina cor-de-rosa amarrada na cintura e mais nada. Olhava na direção de Daniel

Boone com uma cara de quem tinha levado um baita susto. Daniel Boone agarrava o seu pulso com um braço e, com o outro, segurava o cadeado da porta. O índio era tão baixinho que não chegava aos ombros de Daniel Boone. Daniel Boone usava uma jaqueta verde com gola branca e uma franja de tiras de couro no meio das mangas e, na cabeça, um chapéu de pele com rabo vermelho. Parecia uma das donas da vendinha de doces em Raheny. Seu cachorro latia. Sua mulher parecia agoniada com o barulho que eles faziam. Seu vestido mostrava os ombros e seu cabelo, preto e liso, alcançava suas nádegas. O cachorro tinha uma coleira com um nome escrito. E isso no meio de toda aquela amplidão selvagem. Não gostava do Daniel Boone da televisão também. Era bonzinho demais para o meu gosto.

— "Fess Parker" — perguntou papai —, que tipo de nome é esse?

Gostava dos índios. Gostava de suas armas. Fiz uma clava com a ponta mole igual à dos Apaches. Era uma bolinha de gude dentro de uma meia. Prendi com grampo para ficar mais firme no lugar. Pus uma pena na ponta, mas quando rodei a clava, a pena caiu. A clava zunia. Quando acertei-a na parede um dia, caiu um pedaço do reboco. Devia ter jogado a outra meia fora. Mamãe descobriu quando achou uma meia só no cesto.

— Não pode estar longe. Vá procurar embaixo da cama — pediu ela.

Subi até o meu quarto e olhei embaixo da cama, mesmo sabendo que a meia não estava lá. E ela nem tinha vindo comigo. Estava sozinho, mesmo assim agachei e olhei, aí resolvi me enfiar embaixo da cama. Achei um soldadinho. Era um soldadinho alemão da Primeira Guerra Mundial e usava um capacete pontudo.

Li os livros de William. Li todos os livros da coleção. Havia 34 ao todo. Possuía oito deles. O resto estava na biblioteca. William, o Pirata, era o melhor.

— Olhe só — exclamou William. — Esplêndido! Ei, Toby, Toby, venha cá, meu velho! — Toby não era molenga. Era um cachorrinho alegre e brincalhão. Correu para William e brincou com ele, latindo e fingindo que mordia seu dono, rolando e rolando no chão.

— Posso ganhar um cachorrinho de presente de aniversário?

— Não.

— E de Natal?

— Não.

— E nos dois juntos?

— Não.

— De Natal e de aniversário?

— Você quer levar um bofetão, quer?

— Não.

Pedi à mamãe. Ela disse a mesma coisa. Mas quando pedi para dois Natais e dois aniversários, ela disse: "Vou pensar."

Isso já bastava para mim.

A gangue de William eram os Fora da lei: William, Ginger, Douglas e Henry. Era a vez de Ginger empurrar o carrinho de bebê e ele empurrou com todo vigor.

— Vigor! — eu disse.

— Vigor!

— Vigor, vigor, vigor!

Durante o dia inteiro chamamos a nossa gangue de Tribo Vigor. Pegamos uma das canetas de feltro de Simbad e desenhamos um "V" enorme no nosso peito, significando Vigor. Estava frio. A caneta fazia cócegas. Eram "vês" enormes: iam das tetas até o umbigo.

— Vigor!

Kevin jogou a tampa da caneta de Simbad num poço velho da rua Barrytown com lama e lodo no fundo. Fomos até a loja de Tootsie e mostramos o nosso peito.

— Um, dois, três, já!

— Vigor!

Ela não percebeu, nem disse nada. Saímos correndo da loja. Kevin desenhou um pinto enorme na pilastra da casa dos Kiernans. Fugimos. Voltamos para que ele pusesse as gotinhas saindo do pinto. Corremos de novo.

— Vigor!
Os Kiernans eram somente o Sr. Kiernan e a Sra. Kiernan.
— Os filhos deles morreram? — perguntei à mamãe.
— Não — respondeu. — Eles nunca tiveram filhos.
— E por que não?
— Só Deus sabe, Patrick.
— Que coisa esquisita! — eu disse.
Eles não eram velhos. Iam trabalhar, os dois no carro dele. Ela também dirigia. Entrávamos no quintal deles quando estavam trabalhando. Uma casa de esquina. Era fácil. O muro era mais alto por ser uma casa de esquina e assim a gente podia ficar lá um século sem sermos vistos. O risco maior era na hora de subir o muro e pular para sair, mas era genial. O ideal era ser segundo. Ser primeiro era muito perigoso e metia um medo enorme. A mãe de alguém podia estar passando na rua empurrando um carrinho de bebê. Não era permitido olhar antes. Era a regra. A gente tinha que subir no muro de uma vez e se jogar para o outro lado. A gente nunca foi pego. Um dia, as calcinhas da Sra. Kiernan estavam estendidas no varal. Tirei o pau que levantava o varal e ele desceu para mais perto da gente. Aí pegamos Aidan. Ficamos calados, mas sabíamos o que íamos fazer. Puxamos seu rosto de encontro às calcinhas. Ele fez um barulho como se fosse vomitar.

— Tem sorte que não estão sujas!

Pus o pau de volta na linha. Então, um de cada vez, corríamos, pulávamos e dávamos cabeçadas nas calcinhas como se fosse uma bola de futebol. Era genial! Ficamos fazendo isso um tempão. Tudo isso sem tirá-las do varal.

Mamãe viu o "V" quando fomos tomar banho de banheira no sábado, depois do jantar. Eu e Simbad dividíamos o banho. Ela sempre nos dava cinco minutos para brincarmos com a água. Ela viu o "V". Já estava quase desaparecendo. Simbad também tinha um.

— O que significa isso aqui? — perguntou ela.
— "Vês" — respondi.
— E por que no peito? — perguntou ela.

— Porque sim — respondi.
Mamãe encheu a esponja de sabão e esfregou o "V" com toda força. Doeu.

Estava na venda do Sr. Fitz comprando um sorvete. Era domingo. Sorvete de caixinha. Tinha que pedir ao Sr. Fitz para pendurar na caderneta da mamãe e ela pagaria na sexta-feira. Ele embrulhou o sorvete no mesmo papel que embrulhava o pão. Fez o pacote dobrando o papel dos lados. Mas o papel já estava ficando molhado.
— Pronto.
— Muito obrigado — eu disse.
Avistei a Sra. Kiernan na porta. Estava entrando na venda. Vi a silhueta na porta. Minhas bochechas ficaram quentes. Ela ia perceber. Estava frito. Ela sabia.

Deslizei por um canto da porta. Ela ia me parar e me segurar pelos ombros. Havia muita gente ao redor. Conversavam na calçada. Tinham jornais e levavam sorvetes. Todos eles iriam ver. A mãe e o pai de Kevin também estavam ali. E as meninas! Ela ia me pegar e denunciar o que eu tinha feito.

Atravessei a rua e fui para casa usando a outra calçada. Ela sabia. Alguém tinha contado. Ela sabia. Tinha certeza. Estava só esperando o momento certo de me pegar. Tinha me seguido depois da venda. Meu rosto ainda estava vermelho de vergonha. Ela tinha visto. Minhas bochechas vermelhas e quentes. Dava para sentir. Ela tinha cabelos longos, mais longos do que os da mamãe. Eram também mais grossos. Castanhos. Ela nunca dava bom-dia. Eles nunca iam às compras a pé. E a casa deles era apenas alguns quarteirões mais longe. Ele era o único homem em toda Barrytown que ainda tinha cabelos encaracolados e usava bigode.

Olhei para trás. Escapei. Ela não estava me seguindo. Atravessei a rua. Ela era linda. Encantadora. Estava usando calça jeans em pleno domingo. Talvez estivesse só esperando o momento certo de me pegar.

Usando a colher, mexi o sorvete até ficar mole. Fiz montanhas no meio. As listras desapareceram. O sorvete agora era inteirinho rosa. Sempre usava uma colherinha, assim fazia o sorvete durar mais. Minhas bochechas ficaram de novo quentes só de pensar, mas não tão mal como antes. Dava para ouvir o meu sangue. Imaginava-me indo à porta da frente e a Sra. Kiernan lá, querendo conversar com a mamãe e lhe contar tudo o que eu tinha feito com as calcinhas dela no varal. E para o papai também. Dava para ouvir as passadas dela. Esperei pelo som da campainha.

Se a campainha não tocasse antes que eu terminasse o sorvete, então ela não viria. Mas não podia me apressar. Tinha que tomar o sorvete devagarinho, como o habitual, sempre o último a acabar. Mamãe me deixava lamber o copinho quando acabava o sorvete. A campainha não tocou de jeito nenhum. Senti como se tivesse concluído minha missão. Missão completa. Esperei até meu rosto voltar ao normal. O silêncio reinava. Era o único que tinha ficado na mesa com eles. Não tive coragem de olhá-los quando perguntei:

— A gente pode vestir calça jeans aos domingos?

— Não — respondeu papai.

— Depende — disse mamãe. — De qualquer maneira, nunca antes da missa.

— Não! — disse papai.

Mamãe olhou para ele com a mesma expressão que tinha quando nos pegava fazendo traquinagem. Apenas mais triste.

— Ele nem tem calça jeans — disse ela. — Só estava perguntando, mais nada.

Papai não respondeu. Mamãe também não.

Mamãe lia livros. Geralmente à noite. Ela lambia o dedo antes de virar a página. Segurava no canto da página com o dedo úmido antes de virá-la. De manhã, eu procurava o marcador do livro, um pedaço de jornal, e contava quantas páginas ela tinha lido durante a noite anterior. Seu recorde era 42.

As carteiras na escola tinham cheiro de igreja. Quando cruzava os braços e punha a cabeça no meio, quando Henno nos mandava dormir, dava para sentir o cheiro, o mesmo que sentia na igreja. Adorava o cheiro. Era forte, o mesmo do chão embaixo de uma árvore. Um dia lambi a carteira, mas o gosto era horrível.

Ian McEvoy dormiu de verdade uma vez quando Henno nos mandou dormir. Henno estava conversando com o Sr. Arnold na porta da sala de aula e nos mandou cruzar os braços e dormir. Ele sempre fazia isso quando conversava na porta ou lia o jornal. O Sr. Arnold tinha cachos enormes nos cabelos, que quase se entrelaçavam embaixo do seu queixo. Uma vez ele se apresentou no *Late Late Show* na televisão cantando uma canção e tocando guitarra com mais um homem e duas mulheres. Meus pais me deixaram ficar acordado para vê-lo. Uma das mulheres também tocava guitarra. Ela e o Sr. Arnold ficavam nas pontas, enquanto os outros dois ficavam no meio. Todos os quatro estavam vestidos com o mesmo tipo de camisa, só que os dois homens usavam gravata borboleta e as mulheres, não.

— Ele não devia largar o seu emprego do dia a dia — papai disse.

Mamãe mandou que ele ficasse quieto.

James O'Keefe bateu no meu assento com o pé. Mexi os braços um pouco para poder levantar a cabeça e olhar para trás na sua direção, mas tudo muito ligeiro.

— Boceta! — disse ele. — Passe para frente.

Sua cabeça se abaixou entre os braços na carteira de novo. Tive que me deslizar um pouco no assento para poder alcançar a carteira de Ian McEvoy. Chutei a carteira de leve. Ele não se moveu. Repeti o chute, dessa vez deslizando um pouco mais no assento, e atingi sua perna. Não se moveu. Sentei direito na carteira e esperei. Nada. Virei para James O'Keefe:

— McEvoy está dormindo de verdade.

James O'Keefe teve que morder o pulôver para abafar a risada. Alguém na sala estava em apuros e não era ele.

Ficamos esperando. Fizemos silêncio só para não acordá-lo, mesmo sem estarmos fazendo barulho antes.

Henno fechou a porta.

— Podem sentar-se direito agora.

Levantamos rapidinho. Olhamos para Hennessey para ver quando ele iria notar Ian.

Estávamos fazendo exercício oral de ortografia. De inglês. Henno tinha o diário aberto em cima de sua escrivaninha. Lá ele marcava todas as nossas notas e somava o total às sextas-feiras, então nos fazia trocar de carteiras e fileiras. Aqueles com as melhores notas sentavam na fileira perto da janela, e aqueles com as piores notas, na fileira de trás, no fundo, perto dos cabides onde pendurávamos nossos casacos. Eu geralmente ficava no meio, às vezes mais perto das fileiras da frente. Os que estavam no fundo sempre eram testados com as palavras de ortografia mais difíceis; em vez de ele perguntar, vamos dizer, três vezes onze quanto é, ele perguntaria onze vezes onze quanto é, ou até mesmo onze vezes doze. Se um de nós era colocado na fileira do fundo, era muito difícil sair de lá e ninguém nunca passava dicas.

— Mediterrâneo.
— M-e-d...
— Essa é a parte mais fácil. Vamos, vamos.
— ... i-t...
— E o resto?

Ele ia errar. Era Liam. Sempre se sentava atrás de mim, na fila ao meu lado perto dos casacos, mas conseguiu um dez em matemática na quinta-feira e por isso estava sentado na minha frente e na frente de Ian McEvoy. Só consegui seis no teste de matemática porque Richard Shields não me deixou dar uma espiada no teste dele, mas depois dei-lhe um belo chute para ele aprender.

— ... t-e-r-a...
— Errado. Você é uma lesma. O que você é?
— Uma lesma, senhor!
— Correto. Você errrrou! — disse Henno, enquanto escrevia a nota no diário.

Não só nos fazia mudar de carteiras toda sexta-feira, como também nos dava surras. Disse que isso abria o seu apetite para o jantar. Dava-lhe vontade de comer, coisa que precisava, pois normalmente não gostava de peixe. Para cada erro, uma chibatada com o cinto que deixava de molho no vinagre durante as férias de verão.

Kevin era o próximo. Depois, Ian.

— M-e-d... — disse Kevin — ... i-t-e-r-r-a-n-o.

— Errado! Agora, o Sr. McEvoy!

McEvoy dormia como um bebê. Kevin, que dividia a carteira com ele, me contou depois que Ian sorria como um anjo.

— Sonhando com as fadas — disse James O'Keefe.

Henno se levantou e olhou na direção de Ian McEvoy.

— Ele está dormindo, professor — informou Kevin. — Posso acordá-lo?

— Não — disse Henno.

Henno pôs os dedos nos lábios; era para ficarmos calados.

Rimos um pouquinho e depois silenciamos. Caminhou na ponta dos pés para a carteira de Ian McEvoy. Ficamos esperando. Não parecia que estava para brincadeira.

— Se-nhor McEvoy!

Não foi engraçado; não pudemos rir. Senti a golfada de ar quando Henno levantou a mão e acertou direto na nuca de Ian McEvoy, que levantou a cabeça tentando respirar. Gemeu. Não pude vê-lo. Só pude ver um lado do rosto de Kevin. Estava branco; seu lábio inferior tinha saltado para fora.

Hennessey nos advertiu sobre ficar doente às sextas-feiras. Se não fôssemos à escola na sexta, para recebermos a punição, ele nos pegaria na segunda, não importava a desculpa.

Todas as carteiras tinham o mesmo cheiro, em todas as salas de aula. Às vezes, a madeira era mais clara porque a carteira tinha ficado exposta ao sol, perto da janela. Elas não eram como as escrivaninhas antigas, nas quais a parte de cima era fixa com dobradiças e embaixo tinha uma gaveta para guardar os livros. Nas nossas, a parte de cima estava pregada e embaixo tinha uma prateleira onde guardávamos os livros e as nossas mochilas. Havia um espaço para as canetas e um buraco para acomodar a tinta da caneta-tinteiro. Dava para rolar a caneta no topo da carteira, pois esta era ligeiramente inclinada, mas

Henno detestava o barulho. Às vezes fazíamos isso só para ver o que acontecia.

James O'Keefe um dia bebeu a tinta.

Quando a gente precisava se levantar, quando nos mandavam, tínhamos que erguer o assento sem fazer barulho. Quando alguém batia à porta, se fosse um professor visitando ou o diretor da escola, o Sr. Finnucane, ou o padre Moloney, tínhamos que ficar em pé.

— *Dia duit*[12] — dizíamos.

Henno levantava a mão como se estivesse segurando alguma coisa na palma, e aquele era o momento em que dizíamos isso todos juntos.

Havia dois meninos em cada carteira. Quando um dos meninos à frente se levantava para ir à lousa ou ao *leithreas*[13], dava para ver a marca vermelha nas pernas.

Eu tinha que ir chamar meus pais. Simbad não parava de chorar, fungando como um trem. Não parava.

— Quebro a sua cara se não parar!

Não sabia como eles ainda não tinham escutado. A luz do corredor estava apagada. Era para ter ficado acesa. Cheguei ao pé da escada. O chão do corredor estava gelado. Parei para verificar: Simbad ainda chorava.

Adorava pôr Simbad em apuros. E assim era até melhor, pois dava para fingir que estava ajudando.

Eles assistiam a um filme de bangue-bangue. Papai não estava fingindo que lia o jornal.

— Francis está chorando.

Mamãe olhou para papai.

— Ele não quer parar.

Eles se olharam e mamãe se ergueu. Demorou um século para que ela se levantasse completamente.

— Está chorando a noite inteira.

---

12 *Olá — Deus esteja convosco.*
13 *Sanitário.*

— Volte para cima, Patrick. Vai logo.

Fui antes dela. Esperei na parte escura para ter certeza de que viria. Parei em frente à cama de Simbad.

— Mamãe já vem — disse a ele.

Teria sido melhor se fosse papai. Mamãe não faria nada com ele. Conversaria, só isso, e talvez lhe desse um abraço. Mas não fiquei chateado. Não queria vê-lo sofrer agora. Estava muito frio.

— Ela já vem — reforcei.

Iria salvá-lo.

Ele começou a chorar um pouco mais alto. Mamãe abriu a porta e entrou no quarto. Voltei para a cama. Ainda tinha sobrado um pouco do quentinho que estava lá antes. Papai também não teria feito nada; o mesmo que mamãe, ele teria feito.

— O que foi, Francis?

Ela não falou como se dissesse: "O que foi *dessa* vez?"

— Estou com dor nas pernas — respondeu Simbad.

Os soluços diminuíram. Ela tinha vindo.

— E como é essa dor?

— Muito forte.

— Nas duas pernas?

— É.

— Duas dores?

— Sim.

Em vez das pernas, ela lhe acariciou o rosto.

— Como da outra vez.

— É.

— Deve ser terrível. Pobrezinho.

O soluço voltou. Só um.

— É que você está crescendo, sabia? — ela lhe disse. — Você vai ser bem alto.

Nunca tive dores nas pernas.

— Bem altão. Ótimo para roubar maçãs.

Achamos muito engraçado. Rimos.

— Está passando a dor? — perguntou ela.

— Acho que sim.

— Tá bom. Alto e charmoso. Muito charmoso. O terror das meninas! E você também, Patrick.

Quando abri os olhos de novo, ela ainda estava lá. Simbad dormia. Podia ouvi-lo respirar.

A gente lotava o salão: três pence cada um nas mãos do porteiro, o Sr. Arnold, e a gente tinha o ingresso. Todas as cadeiras da frente eram reservadas para os meninos menores e mais novos, de classes abaixo da nossa. Não tinha importância, pois quando as luzes se apagavam, todos se levantavam e subiam nas cadeiras. Era melhor nas fileiras de trás. Simbad estava lá também, com a sua classe, usando os óculos novos. Uma das lentes era tapada, como a da Sra. Byrne, que morava na rua de cima. Papai disse que era para dar chance a um olho de acompanhar o outro, pois um deles era preguiçoso. Ganhamos chocolates no caminho de volta para casa quando fomos à cidade para Simbad pegar os óculos. Voltamos de trem. Simbad disse à mamãe que quando ele crescesse, ia pegar as primeiras cinco libras do seu salário, trazê-las no trem e apertar o botão de emergência, e depois pagar a multa.

— E o que vai ser, Francis?

— Quero ser agricultor — respondeu ele.

— Agricultores não andam de trem — eu disse.

— E por que não? — disse mamãe. — Claro que andam.

Os óculos de Simbad tinham aros de metal e hastes que se ajustavam às orelhas, fazendo-as se esticarem para fora. Isso era para que ele não os perdesse, mas, mesmo assim, perdia.

Algumas sextas-feiras a gente não tinha aula de verdade depois do recreio. Em vez disso, víamos filmes no salão da escola. Avisavam a gente para trazer os três pence para a entrada, mas Aidan e Liam esqueceram de trazer o dinheiro uma vez e mesmo assim entraram; só precisaram esperar todo mundo entrar primeiro. Inventamos que era porque o Sr. O'Connell não tinha os três pence para lhes dar — eu que inventei —, mas na segunda-feira trouxeram o dinheiro. Aidan chorava quando a gente dizia aquilo.

Henno cuidava da projeção. Achava-se o maioral. Ficava de pé em frente ao projetor como se fosse um avião de combate ou alguma coisa assim. O projetor ficava numa mesa no fundo do salão, no meio do corredor entre as fileiras de cadeiras. Só para desafiar, quando as luzes se apagavam, engatinhávamos para o corredor e, em frente à luz do projetor, fazíamos gestos que formavam figuras — geralmente um cão latindo — que eram visíveis na tela, no palco, na frente do salão. Essa era a parte mais fácil. O mais difícil era voltar às nossas cadeiras, antes que as luzes se acendessem de novo. Todo mundo tentava empurrar o outro, para fazê-lo ficar no corredor e ser pego. Todo mundo chutava ou pisava nos pés dos outros, quando tentavam engatinhar de volta ao assento. Era genial.

— Peguem o caderno de inglês! — disse Henno.

Esperamos.

— *Anois*.[14]

Pegamos o caderno. Todos os meus cadernos eram encapados com o papel de parede que tinha sobrado quando a tia Muriel redecorou o seu banheiro. Sobraram uns dez rolos que ela deu ao papai.

— Ela deve ter pensado que ia cobrir as paredes do Taj Mahal — disse ele.

— Psiu! — fez mamãe.

Usei um decalque de plástico para fazer os nomes. Patrick Clarke. Mestre Hennessey. Inglês. Não mexer.

— Estas filas aqui e ali — disse Henno —, tragam o caderno. *Seasaígí suas*.[15]

Quando chegamos ao salão, demos os cadernos a Henno para que ele os colocasse embaixo das pernas da frente do projetor, assim a imagem ficaria bem no meio da tela.

Os professores ficavam no corredor lateral e faziam "psiu" durante todo o filme. Eles se apoiavam contra a parede e fumavam, alguns deles. Só a Sra. Watkins é que fiscalizava a gente,

---

14 *Agora.*
15 *Levantem-se.*

mas nunca pegava ninguém porque dava sempre para ver sua sombra na tela quando descia o corredor.
— Sai da frente!
— Sai da frente!
Se estivesse sol lá fora, não dava para distinguir quase nada na tela, porque as cortinas não eram assim tão grossas para tapar a luz. A gente gritava de alegria quando uma nuvem encobria o sol e gritava de novo quando o sol voltava a aparecer. Às vezes, só dava para ouvir o filme. Mas era fácil de saber o que acontecia na tela.
Sempre começava com um ou dois desenhos do Pica-Pau. Eu imitava direitinho o grito do Pica-Pau.
— Pare com isso! — ordenava um professor.
— Psiu!
Mas não insistiam muito. E quando o Pica-Pau terminava e os Três Patetas entravam, a maioria dos professores não estava mais lá. Só ficavam Henno, o Sr. Arnold e a Sra. Watkins. Imitar o Pica-Pau me deixava com dor na garganta, mas valia a pena.
— Sei que é você, Patrick Clarke.
Podíamos ver a Sra. Watkins procurando com os olhos, num esforço para nos encontrar no escuro da sala, sem sucesso.
— Faça de novo.
Esperei até que ela olhasse diretamente na nossa direção, e fiz.
— E-E-E-E-E, E-E-E-E-E, HE-HE-HE-HE-HEEE...
— Patrick Clarke!
— Não fui eu, professora.
— Foi o Pica-Pau na tela, professora!
— A senhora está na nossa frente.
— Olhe! Dá pra ver as tetas dela na luz!
Ela voltou-se na direção de Henno para pedir-lhe que parasse a projeção, mas ele a ignorou.
— E-E-E-E-E, E-E-E-E-E, HE-HE-HE-HE-HEEE...
Também adorava os Três Patetas. Às vezes era o Gordo e o Magro, mas preferia os Três Patetas. Alguns meninos falavam "Três Patetos", mas eu sabia que era "Os Três Patetas" porque papai me disse. Não dava para acompanhar a história nos filmes;

o barulho que fazíamos era demais e, de qualquer maneira, tudo o que faziam no filme era brigar uns com os outros. Larry, Moe e Curly eram os seus nomes. Kevin fincou os dedos nos meus olhos como os Três Patetas faziam — estávamos no campinho atrás das lojas, nós todos —, e fiquei sem enxergar por um século. No começo, não sabia que não podia ver por causa da dor. Não podia abrir os olhos. Era como aquelas dores de cabeça que eu costumava ter. Era como as dores de cabeça que você tem quando toma sorvete muito rápido; era como se eu tivesse sido cutucado por um galho mole no olho. Tapei os olhos com as mãos e não conseguia tirá-las. Meu corpo tremia como Catherine fazia quando ficava chorando e berrando durante muito tempo. Não queria tremer, mas tremia mesmo assim.

Não percebi que estava gritando. Eles é que me contaram depois. Ficaram morrendo de medo, deu para ver. E na vez seguinte que me machuquei de verdade — quando arranhei meu ombro num prego da trave que usamos para o futebol —, também gritei. Mas, como eu estava fazendo força para gritar, acho que fiquei parecendo idiota. Então parei e rolei no chão no molhado. E, quando papai voltou do trabalho e mamãe lhe contou o que acontecera, ele foi à casa de Kevin para tirar satisfação. Fiquei observando através da janela do quarto deles. E quando ele voltou, não disse nada. Kevin não sabia o que houve entre o meu pai e o dele. Kevin achou que seria pelado vivo, principalmente quando viu a sombra do papai na porta da frente. Mas nada lhe aconteceu. Contei isso para o papai na hora do jantar, no dia seguinte; ele não ficou surpreso nem nada.

Fiquei com os olhos esbugalhados e vermelhos, e um deles também ficou roxo.

A melhor coisa em assistir aos Três Patetas era que não havia intervalo. Para os filmes mais longos, Henno tinha que trocar o rolo do filme e enrolar a primeira parte. A tela ficava branca com pequenas bolhas pretas tremendo no meio, o som sumia e podíamos ouvir o barulho da ponta do filme batendo contra a bobina vazia. Levava um século para a segunda parte do filme ficar pronta.

As luzes eram acesas para que Henno pudesse ver o que fazia. Sentávamos de volta nas cadeiras antes das luzes acenderem. Fazíamos apostas: o primeiro a sentar era um molengão.

Uma vez, durante o filme principal, Fluke Cassidy teve um ataque epiléptico e ninguém notou. O filme era *Os vikings*. O sol lá fora estava encoberto, por isso a gente podia ver e ouvir o filme. Fluke Cassidy caiu da cadeira, mas isso acontecia o tempo todo. O filme era incrível, com certeza o melhor que já vi. Começamos a fazer barulho com os pés para que Henno se apressasse com a troca do rolo. Foi então que vimos Fluke.

— Professor, Fluke Cassidy está tendo um ataque!

A gente se afastou dele só para não levar a culpa.

Fluke tinha parado de tremer. Já tinha derrubado três cadeiras e o Sr. Arnold tinha posto o paletó em cima dele.

— Talvez eles não terminem o filme — disse Liam.

— E por que não?

— Por causa de Fluke.

O Sr. Arnold pediu mais casacos.

— Casacos, rapazes, casacos, rápido!

— Vamos lá ver? — Kevin disse.

Avançamos duas fileiras e entramos naquela onde estava Fluke. Parecia dormir, embora estivesse um pouco pálido.

— Abram espaço, rapazes!

Henno se aproximou também, parando ao lado do Sr. Arnold. Juntos, puseram uns quatro casacos em cima de Fluke. Se cobrissem a cabeça dele, era porque estava morto.

— Alguém para ir chamar o Sr. Finnucane.

O Sr. Finnucane era o diretor da escola.

— Eu, professor!

— Eu, professor!

— Eu vou, professor!

— Você! — disse Henno apontando para Ian McEvoy. — Vá relatar o que se passou ao Sr. Funnicane. O que se passou?

— Fluke Cassidy teve um ataque de epilepsia, professor.

— Correto.

— O senhor quer que a gente carregue Fluke, professor?

— VOCÊS AÍ NO FUNDO, QUIETOS, POR FAVOR. SI-LÊNCIO! CA-LA-DOS! SENTEM-SE!
— Ei! Esse é o meu lugar!
— Ca-la-dos!
A gente tentava se sentar. Virei-me na direção de Kevin.
— Nem um pio, Sr. Clarke! Todos de olho na tela!
O irmão mais novo de Kevin, Simon, pôs a mão para cima. Ele estava bem na frente.
— Você aí, com a mão para cima!
— Malachy O'Leary quer ir ao banheiro.
— Sentado!
— Mas é para fazer cocô!
— Sentado, já disse!
A música do Viking era a melhor coisa do filme. Era sensacional. Toda vez que chegava um barco de volta à aldeia, um vigia no topo das rochas tocava a trombeta, que era um chifre enorme, e todo mundo saía das cabanas e corria até a praia para encontrar o barco. Sempre que havia uma batalha, a trombeta também era tocada. Era sensacional. Não dava para esquecer nunca. No final, quando um dos heróis foi morto — não sabia ao certo qual deles —, eles o colocaram num barco e depois cobriram o corpo com lenha, puseram fogo e empurraram o barco para longe, no mar. Comecei a cantarolar a música, devagarinho; sabia que eles iam começar a tocar. E tocaram.

Matei um rato com um taco de *hurling*. Foi pura sorte. Só arremessei o taco. Não sabia que o rato ia passar na minha frente naquele momento. Não fiz de propósito. Mas foi sensacional, o taco acertou o rato com força e o levantou no ar. Perfeito.
Dei um grito de vitória.
— Você viu?
Foi perfeito. O rato ali estendido, na lama, tremendo todo, espuma saindo da boca.
— Cam-pe-ão, cam-pe-ão, cam-pe-ão!
Rastejamos até ele. Eu rastejei mais ligeiro porque queria vê-lo primeiro, afinal o rato era meu. Ele ainda estrebuchava.

— Ainda está tremendo.
— Não é ele, não. São os nervos.
— Os nervos morrem por último.
— Vocês viram como acertei em cheio nele?
— Eu só estava esperando ele chegar mais perto — disse Kevin. — Teria acertado nele também.
— Fui eu que acertei.
— Que vamos fazer com ele?
— Um funeral.
— É. Boa!

Edward Swanwick não viu *Os vikings* com a gente. Ele não era da nossa escola.

Estávamos no quintal dos Donnellys, atrás do celeiro. Teríamos que contrabandear o rato para fora do terreno deles.

— Por quê?
— Porque o rato é deles.

Perguntas como essa estragavam tudo.

Tio Eddie estava na frente da casa ajeitando os pedregulhos do caminho com o ancinho. A Sra. Donnelly estava na cozinha. Kevin foi para o lado do celeiro, atirou uma pedra na cerca — como chamariz — e ficou esperando.

— Ela está lavando umas calças.
— Tio Eddie fez nas calças!
— Tio Eddie se cagou e o Sr. Donnelly utilizou como adubo para os repolhos.

Duas saídas estavam bloqueadas. Só sobrou o muro de trás por onde a gente tinha pulado.

Até agora ninguém tinha tido coragem de apanhar o rato.

Simbad mexia no troço com um pau. O troço que tinha saído da boca do bicho.

— Vamos lá. Apanhe o rato — eu disse a ele, sabendo que não iria.

Mas ele apanhou. Pelo rabinho. Segurou firme e deixou o bicho girar no ar lentamente.

— Passe pra cá! — ordenou Liam, mas não estendeu a mão, nem tentou tirar o rato das mãos dele.

Não era um rato grande; sua cauda o fez parecer maior do que era. Fiquei perto de Simbad. Ele era meu irmão e estava segurando um rato morto nas mãos.

A maré estava baixando. Isso era bom; a tábua não iria ficar voltando com as ondas. Simbad limpou o rato. Colocou-o embaixo da bomba de água que ficava nos bangalôs perto de casa e deixou o jato d'água jorrar em cima dele. Depois embrulhou o ratinho em seu pulôver, deixando só a cabecinha de fora.

Kevin segurava uma ponta da tábua para que ela não saísse do lugar.

Comecei:

— Ave Maria cheia de graça, o Senhor é convosco...

Soava magnífico, cinco vozes e o vento soprando. Kevin levantou a tábua da água: tinha uma onda vindo.

— ... agora e na hora da nossa morte, amém.

Eu era o padre porque não sabia usar os fósforos. Minha missão estava cumprida. Edward Swanwick sentou-se nos degraus molhados e segurou a tábua para Kevin, que virou as costas pro vento e pro mar e acendeu o fósforo. Virou-se na direção do mar de novo e protegeu a chama com as mãos. Achava incrível como ele conseguia fazer isso.

A chama durou o tempo necessário. Era como a chama num pudim de Natal. Podia ver o fogo, mas não acontecia nada com o rato. Sentia o cheiro de querosene. Eles empurraram a tábua de mansinho, ao contrário do que fazíamos com nossos navios de guerra; não queríamos que o fogo se apagasse. O rato ainda estava em cima da tábua. O fogo era forte, mas mesmo assim nada estava acontecendo com o rato.

Imitamos as trombetas com as mãos. Edward Swanwick também acompanhou, mesmo não sabendo o que significava.

— Agora.

Juntos começamos a trompetear a música dos Vikings.

— Du du de du
    Du du de du
        Du du de du du du du de de de du du

Deu para tocar a música duas vezes enquanto o fogo ardia.

***

Estava com um livro em cima da cabeça. Tinha que subir a escada sem derrubá-lo. Se caísse, eu morreria. Era um livro de capa dura, pesado, o melhor tipo para se carregar na cabeça. Não me lembrava que livro era. Conhecia todos os livros dentro de casa. Conhecia o formato e o cheiro de cada um deles. Sabia até em que páginas abririam se pusesse o livro em pé no chão e o deixasse cair. Conhecia todos, mas não conseguia lembrar que livro estava carregando em minha cabeça agora. Ia descobrir quando chegasse ao topo da escada, tocasse na porta do meu quarto e descesse a escada de volta. Só então poderia tirá-lo da cabeça — inclinaria a cabeça devagarinho para a frente e então deslizaria o livro delicadamente em minhas mãos. Só assim poderia ver qual era. Poderia até tentar olhar para cima com muito cuidado e tentar decifrar que livro era pelo canto da capa e também pela cor. Mas isso era muito perigoso. Tinha que cumprir minha missão sem falhar. Equilibrar era melhor do que ir devagar. Se andasse muito devagar, perderia o equilíbrio, o livro cairia e nunca completaria a minha missão. Morte. Havia uma bomba dentro do livro. Equilíbrio era melhor: um passo, depois outro. Sem pressa. Ter pressa era tão ruim quanto ir devagar. Dava desespero quando estava chegando ao fim. Como Catherine aprendendo a andar, atravessando a sala. Ela dava cinco passos sem problema nenhum, aí sua expressão mudava no momento em que percebia quanto faltava para chegar do outro lado. Em vez do sorriso, a expressão dela ia aos poucos se transformando em choro, pois sabia que não ia conseguir, se apressava e pimba!, caía no chão. Equilíbrio. Quase no topo da escada. O ponto crítico. Napoleon Solo. Quando chegava ao topo, tinha que se acostumar com o nível. Sem degraus. Era como se caísse.

A porta do banheiro estava aberta.

Papai saiu do banheiro com o jornal nas mãos. Olhou para mim e depois além de mim.

Ele disse:

— Macaco vê, macaco faz.

Não estava olhando em minha direção.
Virei a cabeça. O livro caiu. Consegui apanhá-lo no ar. *Nosso agente em Havana*. Simbad estava no topo da escada com um livro na cabeça. *Ivanhoé*. O meu livro escorregou da capa e caiu das minhas mãos. Pronto, estava morto.

Liam quebrou os dentes brincando de corrida de Grande Prêmio com a gente. Não foi culpa de ninguém, só dele mesmo. Não eram mais dentes de leite, eram aqueles que deveriam durar o resto da vida. Também cortou os lábios.
— Os lábios dele já eram!
Assim é que parecia quando aconteceu. O sangue e a maneira como ele segurava a boca com as mãos fazia parecer que sua boca inteira tinha sido arrancada de uma só vez. Só tinha sobrado um único dente, grande, na frente, agora rosa por causa do sangue. E o rosa se tornava encarnado e as gotas caíam onde as mãos se juntavam, em cima do queixo.

Seus olhos pareciam doidos. Primeiro — assim que ele saiu de trás da cerca —, ficaram do jeito que ficam quando se acende a luz num lugar completamente escuro, mas logo mudaram; doidos, paralisados, esbugalhados, saindo de dentro das pestanas.

Aí ele começou a uivar.
Sua boca não se movia, nem a mão. Mas o barulho estava lá. Era ele, sabia por causa dos olhos, apavorados.
— Mamãe!
— Olhe para ele!
Era como alguém imitando um fantasma, mas não uma imitação boa; tentando nos amedrontar inutilmente, pois sabíamos que não era sério. Mas agora metia medo de verdade. Era uma agonia. Ali estava Liam, à nossa frente, e não atrás de uma cortina. Fazia aquele barulho, mas era de verdade, não estava brincando. Seus olhos diziam tudo. E ele não podia fazer nada.

Se tivesse sido um acidente comum, teríamos corrido antes de alguém pôr a culpa na gente só por estar lá. Isso sempre acontecia. Um moleque chutava uma bola e quebrava o vidro de uma janela e dez moleques levavam a culpa.

— Vocês todos são responsáveis!

Foi o que a Sra. Quigley dissera quando Kevin quebrou a janela do banheiro da casa dela. Gritou de dentro do quintal, através do muro alto. Ela não podia nos ver, mas sabia muito bem quem éramos.

— Sei quem são. Todos vocês.

O Sr. Quigley tinha morrido e a Sra. Quigley ainda era muito nova, por isso deve ter feito alguma coisa para ele morrer: isso é o que todo mundo achava. Decidimos que ela pôs vidro em pó na omelete dele — isso eu tinha visto no *Hitchcock Apresenta* e me parecia possível. Kevin contou ao pai essa história e ele disse que o Sr. Quigley tinha morrido de tédio por causa da Sra. Quigley, mas preferíamos a nossa versão; era muito melhor. Mesmo assim, não tínhamos medo dela. Ela ficava doida quando a gente sentava no muro da casa dela. Batia no vidro da janela para que a gente fosse embora, mas nem sempre da mesma janela; às vezes no térreo, às vezes na janela de cima.

— Isso é só para a gente não pensar que ela fica espiando pela janela da sala o tempo todo.

Ela não metia medo.

— Não tem jeito de ela forçar a gente a comer nada.

Essa era a única maneira de ela se vingar: nos envenenando. Não conhecia nenhum outro jeito. Não era velha nem enrugada demais para nos meter medo. Era maior do que mamãe. Mulheres grandonas — não as grandes e gordas — eram boa gente. Mulheres miúdas eram perigosas. Mulheres miúdas e homens grandes.

Ela não tinha filhos.

— Ela os comeu.

— Não, claro que não!

Assim já era demais.

O irmão de Kevin sabia por quê:

— O Sr. Quigley não consegue fazer o pinto ficar duro!

83

A gente nunca pulou o muro dela. Contei isso aos meus pais quando a Sra. Quigley veio reclamar de mim com eles. Ela nunca tinha reclamado antes. Meus pais fizeram o que sempre faziam; me mandaram para o quarto até que estivessem prontos para me dar o castigo merecido. Eu odiava. Porque funcionava; me fizeram ficar lá durante horas. Tinha todas as minhas coisas lá, meus livros, meus carros e tudo, mas de nada adiantava. Não conseguia me concentrar na leitura e achava tolice brincar com os carrinhos quando sabia que papai iria me dar uma surra — era sábado. Não queria lhe dar uma má impressão se ele me achasse brincando no chão do quarto. Queria dar a impressão certa. Queria que ele visse que eu tinha aprendido a lição. Estava ficando escuro, mas não tive coragem de ir acender a luz. O interruptor era muito perto da porta. Sentei no canto da cama, perto da janela. Senti um arrepio. Meus dentes tiritavam tanto que meu queixo doía.

— Explique-se.

Era uma pergunta monstruosa, uma armadilha; tudo que dissesse sairia errado.

— Perguntei qual é a sua explicação.

— Não fiz na...

— Eu decido isso — disse papai. — Continue.

— Não fiz nada.

— Você deve ter feito.

— Mas não fiz — eu disse.

Silêncio. Primeiro ele olhou bem dentro do meu olho esquerdo, depois no direito.

— Não fiz — eu disse. — Juro por Deus!

— Então por que a Sra. Quigley veio de tão longe — eram somente cinco casas entre a nossa e a dela — só para reclamar de algo que você não fez?

— Não sei. Mas não fui eu.

— "Não fui eu" o quê?

— O que ela lhe contou.

— E o que foi que ela me contou?

— Não sei. Só sei que não fiz nada, juro por Deus. Papai, olhe, juro pela minha vida com a mão no coração. Olhe!

Pus as mãos no coração. Fazia isso o tempo todo. Nunca me aconteceu nada e geralmente estava mentindo.

Mas dessa vez não estava mentindo. Não tinha mesmo feito nada de errado. Foi Kevin quem quebrou a janela dela.

— Ela deve ter tido alguma razão para vir aqui — disse papai.

As coisas já não pareciam tão ruins. Ele não parecia com vontade de me bater. Estava sendo justo.

— Ela com certeza pensa que fiz alguma coisa de errado — eu disse.

— Mas você não fez.

— Não.

— Certeza absoluta?

— Absoluta.

— Diga "sim".

— Sim.

Isso era a única coisa que mamãe me pedia. Para dizer "sim".

— Eu só...

Talvez fosse um erro ter começado a dizer, mas abri a boca e agora não dava para voltar atrás. Percebi pelas suas feições. Mamãe sentou-se quando comecei a falar e olhou para papai, atenta. Pensei em mudar a história e contar sobre a Sra. Quigley envenenando o marido, mas não fiz. Papai não era assim. Não acreditava nessas coisas.

— Só sentei no muro dela.

Agora, ele poderia me dar uma bofetada. Ele disse:

— Bom, então não sente mais no muro dela, está bem?

— Sim.

— Isso mesmo — disse mamãe.

— Está bem — assenti.

Nada mais. Pronto, tinha acabado. Ele olhou ao redor procurando uma desculpa para sair da situação. Ligou o toca-discos. Virou as costas para mim. Estava livre. Um homem inocente. Condenado injustamente. Tendo treinado pombos enquanto cumpria minha sentença na prisão me tornei um perito nessas aves.

O uivo de Liam nos grudou na grama. Não podíamos nos mover. Eu não podia nem tocá-lo nem fugir. O uivo estava comigo; estava dentro de mim. Estava sem poder nenhum. Não conseguia nem cair.

Liam devia estar morrendo.

Tinha que estar.

Alguém tinha de vir.

A cerca de onde ele caiu não era a da Sra. Quigley. Não tinha nada a ver com a Sra. Quigley. Era a única cerca realmente grande na nossa rua. A cerca da casa de Liam e Aidan era maior e mais cheia de galhos, mas eles não moravam na nossa rua. Moravam numa rua que saía da nossa. Mas essa cerca crescia mais rápido do que as outras e tinha folhas menores que não eram verdes ou brilhantes. Na verdade, quase nem eram verdes, tinham um lado meio cinza. A maioria das cercas era muito menor. As casas eram novas e as cercas também. Só essa cerca era mais alta; era o último obstáculo. Sempre deixávamos essa por último.

A cerca era do jardim dos Hanleys. Era a cerca deles. Do Sr. Hanley. Ele cuidava de tudo no jardim. Eles tinham um laguinho no quintal, mas sem peixinhos. Eles morreram congelados.

— Ele deixou os peixinhos lá até apodrecerem.

Não acreditei.

— Ficaram boiando.

Não acreditei naquilo. O Sr. Hanley estava sempre no jardim, limpando, catando folhas, tirando as lesmas das plantas — pegava as lesmas com as mãos; isso eu tinha visto com meus próprios olhos. Sempre escavava, encostado ao muro. Vi uma mão no muro quando fui à venda. Era a mão dele, para se equilibrar enquanto cavava. Mas só vi a mão. Tentei passar rápido antes que ele se levantasse, mas não podia correr, só caminhar mais ligeiro. Não estava tentando fazer com que não me visse. Não tinha medo dele. Uma vez, passando por lá, o vi deitado na grama com os pés no canteiro de flores. Esperei para ver se estava morto; mas depois fiquei preocupado que alguém estivesse me observando pelas janelas. Quando voltei, o Sr. Hanley não estava mais lá. Ele não trabalhava.

— E por que não?
— Ele é aposentado — disse mamãe.
— Por que é aposentado?

Por isso ele tinha o jardim mais bem tratado de toda a Barrytown, e por isso invadir o seu jardim era o desafio maior. E era por isso que o nosso Grande Prêmio terminava ali. Pular a cerca-viva, atravessar o portão e aí o vencedor! Mas Liam não estava ganhando.

De certa maneira, vencer era a parte mais fácil. O vencedor era o primeiro a sair do jardim pelo passeio. O Sr. Hanley ou os seus filhos, Billy e Laurence, não teriam tempo para pegá-lo. Os que pulavam a cerca por último é que corriam perigo maior. O Sr. Hanley espumava de raiva quando nos via. Tinha sempre um pouco de baba branca nos cantos da boca. Um monte de velhinhos tinha a boca assim. Billy Hanley e principalmente Laurence Hanley nos matariam se nos pegassem.

— Por que esses dois idiotas não se casam e somem daqui?
— Mas quem ia querer casar com eles?

Laurence Hanley era gordo, mas como era rápido! Ele nos segurava pelos cabelos. Era a única pessoa que eu conhecia que conseguia fazer isso. Estranho, um homem segurando alguém pelos cabelos. Fazia isso porque era gordo e não conseguia brigar direito. Era malvado também. Seus dedos eram duros como um punhal e, quando esmurrava, era muito pior do que um soco. Quatro punhaladas no peito enquanto segurava o coitado pelo cabelo.

— Não pise mais nesse jardim!

Mais uma punhalada para acabar, então deixava o coitado ir.

— E nunca mais volte!

Às vezes chutava também, mas sua perna não subia muito. Ele também suava entre as pernas. Dava para ver pela marca nas calças.

Havia dez obstáculos. Todos os muros das casas na nossa rua eram da mesma altura. Exatamente da mesma altura, mas a cerca-viva era que fazia a diferença. E os jardins entre os muros, tínhamos que passar por eles para alcançar o próximo obstáculo. Empurrar era permitido nos jardins, mas puxar e pôr o pé na frente dos outros, não. Era uma loucura. Incrível. Começávamos no jardim de Ian McEvoy, uma linha estreita para todos nós, sem nenhuma vantagem para ninguém; ninguém podia começar na frente do outro; mas ninguém queria começar na frente sozinho e ter que esperar pelos outros quando chegasse na próxima cerca e no próximo jardim. Era o jardim da Sra. Byrne. A Sra. Byrne tinha uma lente preta nos óculos. A gente a chamava de três olhos, mas isso era a única coisa engraçada a seu respeito.

Sempre levava um século para a linha reta ficar realmente reta. Tinha sempre um que empurrava. Era permitido, contanto que os cotovelos não se erguessem muito sobre a nuca do outro.

— Lá estão eles prontos para a largada! — disse Aidan.

Arrastamos a linha um pouco mais para frente. Ninguém queria ser o último a partir, pois com certeza seria o último a acabar e consequentemente aquele que seria pego por Laurence Hanley.

— Largaram!

Esse foi o último comentário de Aidan.

O primeiro obstáculo era fácil. O muro entre o jardim de McEvoy e da Sra. Byrne. Não havia cerca-viva por cima do muro. Você precisava se concentrar para ter certeza de que havia espaço suficiente para movimentar as pernas no pulo. Alguns de nós conseguiam pular sem tocar o muro de jeito nenhum — eu podia —, mas era preciso um montão de espaço para isso. Atravessamos o jardim da Sra. Byrne, aos berros. Era parte do jogo: tentar ferrar os retardatários, chamando a atenção do dono da casa. Sair da grama, pular o canteiro através do passeio, pular o muro — a cerca-viva. Subir no muro, se equilibrar na cerca-viva, pular no chão do outro lado. Perigo,

perigo. O jardim de Murphy, uma porção de flores. Chutar algumas. Rodear o carro. Cercas-vivas antes do muro. O pé no para-choque, pular. Aterrissar na cerca, rolar para o outro lado. Nossa casa, a próxima. Rodear o carro, sem cerca-viva, só o muro, pular. Sem gritos, sem fôlego para gritar. O pescoço coçando por causa das folhas e espinhos na cerca-viva. Mais duas cercas enormes e pronto.

Uma vez, o Sr. McLoughlin estava cortando a grama quando pulamos todos no jardim dele. Ele quase teve um ataque do coração.

Subimos o último muro, o do Sr. Hanley. Pernas retas. Era muito mais difícil agora. Mortos de cansaço. Pular a cerca, rolar na grama, correr para o portão.

O vencedor!

Olhava para a janela.
— I MARRIED A WIFE — OH THEN — OH THEN
I MARRIED A WIFE — OH THEN[16]

Minha tia, meu tio e meus quatro primos olhavam para mim. Estavam sentados no sofá e dois primos sentavam-se no chão.
— I MARRIED A WIFE
SHE'S THE PLAGUE OF MY LIFE[17]

Gostava de cantar. Às vezes cantava sem ser solicitado.
— OH I WHISH I WAS SINGLE AGAIN-NNN[18]

Estávamos na casa de minha tia e meu tio em Cabra. Não sabia direito onde era. Era a primeira comunhão de Simbad. Um dos meus primos queria ver o livro de catequismo de Simbad, mas ele não deixava. Cantei mais alto.
— I MARRIED ANOTHER — OH THEN — OH THEN[19]

Mamãe ia começar a bater palmas. Simbad ia receber dinheiro do meu tio, que remexia no bolso com a mão. Dava para

---

16 *Casei uma esposa – oh então – oh então/ Casei uma esposa – oh então*
17 *Casei uma esposa/ Ela é a praga da minha vida*
18 *Queria ser solteiro outra vez*
19 *Casei uma outra – oh então – oh então*

vê-lo, estreitando a perna para alcançar as moedas no fundo do bolso.

Minha tia usava um lenço dentro da manga do vestido; podia ver o bolo que fazia na manga. Tínhamos mais duas casas de tios para visitar. Depois iríamos ao cinema.

— I MARRIED ANOTHER
AND SHE'S WORSER THAN THE OTHER
AND I WISH I WAS SINGLE AGAIN-NNN[20]

Todos bateram palmas. Meu tio deu dois centavos a Simbad e fomos para a próxima casa.

Quando índios morrem — os peles-vermelhas — vão para um campo de caça mágico. Os Vikings iam para o Valhalla quando morriam ou eram mortos. Nós vamos para o Céu, ou para o Inferno. A gente vai para o Inferno se tiver um pecado mortal na alma antes de morrer, mesmo que esteja a caminho da igreja para se confessar e seja atropelado por um caminhão. Antes de ir ao Céu, a gente tem que passar pelo Purgatório para se livrar dos pecados da alma, talvez por uns milhões de anos. O Purgatório é como o Inferno, só que não é para sempre.

— Lá está a porta de trás, rapazes.

Era mais ou menos um milhão de anos para cada pecado mortal, dependendo do pecado e também se você tiver cometido o pecado antes e prometido não cometê-lo de novo. Contar mentiras para os pais, por exemplo, ou invocar o nome de Deus em vão. Esses eram um milhão de anos para cada um.

— Jesus.
— Um milhão.
— Jesus.
— Dois milhões.
— Jesus.
— Três milhões.
— Jesus.

---

20 *Casei com uma outra/ E ela é pior que a outra/ E queria ser solteiro outra vez*

Roubar coisas das lojas era pior; roubar revistas era pecado mais sério do que roubar doces. Quatro milhões de anos se roubasse a *Football Monthly*, dois milhões de anos para a *Goal* e *Football Weekly*. Se a gente confessasse antes de morrer, aí não ia ao Purgatório de jeito nenhum. Ia direto para o Céu.

— Mesmo se você matasse um monte de gente?
— Mesmo assim.

Não era justo.

— Bom, a mesma lei vale para todos.

O Céu parecia um lugar maravilhoso, mas ninguém sabia muito mais do que isso. Havia muitas mansões.

— Uma para cada um?
— É.
— A gente tem de morar sozinho?

O padre Moloney demorou para responder.

— A nossa mãe pode morar com a gente?
— Claro que pode.

O padre Moloney vinha à nossa sala de aula toda primeira quarta-feira do mês. Só para conversar. Gostávamos dele. Era bonzinho. Tinha uma perna curta e um irmão que tocava numa banda de música.

— E o que acontece com a mansão dela, padre?

O padre Moloney levantou a mão fazendo sinal para que parássemos de fazer perguntas e começou a rir. Não sabíamos por quê.

— No Céu, meus rapazes — disse ele, e esperou —, no Céu vocês podem morar onde e com quem quiserem.

James O'Keefe estava preocupado.

— Padre, e o que acontece se a mãe não quiser morar com a gente?

O padre Moloney não parava de rir. Mas não era engraçado. Era coisa muito séria.

— Aí você pode ir morar com ela. Simplesmente isso.
— Mas e se ela não quiser a gente lá?
— Tenho certeza de que vai querer, meu filho — disse padre Moloney.

— Bom, ela pode não querer — disse James O'Keefe — se a gente é muito traquina.

— Pronto, é aí que está a solução, porque não existe traquinagem no Céu — disse o padre Moloney.

O tempo era sempre bonito no Paraíso, tinha grama em todo lugar e era sempre dia, nunca noite. Mas era só isso que sabia sobre o Paraíso. Meu avô Clarke já estava lá.

— Tem certeza? — perguntei à mamãe.
— Sim — confirmou ela.
— Absoluta?
— Certeza absoluta.
— Então ele já saiu do Purgatório?
— Sim. Não precisou ir para lá porque ele fez uma confissão muito boa.
— Que sortudo que ele foi, não é?
— É verdade.

Fiquei contente.

Minha irmãzinha também estava lá, aquela que morreu. Angela. Ela morreu antes de sair de dentro de mamãe, mas eles tiveram tempo de batizá-la, mamãe disse. Senão, ela teria ficado no Limbo.

— Tem certeza de que a água benta tocou nela antes de ela morrer? — perguntei à mamãe.
— Tenho.
— Absoluta?
— Sim. Certeza absoluta.

Fiquei pensando como a pobrezinha vivia, um bebê com menos de uma hora de vida, totalmente sozinha.

— O vovô Clarke toma conta dela — disse mamãe.
—Até você chegar?
— É.

O Limbo é para bebês que não foram batizados e para animais caseiros. É bonito como o Céu, só que Deus nunca vai lá. Jesus faz visitas às vezes, e Santa Maria, a mãe de Jesus, também. Eles têm uma caravana lá. Gatos, cachorros, bebês, hamsters e peixinhos dourados. Animais que não são de estimação não vão a lugar nenhum. Só viram carniça, desaparecem e se misturam com a terra para fazê-la fértil. Eles não têm alma. Mas os animais de estimação, têm. Não há animais no Céu, só cavalos, zebras e saguis.

Estava cantando de novo. Papai me ensinava uma cantiga nova.
— I WENT DOWN TO THE RIVER
    TO WATCH THE FISH SWIM BY YY[21]

Dessa eu não gostei.
— BUT I GOT TO THE RIVER
    SO LONESOME I WANTED TO DIE – EE – IE – OH
    LORD[22]

Não conseguia cantar o "Die – ee – ei" direito, não conseguia fazer minha voz subir e abaixar como Hank Williams fazia no disco.

Mas gostei do verso que veio depois:
— THEN I JUMPED INTO THE RIVER
    BUT THE DOGGONE RIVER WAS DRY – YY[23]

— Não está mal — disse papai.

Era domingo de tarde e ele estava entediado. Era sempre nessas ocasiões que me ensinava canções novas. Vinha me procurar. Na primeira vez, foi a canção "Brian O'Linn". Não tinha o disco, só a letra num livro chamado *Canções de rua irlandesas*. Seguia seus dedos com os olhos e cantávamos os versos juntos.
— BRIAN O'LINN – HIS WIFE AND HIS WIFE'S MOTHER
    THEY ALL LAY DOWN IN THE BED TOGETHER
    THE SHEETS THEY WERE OLD AND THE
    BLANKETS WERE THIN
    LIE CLOSE TO THE WAW'ALL SAYS BRIAN O'LYNN[24]

---

21 *Desci até o rio/ para ver os peixes nadando*
22 *Mas fui até o rio/ Tão só que queria morrer — meu Deus*
23 *Então mergulhei no rio/ Mas o maldito rio estava seco*
24 *Brian O'Linn, sua mulher e a sogra/ Todos eles deitados juntos na cama/ Os lençóis, como eram velhos, e as cobertas, finas/ Deitados junto à parede, disse Brian O'Linn*

Era sempre assim, fácil e engraçado. Uma vez comecei a cantar essa canção na escola, mas a Sra. Watkins me mandou parar depois do verso no qual Brian O'Linn foi namorar, porque ela pensou que seria indecente, o resto. Não era, mas ela não acreditou em mim.

Assim, cantei o último verso no pátio da escola, durante o recreio da manhã.

— Não é indecente — avisei.
— Não tem importância, pode cantar.
— OK, mas...
— Brian O'Linn – his wife and his wife's mother
Eles riram.
— Não é...
— Cala a boca e canta mais.
— Were all going home o'er the bridge together
    The bridge it broke down and they all tumbled in
    We'll go home be the water says Brian O'Linn[25]
— Que coisa boba — disse Kevin.
— Eu sei. Mas eu disse, não disse?

Não achava que era tolice coisa nenhuma.

Henno veio e nos mandou dispersar porque pensou que estávamos brigando. Ele me pegou pela camisa e disse que sabia que eu era um dos líderes da gangue, que ia ficar de olho em mim, e depois me liberou. Ainda não dava aula para a gente — isso aconteceu um ano antes —, portanto, ele não me conhecia.

— Fique avisado, meu rapaz — disse ele.

— She's long-hong goh-hon[26]

Não conseguia cantar. Não sabia nem mesmo o que Hank Willians estava cantando.

Papai me deu uma bofetada.

---

25 *Estavam todos indo pela ponte/ A ponte quebrou e todos despencaram/ Iremos para casa pela água, disse Brian O'Linn*

26 *Há tempos ela partiu*

No ombro. Estava olhando para ele e ia dizer que não queria cantar aquela canção, pois era muito difícil. Estranho. Era como eu soubesse que ele ia me bater só pelo jeito de olhar para mim, isso segundos antes de ele me bater. Aí ele olhou de novo e mudou de expressão como se fosse mudar de ideia, controlando-se, mas esquecendo-se de mandar o braço parar, e o braço continuou na minha direção até me atingir no ombro.

Ele não tinha tirado a agulha do disco.

— A MAN NEEDS A WOMAN THAT HE CAN LEAN ON
BUT MY LEANING POST IS DONE LE-HEFT AND GONE[27]

Esfreguei meu ombro através do pulôver e da camisa. Era como se estivesse expandindo e encolhendo, enchendo e esvaziando como um balão. Não doía tanto assim.

Não chorei.

— Vamos lá, rapaz — disse papai.

Ele levantou a agulha do disco e pôs no começo.

— I WENT DOWN TO THE RIVER
TO WATCH THE FISH SWIM BY-YY[28]

Ele pôs a mão no meu ombro. O outro ombro. Primeiro tentei me safar, mas depois de um tempo não me importei mais.

O toca-discos era uma caixa vermelha. Papai o tinha trazido do serviço um dia. Dava para pôr seis discos ao mesmo tempo em seu topo. Mas só tínhamos três: The Black and White Minstrels, South Pacific e Hank Williams, o Rei da Música Country. Quando trouxe o toca-discos, só tínhamos um disco, o South Pacific. Ele tocava o disco durante toda a noite da sexta-feira e durante todo o fim de semana. Tentou me ensinar *I'm Gonna Wash That Man Right Out of My Hair*, mas mamãe não deixou. Ela disse que, se eu cantasse aquela música na escola ou fora dela, a gente teria que vender a casa e se mudar para outro lugar.

***

---

27 *Um homem precisa de uma mulher sobre a qual se possa apoiar/ Mas meu poste de apoio foi-se embora*

28 *Fui até o rio/ Para ver os peixes nadarem*

O toca-discos era de 33, 45 e 78 rotações. Os de 33 eram LPs como aqueles que tínhamos. Kevin contrabandeou um dos discos de seu irmão, *I'm a Believer*, dos Monkees. Era de 45 rotações, mas papai não nos deixou tocar. Ele disse que estava arranhado; nem olhou para o disco, nem nada. E nem estava usando o toca-discos também. Mas era dele. Estava na mesma sala da televisão. Quando ele ligava o toca-discos, a televisão ficava desligada. Uma vez, ele pôs o Black and White Minstrels ao mesmo tempo que eles estavam tocando na televisão, abaixando o som dela, mas não deu certo. A boca do cantor, o negro que cantava as canções mais sérias, abria e fechava quando o disco já tinha acabado, a agulha ia se levantar, mas ela enroscava num arranhão do disco e papai tinha que levantá-la toda vez.

— Você esteve mexendo aqui? — perguntou ele.
— Não.
— E você, Simbad?
— Não.
— Mas alguém mexeu — disse ele.
— Eles não mexeram, não — disse mamãe.

Meu rosto ficava vermelho e quente quando esperava que papai fizesse ou dissesse alguma coisa para ela.

Uma vez, ele pôs Hank Williams quando as notícias estavam passando na televisão. Incrível. Era como se o apresentador, Charles Mitchell, estivesse cantando NOW YOU'RE LOOKING AT A MAN THAT'S GETTING KIND O'MAD, I'VE HAD A LOT O'LUCK BUT IT'S ALL BEEN BAD.[29] Caímos na gargalhada. Eu e Simbad ficamos acordados meia hora a mais. Eles deixaram.

Quando papai comprou o carro, um Ford Cortina preto, igualzinho ao de Henno, começou a descer e subir a nossa rua para aprender a dirigir. Mas não nos deixava entrar no carro.

— Ainda não — dizia ele.

---

29 *Vocês estão olhando para um homem meio maluco, tive muita sorte mas foi tudo péssimo.*

Foi até a beira da praia. Seguimos o carro. Dava para acompanhá-lo. Quando chegou lá, não conseguia dar a volta no carro e retornar para casa. Ele viu a gente observando e então nos chamou para perto. Pensei que ia nos matar. Éramos sete. Nos enfiamos na traseira do carro e voltamos para a casa de ré. Papai cantava a música do Batman; ele era assim, maluco às vezes, mas muito engraçado. O nariz de Aidan estava sangrando quando saímos do carro. Ele começou a chorar. Papai então se ajoelhou e segurou-o pelos ombros, limpou o nariz dele com um lenço e disse-lhe que nem imaginava como seria bom tirar as casquinhas de sangue seco do nariz à noite quando fosse dormir. Aidan começou a rir.

Todos eles, então, foram para o terreno atrás das lojas procurando pelas cabanas dos garotos mais velhos para destruí-las, mas eu não fui. Queria ficar com papai. Sentei ao seu lado no carro e ficamos descendo e subindo a rua. Fomos até Raheny. Quando tentou dar ré, quase deixou o carro cair numa vala ao lado da estrada.

— E isso é lugar pra se fazer vala? — disse ele.

Um outro motorista buzinou atrás dele.

— Idiota! — papai gritou e buzinou de volta quando o motorista ultrapassou o nosso carro.

Voltamos para Barrytown pela rua principal e papai pôs o pé no acelerador. Descemos o vidro da janela. Queria pôr meus cotovelos para fora, mas ele não deixou. Paramos em frente de casa.

— Isso já basta por hoje — disse ele.

Simbad estava sentado no banco de trás.

No dia seguinte, fizemos um piquenique. Estava chovendo, mas fomos mesmo assim; Simbad e eu sentados no banco traseiro, mamãe ao lado do papai e Catherine no colo dela. Deirdre ainda não era nascida. A barriga da mamãe estava redonda, guardando a neném. Fomos até Dollymount.

— Por que não vamos para as montanhas? — eu queria saber.

— Fique quieto, Patrick — disse mamãe.

Papai se preparava para virar da rua Barrytown para a avenida principal. Poderíamos ter ido a Dollymount a pé. Dava para ver a ilha de onde estávamos no carro. Papai manobrou primeiro para frente, depois para a direita. Os pneus do Ford Cortina assoviaram. Alguma coisa raspou no carro quando encostamos no calçamento.

— Que barulho foi esse?
— Shhh! — disse mamãe.

Ela não estava se divertindo, dava para perceber. Justo ela que precisava de um dia de folga legal.

— Olhe! Lá estão as montanhas — eu disse.

Me enfiei entre os dois bancos da frente e apontei para as montanhas, através da baía, não muito longe:

— Vejam!
— Volte para o seu lugar!

Simbad estava sentado no chão.

— Tem árvores lá.
— Fique quieto, Patrick.
— Senta já, seu pobre idiota!

Dollymount era apenas a uma milha dali. Talvez um pouco mais, mas com certeza não muito. A gente atravessava uma pontezinha de madeira e pronto. O resto era chato.

— Banheiro — disse Simbad.
— Jesus Cristo!
— Pat... — disse mamãe.
— Se formos para as montanhas, ele pode ir atrás das árvores — eu disse.
— Eu é que vou pendurá-lo numa corda em uma árvore se não calar a boca e sair da frente do retrovisor!
— Seu pai está nervoso.
— Não estou, não!

Ele estava.

— Só quero um pouco de tranquilidade.
— As montanhas são muito tranquilas.

Simbad que falou. Os dois riram, papai e mamãe, especialmente papai.

Chegamos em Dollymount, mas ele teve que passar batido pela entrada da ponte duas vezes antes de diminuir a velocidade para poder virar o carro e entrar na ponte para atravessá-la. Ainda chovia. Estacionou o carro com a frente para o mar. A maré estava tão baixa que não conseguíamos ver a água. De qualquer maneira, os limpadores de vidro não funcionavam com o motor desligado. O melhor era o barulho da chuva no teto do carro. Mamãe teve uma ideia. A gente podia voltar para casa e fazer o piquenique lá.

— Não — disse papai.

Ele segurava o volante do carro.

— Já que estamos aqui, ficamos aqui.

Ele bateu com as mãos no volante.

Mamãe tirou a cesta de piquenique que estava na frente do banco e serviu a comida.

— Não derrubem migalhas de pão e sujeira no carro todo, ouviram? — papai disse para mim e Simbad.

Tínhamos que comer os sanduíches. Não havia onde escondê-los. Eram bons. Os ovos ficaram achatados, o pão tão amassado que não tinha nenhum buraquinho. Eu e Simbad dividimos uma lata de Fanta. Mamãe não nos deixou abri-la. Ela tinha o abridor. Ela o enganchou sob a borda da lata e pressionou uma vez fazendo o buraco para beber e outra vez o buraco no outro lado para a entrada do ar. Depois de uns goles meus e de Simbad, podia sentir pedaços de comida na Fanta. Dava para senti-los enquanto engolia a Fanta. Ela estava meio quente.

Mamãe e papai ficaram calados. Eles tinham uma garrafa térmica com chá dentro. Tinham a caneca que era a tampa da garrafa e uma caneca de verdade que mamãe tinha embrulhado em papel higiênico para não quebrar. Ela levantou as canecas para papai segurar, assim poderia pôr o chá nelas, mas ele não pegou. Ele olhava diretamente à sua frente para a chuva batendo no para-brisa do carro. Ela não disse nada. Ela pôs uma caneca no colo, enquanto encheu a outra com os braços levantados sobre a cabeça de Catherine. Papai pegou a caneca cheia. Deu um gole e disse obrigado, como se na verdade não quisesse dizer.

— Podemos descer?
— Não.
— Por que não?
— Não.
— Está muito molhado lá fora — disse mamãe. — Vocês podem ficar resfriados.

Simbad pôs sua mão embaixo do braço e o apertou, fazendo o barulho de um peido. Margaret, a namorada do Sr. O'Connell, nos tinha ensinado como fazer isso. Simbad fez de novo.

— Mais uma vez e... — irritou-se papai.
Ele nem virou o rosto quando disse isso.
— ... vai ver o que acontece.

Simbad pôs a mão embaixo do braço de novo, mas eu segurei o braço dele, assim ele não conseguiria apertá-lo e fazer o barulho. Eu é que seria o culpado. Ele sorriu para mim por ter tentado pará-lo. Simbad raramente sorria. Até mesmo se papai estivesse tirando fotos da gente, Simbad nunca sorria. Tínhamos que ficar lado a lado em frente da nossa mãe — era sempre a mesma coisa — e papai caminharia para a frente, olharia na lente da máquina; era uma dessas em tripé. Mamãe comprou com o seu primeiro salário, mesmo antes de se casar, antes até de conhecer papai — e aí nos pediria para mudar para aqui e para ali, enquanto examinava cada pose por um século na lente, olhando para a gente e voltando a olhar pela lente, até notar que Simbad não estava sorrindo.

— Deem um sorriso — dizia ele primeiro para todos nós.
Sorrir era fácil.

— Francis — diria ele num tom calmo —, levante a cabeça, vamos.

Mamãe poria a mão no ombro de Simbad, enquanto segurava a neném nos braços.

— Olhe, justo agora o sol ficou encoberto pelas nuvens.

E Simbad continuaria com a cabeça abaixada. Era aí que papai perdia a paciência.

Todas as fotografias pareciam iguais: eu e mamãe sorrindo como malucos e Simbad sempre olhando para o chão. De tanto esperar com o sorriso na cara, o sorriso não parecia mais de verdade. Quando mamãe trocava de lugar com papai para que ele saísse na fotografia, o sorriso de papai parecia de verdade e o rosto de Simbad desaparecia completamente de tanto que ele abaixava a cabeça.

Nesse dia, nenhuma fotografia foi tirada.

Mamãe tinha embrulhado os biscoitos em papel-alumínio em pacotinhos para cada um de nós. Assim não iríamos brigar quando tivéssemos que dividi-los. Dava para saber que tipo de biscoitos estava dentro dos pacotinhos só pelo formato: Mariettas, duas bolachas juntas com manteiga no meio, e o outro, com a parte de baixo quadrada, era um biscoito Polo. Ia deixar este por último.

Mamãe disse alguma coisa para o papai. Ele não respondeu. Dava para ver que mamãe esperava uma resposta só pelo jeito que virou a cabeça para ele. Mas não era só isso. Era a expressão no seu rosto também.

A gente pegava as Mariettas, apertava elas no meio e a manteiga saía pelos lados. A gente as chamava de biscoitos bunda, por causa do jeito que a manteiga saía, mas mamãe não nos deixava dizer isso na sua frente.

Peguei a Fanta de Simbad e ele não ligou. Não deveria, mas a Fanta estava vazia.

Olhei para mamãe de novo. Ela ainda olhava para papai.

Catherine botou um dos dedos de mamãe na boca e estava mordendo de verdade — ela já tinha alguns dentinhos —, mas mamãe parecia não se importar.

Simbad comia os biscoitos do jeito que sempre fazia, e eu também. Dava pequenas mordidas na beirada do biscoito acompanhando o círculo até ele ficar redondo de novo, só que menor. Lambia a manteiga que saía dos lados. Quando chegou ao fim de seu primeiro círculo, parou. Peguei a mão dele que segurava o biscoito e o fiz apertá-lo entre os dedos, o que fez o biscoito quebrar em pedacinhos tão minúsculos que não dava mais para aproveitar. Fiz isso porque ele tinha bebido toda a Fanta.

Mamãe saiu do carro. Era difícil por causa de Catherine em seus braços. Pensei que todos nós fôssemos descer também; pensei que tivesse parado de chover.

Mas não tinha. A chuva tinha piorado, até.

Alguma coisa aconteceu. Alguma coisa.

Mamãe deixou a porta do carro aberta; fechou um pouquinho, mas ainda estava aberta. Eu e Simbad esperamos para ver o que papai faria, para ver o que nós deveríamos fazer. Ele se inclinou para alcançar a porta aberta e puxou com toda força, fechando-a. Grunhiu enquanto fazia isso.

Simbad lambia a mão.

— Aonde mamãe foi? — perguntei.

Papai suspirou. Virou o rosto um pouco para que pudesse nos ver. Ficou calado, nos observando pelo retrovisor. Não conseguia ver seus olhos. Simbad tinha abaixado a cabeça, como sempre fazia. Passei o braço no vidro da janela fazendo um círculo no embaçado para ver o que tinha lá fora. Não ia mexer no embaçado até chegar em casa. Não dava para ver nada, só areia e nada de mamãe. Estava no lado do motorista, no mesmo lado que papai.

— Ela foi comprar sorvete?

Esfreguei a janela de novo.

A porta abriu. Mamãe entrou no carro, abaixando a cabeça, e tomando cuidado para que Catherine não batesse em alguma coisa. Seu cabelo estava pregado no rosto. Não trouxe nada para a gente. Nadinha.

— Estava molhando muito Catherine — disse para o papai depois de uns minutos.

Ele deu partida no carro.

— Você está crescendo muito rápido — disse ela.

Estava tentando fechar o zíper da minha calça.

— Logo estará tão alto quanto teu pai.

Ah, isso eu queria: ser tão alto quanto papai. Já tinha o mesmo nome que ele. Esperei que saísse para o trabalho antes de mostrar à mamãe que o zíper da calça não fechava.

Ele teria conseguido fechar. O que esperava era que ela não conseguisse. Detestava aquela calça. Era de veludo amarelo. Pertenceu a um dos meus primos antes de mim. Não era propriamente minha.

Ela segurou as pontas da braguilha enquanto tentava puxar o zíper para cima com a outra mão. Não fingi nada. Até segurei a respiração para a barriga não atrapalhar.

— Não. Não dá mesmo.

Soltou o zíper e deixou de tentar.

— Não cabe mais mesmo, Patrick — disse ela —, você está crescendo muito rápido. Vamos ter que pôr um alfinete para segurá-la.

Ela viu a cara que eu fiz.

— Só por hoje.

Estavam checando a BCG, isso é o que todo mundo falava. Henno não tinha nos contado nada. Só disse que tínhamos que fazer uma fila e os dois primeiros deviam tirar os pulôveres e as camisas e estarem prontos para quando a porta se abrisse, ou iriam se ver com ele. Só dois tinham ido e ainda não haviam voltado. Ele deveria ter ficado com a gente, tomando conta, mas não estava. Foi para a cantina tomar uma xícara de chá.

— Ouço qualquer barulho — disse ele, — não se preocupem.

Pisou com toda força o assoalho, o barulho ficou no ar um tempão antes de morrer.

— Estão vendo? — disse ele. — Mesmo cochichar é impossível nesta escola. Ouço tudo.

Então se foi.

Ouvimos quando parou no topo da escada.

Ian McEvoy se escondeu atrás da porta e pisou com toda força o chão do jeito que Henno tinha feito. As risadas eram sonoras, enquanto esperávamos que Henno voltasse. Mas ele não veio. Todos nós começamos a fazer o mesmo, mas devia ser alguma coisa nos sapatos dele, pois não conseguíamos o mesmo efeito, o mesmo barulho. Só fizemos isso. Não gritamos, nem nada. Só isso.

Estavam realmente checando as marcas da BCG.
O que vão fazer se a gente não tiver todas as marcas?
Deviam ser três ao todo.
— Vão nos vacinar de novo.
As marcas formavam um triângulo na parte de cima do braço. Nesse lugar a pele era enrugada com pequenas rodelas.
— Isso significa que você tem poliomielite.
— Não significa nada!
— Significa que você ainda pode pegar pólio.
— Não quer dizer que você vai pegar.
David Geraghty, o menino da nossa classe que tinha pólio, também estava na fila atrás da gente.
— Ei, Geraghty — chamei-o —, você foi vacinado com a BCG?
— Fui — respondeu.
— Então como foi que pegou pólio? — perguntou Fluke Cassidy.
A fila virou uma roda em volta de David Geraghty.
— Não sei — respondeu ele. — Não me lembro.
— Você já nasceu assim?
David Geraghty parecia que ia começar a chorar. A fila se endireitou de novo; todos nós tentamos ficar o mais longe possível dele. Os dois primeiros ainda não tinham voltado.
— Você pode pegar poliomielite se beber água do vaso.
A porta se abriu. Os dois voltaram. Eram Brian Sheridan e James O'Keefe. Já estavam vestidos de novo. Não pareciam com medo ou pálidos, nem nada. Não havia sinais de lágrimas no rosto. Agora era a vez dos outros dois na frente da fila.
— O que eles fizeram?
— Nada.
Eles não sabiam o que fazer ou para onde deviam ir agora. Não podiam voltar para a sala de aula, pois Henno ia matá-los se fossem sozinhos. Tirei meu pulôver e joguei no chão.
— O que eles fizeram?
— Nada — disse Brian Sheridan. — Só olharam.
Sua expressão mudou. Seu rosto ficou rígido. Começou a

mexer no sapato. Parei de tirar a camisa. Kevin segurou Brian Sheridan.

— Para com isso!

— Vamos, diga, o que fizeram?

— Nada. Só olharam.

Seu rosto ficou vermelho e ele não estava nem tentando se livrar de Kevin; tentava esconder o rosto, olhando para o chão. Então começou a chorar de verdade.

O outro cara, James O'Keefe, não tinha ficado vermelho.

— Eles olharam para o nosso pinto — disse ele.

Escutava a borracha das muletas de David Geraghty sendo arrastada. James O'Keefe olhou para a gente na fila. Sabia que tinha o poder. Sabia também que não duraria muito. Congelei. O rosto de James O'Keefe sério demais. Ele sabia que estávamos nas suas mãos.

— Me larga, vai!

Kevin soltou Brian Sheridan.

— Por quê?

James O'Keefe não respondeu. Tinha que ser uma pergunta melhor.

— E por que olharam?

— E só olharam?

— É — disse ele. — Ela se abaixou e apenas olhou. Isso comigo. Mas no dele, ela tocou.

— Não! Não tocou! — assegurou Brian Sheridan. — Não tocou.

Estava quase chorando de novo.

— Ela tocou, sim — insistiu James O'Keefe. — Você é um mentiroso, Sherro.

— Não tocou.

— Ela usou um palito de picolé — disse James O'Keefe.

Gritávamos agora, todos, pedindo a James O'Keefe para contar tudo de uma vez.

— Não usou os dedos!

Brian Sheridan gritou com toda força. Isso era importante; sua expressão falava mais que tudo.

— Não usou os dedos. Nem as mãos!
Ele se acalmou depois disso, mas seu rosto ainda estava vermelho, e branco também. Kevin segurou James O'Keefe. Eu pus meu pulôver ao redor de seu pescoço. Queria sufocá-lo. Tínhamos que saber o que ela fez com o palito de picolé. Era quase a nossa vez de entrar lá.
— Vamos, fala!
Apertei o pulôver um pouquinho.
— O'Keefe, conte para a gente! Vamos!
Afrouxei o pulôver. Havia uma marca vermelha no pescoço dele. O negócio era sério. Não estava para brincadeira.
— Ela levantou o pinto dele com o palito.
Ele virou para mim.
— Vai me pagar por isso! — disse.
Não disse isso para Kevin. Só para mim.
— Mas por quê? — perguntou Ian McEvoy.
— Para ver a parte de trás.
— Por quê?
— Não sei.
— Para verificar se era normal, talvez.
— É isso? — perguntei a Brian Sheridan.
— É.
— Então prove.
A porta se abriu de novo. Os outros dois saíram.
— Ela tocou no seu pinto com o palito? Tocou?
— Não. Só olhou, não foi?
— Foi.
— Então por que só com você? — perguntou Kevin a Brian Sheridan.
Brian Sheridan estava chorando de novo.
— Ela só olhou — disse ele.
Deixamos ele em paz. Tirei minha camisa e a camiseta de baixo. Éramos os próximos. Então me perguntei:
— E por que a gente tem que tirar a roupa de cima?
James O'Keefe respondeu:
— Porque eles fazem outras coisas também.

106

— Que outras coisas?
Os dois na nossa frente não tinham pressa nenhuma de entrar. A enfermeira teve que sair da sala e puxá-los para dentro. Depois fechou a porta.
— É essa aí? — perguntei a James O'Keefe.
— É ela — respondeu.
Era a do palito. Ela que olhava para os nossos pintos. Não tinha jeito de quem fazia essas coisas. Parecia boazinha. Estava sorrindo quando puxou os dois na nossa frente para dentro da sala. Tinha o cabelo amarrado para cima num coque com alguns fios caindo dos lados entre seus olhos e as orelhas. Não estava usando chapéu. Era jovem.
— Safadinha! — disse David Geraghty.
Caímos na gargalhada, porque era engraçado e também porque foi David Geraghty quem disse.
— Você tem pólio no pinto? — Kevin perguntou a ele.
Kevin não recebeu a resposta que estava esperando.
— Tenho — disse David Geraghty. — Ela não vai tocar nele.
Foi quando a gente se lembrou.
— E que outras coisas?
Brian Sheridan nos contou. As manchas rosadas tinham desaparecido do seu rosto. Ele parecia normal.
— Ela escuta as nossas costas com o estetoscópio — disse ele. — E no peito.
— É gelado — completou James O'Keefe.
— É — confirmou Brian Sheridan.
— É mesmo — disse alguém que tinha acabado de voltar da sala. — Essa é a pior parte.
— Ele checou as marcas da BCG em você?
— Sim.
— Não disse?
Cheguei as minhas de novo. Todas as marcas estavam lá, todas as três. Eram bem marcadas, como o meio de uma casca de coco. Olhei para as de Kevin. As dele também estavam lá.
— E injeção, tem injeção? — perguntou alguém.

— Não — disse Brian Sheridan.
— Pelo menos com a gente, não — disse James O'Keefe.
— Agora, com vocês, talvez.
— Cala a boca, O'Keefe.
David Geraghty falou mais uma vez:
— Eles fizeram alguma coisa com a sua bunda?
Explosão de gargalhadas. Eu também ri. Mais alto do que precisava. Todos rimos. Estávamos com medo e quase tínhamos feito David chorar. Era a primeira vez que ele falou alguma coisa engraçada bem alto, na frente de todos nós. Eu gostava dele.

Os outros dois saíram da sala. Estavam sorrindo. A porta ficou aberta nos esperando. Era a nossa vez, minha e de Kevin. Fui primeiro. Tive que ir. Fui empurrado.

— Peça a ela um picolé de chocolate — disse David Geraghty.

Só ri depois. Na hora, não.

Ela estava esperando. Parei de olhar para ela, quando olhou para mim.

— Calça e cuecas, rapazes — disse ela.

Naquele instante me lembrei do alfinete segurando as calças. Mamãe o tinha enfiado na braguilha para segurar o zíper. Fiquei vermelho. Aí me virei um pouco, fora da vista de Kevin. Tirei o alfinete e pus no meu bolso. Voltei a olhar para a frente e comecei a assoviar para o vermelhão do rosto desaparecer. As cuecas de Kevin estavam sujas. No meio, uma listra marrom que ficava mais clara no lado direito. Nem olhei para as minhas. Não olhei para lugar nenhum. Nem para baixo, nem para Kevin, nem para o médico na mesa. Esperei. Esperei para sentir o palito. Ela estava bem na minha frente. Dava para sentir. Mas não olhei. Não sentia nem meu pinto lá embaixo. Não sentia nada lá. Se sentisse o palito embaixo do pinto, gritaria. E me cagaria. Ela ainda estava lá, olhando. Agachada, olhando para ele. Concentrada. Talvez até coçando o queixo. Tentando se decidir. Havia uma teia de aranha no canto da parede perto de onde o doutor estava sentado, grande, já seca. Havia um fio balançando no ar. Havia uma brisa lá. Ela estava tentando se decidir. Se era tão ruim a ponto de ser examinado mais cuidadosamente com o palito para ver o que tinha do outro lado. Se eu não olhasse, ela não mexeria nele. Procurei a aranha. Se ela fizesse, seria a minha ruína, para sempre. A coisa mais incrível sobre aranhas é a maneira como tecem a teia. Nunca seria normal de novo.

— Muito bem — disse ela. — Agora vá lá com o doutor McKenna.

Não tocou. Nem com palito, nem nada. Quase esqueci de subir as cuecas e as calças. Dei a primeira passada, aí subi as calças. O meu rego estava molhado de suor. Não tinha importância agora. Nada de palito. Três marcas da BCG.

— Ela tocou no seu pinto? — Kevin me perguntou.
— Não — respondi.
Era incrível. Me senti invencível.
— No meu também não — disse ele.
Não contei a ele sobre sua cueca suja.

Embaixo da mesa tinha um forte. Mesmo com seis cadeiras empurradas embaixo, ainda havia um monte de espaço no meio; era melhor assim, mais secreto, escondido. Ficava ali horas e horas. Essa era a mesa nova da sala, aquela que a gente raramente usava, somente no Natal. Ainda podia ficar em pé embaixo dela. Com o tampo sobre a cabeça. Assim eu gostava, fazia com que me concentrasse no piso de linóleo e nos meus pés. Observava coisinhas. Cabelos encaracolados na poeira formavam bolinhas macias e flutuavam no piso. O linóleo tinha pequenas rachaduras que ficavam maiores quando apertadas. A réstia do sol ficava cheia de poeira, bolas enormes de poeira. Me fazia querer parar de respirar. Mas adorava olhar para a poeira na réstia. Movimentava-se como flocos de neve. Quando papai ficava em pé, erguia-se majestoso, não se movia, seus pés grudados no chão. Só se moviam quando ele ia a algum lugar. Os pés de mamãe eram diferentes. Nunca ficavam quietos. Não conseguiam decidir o que fazer. Caí no sono; sempre fazia isso.

Era sempre gostoso lá, refrescante, nunca frio, e morno quando queria que fosse. O linóleo era macio no meu rosto. O ar não era fresco como lá fora, ao redor da mesa. Era seguro. Tinha um cheiro gostoso. As meias do papai formavam desenhos triangulares. Uma vez, acordei e tinha um cobertor em cima de mim. Queria ficar ali para sempre. Estava perto da janela. Dava para ouvir os pássaros lá fora. Papai tinha cruzado as pernas. Estava cantarolando algo baixinho. O cheiro de comida vindo da cozinha era uma delícia. Não estava com fome, não importava. Ensopado. Era quinta-feira. Devia ser. Mamãe cantarolava baixinho. Era a mesma canção que papai cantava. Não era uma canção de verdade, só uma melodia, com algumas notas de música. Não parecia que os dois sabiam que estavam cantarolando a mesma melodia. As notas simplesmente saíam da cabeça deles, do papai com certeza, mas mamãe era quem cantava mais. Estiquei as pernas até meu pé empurrar a perna da cadeira e me enrolei de novo. O cobertor era aquele que usávamos para piqueniques. Ainda tinha um pouco de areia do último que fizemos.

Isso foi antes de a mamãe ter Cathy e Deirdre. Simbad não andava ainda, me lembrei. Ele engatinhava usando a bunda. Não dava mais para eu ficar lá. Ainda conseguia ficar em pé embaixo da mesa, mas a minha cabeça roçava no tampo e não era confortável, minhas pernas doíam. Fiquei com medo de eles me pegarem lá. Tentei algumas vezes, mas era mesmo idiotice e parei de tentar.

A maioria de nós conseguia ficar em pé dentro do cano. Só Liam e Ian McEvoy tinham que se agachar ligeiramente para não baterem com a cabeça no topo. Achavam que eram os melhores por causa disso. Liam, uma vez, bateu a cabeça no topo do cano de propósito. A gente entrava na trincheira, era enorme, como aquelas de guerra. Os homens que estavam cavando a trincheira — a gente esperava até eles irem embora — usavam escadas de madeira para entrar e sair. Eles guardavam as escadas no galpão e trancavam com cadeado. Nós usávamos uma tábua. Colocávamos a tábua inclinada como uma escada dentro da trincheira e descíamos correndo por ela. Era muito melhor que escada de verdade. A gente corria até o outro lado da trincheira e saía do caminho rápido para não atrapalhar o próximo a descer.

A trincheira ficou na frente da nossa casa por um bom tempo, talvez uma semana mais ou menos; parecia séculos porque já estava chegando a Páscoa, os dias estavam ficando mais longos e os peões ainda paravam de trabalhar às cinco e meia, mesmo com a claridade do dia ainda durando um tempão. Era um cano gigante, que servia para trazer água aos conjuntos de casas ainda em construção nas ruas até Santry, e também para a fábricas, ou para levar a água suja para fora das casas, não sabíamos qual era o certo dos dois.

— É para a rede de esgotos — disse Liam.
— O que é rede de esgotos?
— É para carregar merda das casas — eu disse.

Sabia o que significava esgoto. Uma vez o cano de casa tinha entupido e papai teve que abrir a tampa de ferro embaixo da janela do banheiro e entrar no buraco para mexer no cano com um cabide. Perguntei para que servia aquele buraco e também os canos, e ele respondeu que era o esgoto, antes de me mandar embora.

— Ele gostaria muito que você o ajudasse, Patrick — disse mamãe.

Ainda estava chorando, mas agora já dava para controlar um pouco.

— Mas é muito sujo.
— Mas ele está lá dentro — eu disse.
— Sim, ele tem que estar. Está desentupindo o cano.
— Ele gritou comigo.
— É trabalho sujo demais. Muita sujeira lá dentro.

Mais tarde, papai me deixou pôr a tampa de ferro de volta no buraco. O cheiro era insuportável. Ele me fez rir. Fingiu que tinha se cagado nas calças e aquele era o cheiro.

— Papel higiênico também — eu disse.

Estávamos em pé na trincheira. A galocha de Liam tinha enterrado na lama. O seu pé saiu da galocha. Simbad estava lá em cima ao lado da trincheira. Ele não queria descer.

— E cabelos — eu disse.
— Mas cabelo não é imundície.
— É, sim — eu disse. — Bloqueia os canos.
Papai pôs a culpa na mamãe porque os cabelos dela eram mais longos. Uma bolota enorme de cabelos tinha entupido o cano.
— Meu cabelo não está caindo — disse ela.
— E o meu, está? É isso o que quer dizer?
Ela sorriu.
Os canos eram de cimento. Ficaram amontoadas na rua um século antes de os peões começarem a cavar as trincheiras. Na nossa parte da rua Barrytown, onde estavam as casas, a rua era reta, mas depois ficava cheia de curvas e esquinas, com cercas que atrapalhavam a visão do campo. A prefeitura tinha parado de aparar as cercas-vivas porque elas iam ser arrancadas. Por isso a rua estava ficando cada vez mais estreita. Os canos se ligavam numa reta e a rua em cima deles ia ser reta também. A gente descia no cano — cada dia íamos um pouco mais longe — quando os operários tinham ido embora. Primeiro, estava em frente às lojas, depois na frente da casa dos McEvoys, aí em frente à nossa casa, cada vez mais para baixo na rua. As plantas deitadas pareciam iguaizinhas ao que eram antes de serem arrancadas da terra. Mamãe até pensou que eles iam colocá-las de volta.

Correr ao longo do cano foi a coisa mais estonteante e assustadora que já fiz na minha vida inteira. Fui o primeiro a fazer por desafio: correr ao longo do cano da minha casa até a beira da praia, em completa escuridão depois dos primeiros passos. A escuridão só foi interrompida uma vez porque tinha um buraco aberto no cano, onde uma plataforma de cimento foi construída; o resto do caminho era um breu só, tudo preto. Acompanhava o som da minha respiração e dos meus pés — dava para sentir se estava subindo ao redor do cano — até quando uma luzinha surgiu ficando maior e mais brilhante no fim, então saía do cano, gritando na claridade com as mãos para cima, um verdadeiro campeão.

Corria o mais rápido que pudesse, até mais rápido do que normalmente se podia, mas os outros sempre estavam lá no fim do cano, esperando.

Kevin não saiu do cano.

Rimos.

— Keva - Keva - Keva - Keva.

Liam assoviou o assovio da nossa turma; era o melhor no assovio. Eu não conseguia assoviar. Quando colocava os quatro dedos na boca, não havia lugar para a língua. A minha garganta ficava seca e eu quase vomitava.

Kevin ainda estava lá dentro. Começamos a soltar o barro que juntamos para jogar nele; estava lá dentro, com a cabeça partida, o sangue jorrando. Pulei na trincheira. A lama era seca e dura no lado que pulei.

— Vamos lá! — gritei para os outros.

Sabia que não iam me seguir; por isso é que gritei. Ia salvar Kevin sozinho; era incrível. Entrei no cano. Olhei para trás, como um astronauta entrando numa espaçonave. Não fiz nenhum sinal. Os outros estavam começando a entrar na trincheira também. Eles nunca me seguiriam, pelo menos até quando já fosse tarde demais.

Vi Kevin imediatamente. Não conseguia vê-lo da entrada, mas agora via. Ele não estava muito longe. Estava sentado. Então se levantou. Não gritei para os outros que tinha achado, nem nada. Isso era entre eu e Kevin. Nós dois fomos mais para dentro do cano para os outros não nos verem. Não fiquei chateado que Kevin não estivesse machucado. Assim era melhor.

Não gostava da ideia de sentar ali na escuridão completa, mas mesmo assim me sentei, nós dois nos sentamos. Sentamos de uma maneira que nos tocávamos, um ao lado do outro. Dava para decifrar a silhueta de Kevin, sua cabeça se mexendo. Podia sentir sua perna se esticando. Eu estava feliz. Poderia até ter caído no sono. Tinha medo de sussurrar, para não estragar tudo. Podíamos ouvir os outros gritando, gritos distantes. Sabia o que faríamos. Esperaríamos até que a gritaria parasse, então sairíamos do cano antes que eles fossem buscar nossos pais ou algum adulto. Eles sabiam que não estávamos machucados, nem nada, mas iriam nos pôr em apuros, fingindo que estavam ajudando.

Agora queria falar. Sentia frio. Estava mais escuro, mesmo com os nossos olhos se acostumando com o breu ao nosso redor.

Kevin peidou. Batemos no ar com as mãos. Tentou segurar minha boca, para cobrir as risadas. Ele também ria. Agora lutávamos, mas só de empurrões, tentando fazer o outro parar de empurrar. Seríamos alcançados a qualquer momento. Os outros nos ouviriam rindo e viriam correndo. Esses eram os últimos momentos. Eu e Kevin.

Aí ele podou meus ovos.

O que chamávamos de "podar" era proibido na nossa escola. Um dia, quando o nosso diretor, o Sr. Finnucane, estava olhando pela janela de sua sala avaliando o tempo para decidir se nos deixava ficar lá fora ou nos mandava entrar para as salas de aula, ele viu James O'Keefe fazendo aquilo com Albert Genocci. Ficou chocado, ele disse, de ver um menino fazendo isso a outro menino. Tinha certeza que o menino que fez aquilo não quis machucar o outro para valer; certamente que ele esperava que o menino não tivesse tido intenções de machucar o outro, mas...

Ele parou no meio da frase por algum tempo.

Isso era fantástico. James O'Keefe estava na maior enrascada que já esteve em toda a sua vida, até mesmo maior do que qualquer uma em que nós já tinha estado antes. O diretor mandou-o se levantar da cadeira. Ele manteve a cabeça baixa mesmo quando o Sr. Finnucane ordenou que olhasse para frente, nos olhos dele.

— A cabeça sempre erguida, meninos. Vocês são homens.

Não tive certeza se ouvi direito quando ele disse pela primeira vez: podar.

— O que acredito vocês chamam de "podar".

Foi assim que ele disse. Era como se um buraco enorme tivesse se aberto na frente dos meus pés — na frente de todos nós, dava para ver pelas expressões no rosto dos outros na sala —, quando o Sr. Finnucane disse aquilo. Que mais ele ia dizer? A última vez que tivemos um sermão dele foi quando alguém tinha sumido com o seu vidrão de tinta de caneta de onde ele sempre o guardava, que era fora da sua sala. Agora ele ia conversar sobre podar. Perdi a respiração, tamanho o choque.

— Vamos James! — disse ele. — Levante a cabeça, como eu mandei.

Albert Genocci não era da nossa classe. Estava na turma dos burros. Seu irmão, Patrick Genocci, este sim, estava com a gente.

— Sei que você estava apenas brincando quando fez aquilo — disse o Sr. Finnucane.

Henno estava em pé atrás do diretor, também com as bochechas coradas. Ele tinha ficado no pátio, tomando conta da gente; com certeza devia ter visto o que aconteceu. Não tinha como escapar. James O'Keefe estava frito.

— ... só para se divertir. Mas não é engraçado. Não é engraçado mesmo. Fazer o que eu vi vocês fazendo hoje de manhã pode causar danos muito sérios.

Ah, então era só isso?

— Essa parte da anatomia de vocês é muito delicada.

Isso a gente já sabia muito bem.

— Vocês podem arruinar a vida de um menino pelo resto da sua... vida. E tudo isso por causa de uma brincadeira.

O buraco na frente dos nossos pés ia desaparecendo. Ele não ia dizer alguma coisa errada ou engraçada. Não iria dizer Ovos, Saco, Pinto ou Testículos. Era decepcionante, mas pelo menos tinha nos interrompido mais uma prova de história — a vida dos Fianna — e agora faria com certeza picadinho de James O'Keefe.

— Sente-se, James.

Não acreditei. James O'Keefe e o resto da turma também não.

— Sente-se.

Ele ficou parado no ar, meio indeciso entre se sentar ou ficar em pé. Só podia ser uma armadilha. Era isso.

— Não quero ver isso acontecendo de novo de maneira nenhuma — disse o Sr. Funnicane.
Só isso e pronto. Mais nada.
Henno com certeza ia mostrar o cinto a James O'Keefe quando o Sr. Finnucane fosse embora. Mas ele não fez nada. Continuamos fazendo a prova como se nada tivesse acontecido.

Ficamos sem uma rua propriamente dita na frente de casa durante meses, pelo menos até as nossas férias de verão. Papai tinha que estacionar o carro na frente das lojas. A Sra. Kilmartin, a mulher da loja que ficava de olho para pegar quem roubasse, bateu na nossa porta. Não havia lugar para o caminhão de entregas estacionar na frente da loja porque o carro de papai e o carro do pai de Kevin e ainda mais três carros estavam estacionados lá. A Sra. Kilmartin estava furiosa. Essa foi a primeira vez que eu vi uma mulher zangada. Lá não era estacionamento público, ela disse. Ela pagava seus impostos. Apertava os olhos enquanto falava. Isso porque nunca saía em plena luz do dia; estava sempre dentro da loja. Mamãe não sabia o que fazer, papai trabalhando — ele tinha ido de trem naquele dia — e mamãe não dirigia. A Sra. Kilmartin abriu a palma da mão e estendeu na frente de mamãe.
— As chaves.
— Mas não estão comigo. Eu...
— Pelo amor de Deus!
Ela bateu o portão com toda a força. Segurou-o de modo a poder batê-lo com mais força.
Quando abri a porta, ela disse:
— Cadê sua mãe?
Pensei que tivesse sido alguma coisa que eu fiz. Era uma armadilha. Ela tinha me visto comprando qualquer coisa na loja e pensou que estivesse roubando. O jeito como peguei na mercadoria fez parecer que estava com intenção de roubar.
Nunca roubei daquela loja.
A gente só ia para a cadeia se roubasse mais de dez xelins em mercadorias de uma vez só. Meninos da minha idade e

da idade de Kevin não iam para a cadeia quando eram pegos. Eram mandados para um reformatório. Se fossem pegos pela segunda vez, eram enviados então para Artane, onde raspavam o cabelo da gente.

Tivemos que parar de correr dentro do cano; a saída ficou muito longe. Tinha passado pela minha casa e por toda a rua Barrytown. Começamos a brincar nos buracos deixados nos canos para os esgotos da rua. As aberturas do cano sobressaíam e ficariam no mesmo nível da rua quando eles completassem o serviço e pusessem o cimento ao redor. Daí fariam parte do calçamento. Pegamos Aidan e o empurramos para dentro da abertura. Ele ia ficar lá dentro em cima da plataforma e a gente jogaria lama nele. Ele podia se esconder porque a plataforma era bem maior do que a abertura. Se jogássemos a lama atravessada, atingiríamos o muro da plataforma e talvez Aidan. Conseguimos cercá-lo. Se fosse eu que estivesse lá embaixo, correria até a próxima abertura através do cano e sairia antes que os outros percebessem o que tinha feito. E aí eu atiraria lama neles e pedras também. Aidan estava chorando. Olhamos para Liam, porque ele era seu irmão. Liam continuou a jogar lama nele e a gente também.

A rua agora era reta, a rua inteira. A terra dos Donnellys foi cortada nas beiradas e dava para ver a fazenda toda, porque as cercas tinham sido derrubadas; era como a casa de bonecas de Catherine com a porta aberta. Dava para ver todas as casas ainda sendo construídas do outro lado das terras. A fazenda estava sendo cercada pelas casas. As vacas tinham sido transferidas para a fazenda nova. Caminhões vieram buscá-las. O cheiro delas não era de acreditar. Uma das vacas escorregou na rampa quando subia no caminhão. Donnelly bateu nela com uma vara. Tio Eddie estava atrás dele. Ele tinha uma vara também. Ele também bateu na vaca com a vara. A gente podia ver todas as vacas apinhadas no caminhão, tentando botar o nariz para fora das grades.

Tio Eddie subiu num dos caminhões ao lado do motorista. Tinha o cotovelo fora da janela. Acenamos para ele, e gritamos de alegria quando os caminhões cheios de vacas passaram pelo portão caído do casarão da fazenda e virou à esquerda na rua nova. Era como se tio Eddie estivesse indo embora.

Mais tarde o vi correndo para comprar o *Evening Press* para seu irmão Donnelly antes de a venda fechar.

A ponte velha do trem era muito estreita para a rua passar por baixo. Por isso eles construíram uma ponte novinha, feita com lajes de concreto enormes, bem ao lado da antiga. A rua se afundava embaixo da ponte para que caminhões e ônibus pudessem passar. Eles removeram a terra dos lados para afundar a rua ainda mais e puseram mais lajes de concreto dos lados da ponte e da rua para a terra não desabar. Dizem que dois trabalhadores morreram enquanto construíam aquela parte da rua, mas a gente nunca viu nada. Morreram afogados na lama, quando uma parte do barranco deslizou por causa das chuvas e caiu em cima deles. Morreram afogados na lama.

Às vezes eu tinha um pesadelo que me fazia acordar no meio da noite: estava comendo alguma coisa. Era um negócio seco e granulado e não conseguia molhar com a saliva. Fazia meus dentes doerem; não conseguia fechar minha boca e queria gritar por socorro, mas também não conseguia. E quando acordava, minha boca estava seca porque tinha ficado aberta muito tempo. Será que tinha gritado mesmo? Esperava que não, mas ao mesmo tempo queria que mamãe viesse me perguntar se eu estava bem e se sentar comigo na cama.

Eles não explodiram a ponte antiga. A gente achava que iam, mas não fizeram isso.

— Se explodissem a antiga, a nova também iria pelos ares — disse Liam.

— Não. Claro que eles não iriam fazer isso. Seria idiotice.

— Mas é verdade!

— E como é que isso acontece?

— Por causa da força da explosão.

— Mas eles têm explosivos diferentes para cada tipo de serviço — explicou Ian McEvoy.

— E como é que você sabe disso, seu gorducho?

Quem falou isso foi Kevin. Ian McEvoy não era gordo. Só tinha umas tetinhas como de mulher. Ele nunca mais veio nadar com a gente depois que vimos suas tetinhas.

— Porque sei — disse ele. — Eles têm meios de controlar as explosões.

Perdemos o interesse pelo assunto.

A ponte antiga se foi. Foi derrubada e pronto; levaram o entulho e as pedras em caminhões. Eu tinha saudade dela. Era um lugar legal para se esconder e gritar. Só tinha lugar para passar um carro de cada vez. Papai sempre buzinava toda vez que passava embaixo. A ponte nova assoviava quando estava ventando, e era tudo.

Ele nos deixou olhar pela janela, mais nada. Mas alguns entraram na casa. Puxou o sofá para o lado da janela, para que a gente pudesse ver bem o autorama. Alan Baxter era o único em toda a Barrytown que tinha um. Ele era protestante, um *proddy*, e mais velho do que a gente. Era da mesma idade do irmão de Kevin. Já fazia o colegial e jogava críquete; tinha um taco de verdade e os protetores de joelho. Quando os rapazes mais velhos jogavam *rounders*[30] atrás das lojas, Alex Baxter ficava tirando e pondo o pulôver o tempo todo, mas isso não o fazia ser melhor no jogo do que os outros. E quando estava no campo pegando a bola, sempre se agachava com as mãos nos joelhos se inclinando para a frente. Era um chato. Mas tinha um autorama.

O autorama não era tão bom quanto na propaganda. Uma pista como a de um trenzinho — eram duas pistas que se intercalavam numa figura de oito — e os carros nunca iam muito longe sem bater um no outro. Mas era incrível mesmo assim. O controle parecia fácil de usar. O carro azul era muito melhor do que o vermelho. Terence Long controlava o vermelho e Alan Baxter, o azul. A nossa respiração e as marcas de dedos sujavam a janela. Terence Long — ele tinha um metro e oitenta de altura e só tinha catorze anos — estava sempre ajeitando o carro vermelho.

---

30 Jogo inglês similar ao beisebol. [N.T.]

Toda vez que entrava numa curva, o carro emperrava. Algumas vezes conseguia passar pela curva e continuar a corrida. Mas o carro azul já estava bem na frente. O irmão de Kevin pegou o carro vermelho e olhou embaixo para ver se tinha alguma coisa errada, mas Alan Baxter o fez pôr o carro de volta na pista. Eles eram os únicos que estavam na sala, Alan Baxter, Terence Long e o irmão de Kevin. O resto da gente — muito mais novos do que eles — tinha que ficar lá fora, olhando. O pior era quando estava escuro. Aí é que a gente sentia não estar dentro da casa. Kevin entrou uma vez, isso por causa do irmão. Mas eu, não. Eu era o mais velho em casa; não tinha um irmão mais velho que me deixasse entrar. Eles não deixaram Kevin fazer nada. Só olhar.

Um dia, o irmão de Kevin aprontou e se meteu numa encrenca danada. Seu nome era Martin. Era cinco anos mais velho do que Kevin e o que aconteceu é que ele mijou através de uma mangueira dentro do carro da Sra. Kilmartin, que tinha deixado a janela do carro com o vidro meio abaixado; ele foi pego porque Terence Long contou para a mãe, pois foi ele quem segurou a mangueira para o irmão de Kevin e ficou com medo de ser acusado de ter mijado no carro também. A mãe de Terence Long contou para a mãe de Kevin e de Martin.

— Terence Long, Terence Long
   Tem um pinto muito longo!

Ele tentou fazer o irmão de Kevin e os outros chamarem-no de Terry ou Ter, mas todo mundo ainda chamava-o de Terence, principalmente sua mãe.

— Terence Long, Terence Long
   Não usa meia
   Que bobão!

Ele usava sandálias no verão, sandálias enormes, como as de um padre, e sem meias. O pai de Kevin pelou Martin vivo e o mandou lavar o assento do carro da Sra. Kilmartin enquanto todo mundo olhava. Ele estava chorando. A Sra. Kilmartin não saiu da loja. Ela mandou Eric trazer as chaves do carro. Eric era o filho dela e era débil mental.

Martin fumava e ia deixar de estudar quando terminasse o curso técnico. Um dia ele bebeu Coca-Cola com aspirinas e vomitou tudo. Cabulava aula o tempo todo, passava o dia na beira do mar, mesmo no inverno. Ele foi coroinha. Mas um dia foi mandado embora da igreja porque pintou listras brancas na roupa de coroinha que usava. Pegou Simbad uma vez — ele, Terence Long e até Alan Baxter — e pintaram uma das lentes de óculos de Simbad com tinta preta. Fizeram Simbad caminhar até em casa com os óculos e com uma varinha que pintaram de branco como bengala. Mamãe não fez nada. Só cantou enquanto ele chorava:

— I TOLD MY BROTHER SEAMUS
I'D GO OFF AND BE RIGHT FAMOUS...[31]

Quando ele parou de chorar, ela foi até a garagem, pegou uma garrafa de querosene e esfregou a lente para tirar a tinta, mostrando a Simbad como fazer. Eu disse que queria ajudá-lo, mas ele não me deixou. Papai riu. Ele chegou tarde e Simbad já estava na cama, mas eu não. Ele riu. E eu também. Ele disse que Simbad iria aprontar coisas como essa quando tivesse a idade do irmão de Kevin. Aí ficou emburrado porque o prato que cobria o seu jantar ficou grudado com o molho que havia endurecido. Mamãe me mandou para cama.

Martin usava calças compridas no verão. Sempre estava com as mãos no bolso. Tinha também um pente. Eu o achava o máximo. Kevin também, mas ao mesmo tempo odiava o irmão.

Ele se vingou da Sra. Kilmartin. Deu um murro na cara de Eric, que não podia dizer quem tinha feito porque não conseguia falar direito; só gesticulava e soltava uns grunhidos estranhos.

Martin e os outros construíam cabanas. A gente também, com as tranqueiras que juntávamos do terreno das construções — era a primeira coisa que fazíamos quando o verão estava chegando —, mas as deles eram melhores, muito, muito melhores do que as nossas. Havia um terreno atrás das casas

---

31 *Disse ao meu irmão Seamus/ Que partiria e seria bem famoso...*

mais novas do tipo da nossa — não o terreno atrás das lojas —, e era ali que a maioria das cabanas era construída. O terreno era cheio de morros que pareciam dunas, feitos de barro em vez de areia. Fizera parte de uma fazenda muito tempo atrás. A ruína do casarão da fazenda ficava num dos cantos do terreno. As paredes não eram de tijolo, mas de barro escuro cheio de pedregulhos e pedras maiores. Era superfácil de demolir. Uma vez achei o caco de uma xícara nas urtigas, perto de uma das paredes. Lavei bem lavado e mostrei ao papai. Ele disse que talvez valesse uma fortuna, mas não iria comprá-lo de mim. Aí me mandou guardá-lo em um lugar seguro. Tinha flores desenhadas, duas inteiras e o pedaço de uma outra. Eu perdi o caco não sei onde.

O terreno parecia ter sido escolhido para construção também, porque começaram a limpá-lo, mas parecia que tinham desistido. Havia uma trincheira no meio, bem larga, como se fosse uma rua, e outras que saíam dessa maior. Alguns dos terrenos não foram mexidos. Papai disse que a construção tinha sido parada porque eles tinham que esperar que os canos fossem colocados e enchidos de água.

Eu corria pela parte intacta do terreno sem motivo nenhum, só corria; a grama era sensacional, quase que tocando meus joelhos. Tinha que levantar a perna bem alto, como se estivesse na água. Era aquele tipo de grama que pode cortar suas pernas. Tinha pontas como trigo. Uma vez levei um monte para casa, mas mamãe disse que você não podia fazer pão com aquilo. Eu disse que ela podia, mas ela disse que não, o que era uma pena, ela disse, mas não dava mesmo. Meus pés faziam barulho como se pisassem em água através da grama. Foi então que ouvi outro barulho, na minha frente. Era um pássaro enorme. Saiu da grama e voou. Voou baixo. Pude sentir a vibração de suas asas. Um faisão. Voltei para casa.

O irmão de Kevin construía suas cabanas no morro. Eles cavavam buracos enormes, com as pás que emprestavam dos pais. Terence Long tinha uma que era dele mesmo. Recebeu de presente de aniversário. Eles dividiam o buraco em partes, em quartos, e o cobriam com tábuas. Às vezes iam buscar feno do celeiro dos Donnellys. E isso era o subsolo.

Quando eu saía da minha cabana, meus cabelos estavam sempre cheios de lama. Dava para fazê-los ficar em pé.

O resto da cabana era feito com nacos de grama. Em qualquer lugar que você fosse em Barrytown, achava lugares onde pedaços de relva eram retirados com a terra, até mesmo nos jardins da frente; pedaços de terra nua, em linha reta. O irmão de Kevin conseguia enfiar a pá na terra através da grama sem esforço nenhum. Eu adorava o barulho molhado da lâmina cortando através das raízes e da terra. Terence Long punha os pés em cima da pá com o cabo entre as pernas e se balançava, aí descia os pés, movia a pá e repetia tudo de novo. Eles punham os nacos um em cima do outro como tijolos finos e os pressionavam até que formassem uma parede sólida, mas era fácil de derrubar, era só empurrá-la. Porém, se a gente fizesse isso, estava frito. O irmão de Kevin sempre descobria quem tinha derrubado a parede. Havia mais paredes dentro das paredes principais, formando quartos, com tábuas em cima, um pedaço de plástico esticado e mais nacos de relva formando o telhado. A distância, a cabana parecia uma pequena colina quadrada; não parecia construída a não ser quando se chegava bem perto dela.

Às vezes havia minhocas saindo dos nacos de terra e relva.

A gente preparava armadilhas ao redor da nossa cabana. Enterrava latas de tinta vazias e as cobria com grama. Se alguém pusesse o pé dentro da lata, nada muito sério acontecia, talvez levasse um tombo. Mas se alguém estivesse correndo, aí poderia até quebrar uma perna. Era fácil de imaginar. Uma vez, enterramos uma lata ainda com tinta dentro, mas ninguém pôs o pé nela. Também pegamos uma garrafa de leite quebrada e pusemos os pedaços de vidro maiores em pé dentro de uma lata, e posicionamos bem na frente da porta da nossa cabana.

— E se um de nós pisar nela?

As armadilhas eram feitas para o inimigo.

— Mas não vamos, seu bobo — disse Kevin. — Porque a gente sabe onde ela está.

— Liam não sabe.

Liam estava na casa de sua tia.

— Liam não pertence à nossa gangue.

Era a primeira vez que eu ouvia isso. Liam tinha brincado com a gente um dia antes, mas fiquei calado.

Amolamos nossas varas e as enfiamos na terra, apontando para a direção de onde o inimigo iria aparecer sorrateiro. Enfiamos as varas bem fundo no caso de o inimigo vir se arrastando, assim levaria uma pontada na cara por não tê-las visto.

Ian McEvoy uma vez tropeçou num arame; teve que ir para o hospital e levou pontos.

— O pé dele estava arrancado do resto da perna.

Era arame de verdade, não era barbante como a gente normalmente usava. Não sabíamos quem tinha posto aquela armadilha. Estava amarrado entre duas árvores no campinho atrás das lojas. Não havia cabanas perto. Não construíamos cabanas naquele campinho; era muito plano. Eles estavam brincando de pega-pega, Ian McEvoy e os outros, em frente às lojas e, quando a porta da frente da Sra. Kilmartin se abriu, Ian pensou que era ela vindo gritar com eles e correu para o campinho atrás das lojas; foi aí que ele tropeçou no arame. O arame era um mistério total.

— Os caras das casas da Cooperativa é que puseram o arame lá.

Havia seis famílias novas morando na primeira fileira de casas terminadas da Cooperativa. Os jardins das casas estavam cheios de sacos de cimento duro e tijolos quebrados. Algumas das crianças tinham a mesma idade que a gente, mas isso não significava que elas podiam participar das nossas brincadeiras.

— Ralé de cortiço.

Mamãe me deu um tapa quando eu disse isso. Ela nunca me batia, mas nesse dia aconteceu.

Um tapa atrás da orelha.

— Nunca mais diga uma coisa dessas!

— Não fui eu que inventei — me defendi.
— Não me interessa. Só não repita mais. É uma coisa muito feia.

Eu nem sabia o que aquilo realmente significava. Só sabia que existiam cortiços na cidade.

A rua com as seis casas da Cooperativa não era ligada a nenhuma outra. Terminava no muro da primeira casa. Havia uma abertura para a rua nova saindo da nossa, um pouco depois de passarmos o terreno que tinha pertencido aos Donnellys, mas só ia uns metros e pronto, acabava. Nosso campinho de futebol ficava no terreno entre as duas ruas. Tínhamos apenas uma trave de gol. Do outro lado usávamos jaquetas dobradas para demarcar a trave. Geralmente jogávamos "meio-campo". Você só precisava de uma trave. Era fácil de fazer gols, especialmente no lado esquerdo do campo, pois tinha um morrinho e a gente podia chutar a bola por cima da cabeça do goleiro; mas estava sempre lotado de meninos. Não havia times quando se jogava "meio-campo". Era cada um por si. Vinte jogadores faziam vinte times diferentes. Às vezes tinha mais de vinte. Mas somente três ou quatro levavam o jogo a sério, tentando fazer gols. O resto, a maioria meninos até mais novos do que Simbad, só corria de um lado para o outro, tentando pôr o pé na bola, mas não tentando de verdade; só acompanhavam a bola, rindo, especialmente quando tinham que voltar todo o caminho até a posição deles. Dar cotoveladas e empurrar os meninos para fora do caminho era permitido. Quando eu conseguia ficar com a bola, sempre botava alguns deles entre mim e o próximo jogador de verdade, Kevin, Liam, Ian McEvoy ou um deles. Os pivetes corriam ao meu lado, assim não conseguiam me atacar; era como num filme que vi com John Wayne, no qual ele se safava dos bandidos galopando no meio de um estouro de boiadas, segurando-se agachado num dos lados do cavalo. E, quando estava fora de perigo, se endireitava de novo na sela, olhava para trás com um meio sorriso no rosto e continuava a galopar. A única coisa sobre meio-campo, a única coisa ruim, era que quando você ganhava, quando fazia os três gols, você tinha que ir de goleiro. Eu era melhor jogador do que Kevin, mas quando fazia dois gols, parava de tentar. Detestava ser goleiro. Aidan era de longe o melhor jogador de todos nós — era um ótimo driblador —, mas era sempre escolhido por último ou penúltimo quando jogávamos cinco de cada lado; ninguém queria jogar com ele. Ele era o único que jogava para um clube de verdade, o Raheny Juniors sub-11, e ele nem tinha nove anos.

— Seu tio é o técnico.
— Não, não é.
— E o que ele é?
— Ele não é nada. Só vai assistir.

Aidan tinha uma camisa azul numerada, o número pregado na camisa, onze.

— Jogo na ponta.
— E daí?

Era uma camisa de futebol de verdade. Era tão grande que nem dava para ver o calção.

Ele também era bom no gol.

Os jogos com cinco de cada lado nunca acabavam. O time jogando contra o da trave feita com a jaqueta sempre acabava ganhando.

— Charlton para Best. Olha que gol!
— Não foi gol, não! Passou sobre a jaqueta, bateu na trave.
— É. Bateu e saiu.
— Entrou sim!
— De jeito nenhum.
— Então não jogo mais.
— Ótimo.

Às vezes, a gente jogava enquanto comia o lanche. Eu já tinha feito dois gols. Aí chutei uma bola fácil para que Ian McEvoy defendesse. Ele pôs o sanduíche em cima da jaqueta e a bola entrou em cheio no meio, passando por ele. Fiz mais um gol. Ganhei. Agora era a minha vez de ir pro gol.

— Você deixou passar de propósito.

Dei um empurrão nele.

— Não deixei, não.

Ele me empurrou de volta.
— Você queria mesmo era sair do gol.
Dessa vez não empurrei. Pensava mesmo em lhe dar um chute.
— Agora você devia ficar no gol de novo por causa disso.
— De jeito nenhum.
— Você tem de tentar agarrar a bola.
— Eu posso ir no gol.
Um dos meninos que morava nas casas da Cooperativa falou. Ele estava em pé atrás da trave feita com a jaqueta.
— Eu vou para o gol! — eu disse.
Ele era mais novo do que eu, e menor. Seguramente menor; nunca iria conseguir me matar, mesmo se fosse bom de briga.
Dei-lhe um empurrão, afastando-o da nossa trave.
— Este campo é nosso.
Agora empurrei com toda força. Ele estava sozinho. Ficou muito surpreso. Quase caiu, escorregando na grama molhada.
Dava para perceber: ele não tinha certeza se corria ou se ficava. Não queria virar as costas com medo de alguma coisa lhe acontecer caso se virasse. E não podia ir; eu tinha lhe dado um empurrão e ele era um covarde.
— Este campo é nosso — repeti.
E então dei um chute nele.

Mamãe tinha nos avisado para não chegar perto da máquina de enxaguar, não fazer brincadeiras com ela. Os cilindros eram sólidos, mas de borracha. Fiz uma marca no rolo de baixo com uma faca de pão. Adorava estar na cozinha — o vapor e a quentura — quando mamãe punha os lençóis através dos cilindros que tiravam o excesso de água, e as camisas do papai também. Os lençóis ficavam brilhantes com bolhas de ar enormes e, quando mamãe levantava um, ele parecia uma baleia sendo tirada da água. A água corria através do lençol, as bolhas eram amassadas ao passar pelos cilindros e ele saía do outro lado lisinho, parecendo tecido de novo, e o brilho tinha desaparecido.

Lá ia mais um lençol, a borracha rangia e grunhia, aí o resto passava sem nenhum esforço. Mamãe não me deixava ajudá-la. Ela só deixava eu ficar atrás da máquina de lavar e pôr os lençóis na bacia vermelha. Eles estavam mornos e meio duros. Daquele lado, meus dedos estavam fora de perigo. As roupas menores saíam dos rolos e eu as recolhia antes que caíssem no chão e colocava em cima dos lençóis. A bacia ficava cheia. Ela tinha que esvaziar a máquina de lavar de novo para colocar as fraldas. O vapor na na cozinha era o que eu mais gostava, e as paredes molhadas.

Para isso a gente precisava de palitos de picolé. O asfalto da rua estava cheio de bolhas moles. Era a primeira vez esse ano, por isso não estávamos preparados. Éramos eu, Kevin, Liam e Aidan — só nós quatro, porque Ian McEvoy tinha ficado em casa. Ele estava com dores nas pernas. Dores insuportáveis porque estava crescendo, isso foi sua mãe que disse quando o chamamos para brincar, pela porta de trás. Nunca batíamos na porta da frente, a não ser à noite para apertar a campainha e fugir. As varandas do meu lado da rua ficavam sempre na sombra e eram frescas, principalmente em dias quentes. O sol nunca batia nelas. A nossa varanda tinha cantos incríveis cheios de poeira: carrinhos de brinquedos sacolejavam no piso e às vezes trombavam. Havia três buracos pequenos embaixo da porta, para arejar o assoalho e não deixá-lo apodrecer. Se a gente derrubasse um soldadinho num desses buracos, nunca mais o recuperava e os ratos se alojavam lá também. Os palitos de picolé eram para estourar as bolhas; os palitos eram com certeza o melhor. Dava para você furar a bolha, amassá-la, passar o ar para um lado, e assim por diante.

Dores insuportáveis porque estava crescendo. Ian McEvoy estava amarrado à cama. Tinha uma tira de couro entre os dentes para abafar os gritos, como John Wayne quando extraía uma bala da perna. Eles derramavam uísque na ferida depois que tiravam a bala. Eu derramei uísque nas feridas de

Simbad, mas só uma gotinha de nada. Ele estava se desmanchando em choro mesmo antes que eu derramasse o uísque, então não deu para saber se doía ou não, se doía como John Wayne mostrava ou até mesmo se dava para curar uma ferida assim.

Eu e Kevin escolhemos um lado da rua; Liam e Aidan, o outro. Nosso lado era o das lojas; com certeza tinha muito mais palitos. Simbad também não estava com a gente. Ficara doente de novo. Se ele não melhorasse até à noitinha, mamãe iria buscar o médico. Ela sempre achava que a gente ficava doente quando entrava de férias. Eram as férias da Páscoa. O céu estava azul. Era Sexta-feira Santa.

As ruas eram de cimento, todas as ruas ao nosso redor, as partes que não foram escavadas. As ruas eram de cimento e o piche era colocado entre as placas de cimento. O piche era duro e a gente não percebia que estava lá até que amolecesse por causa do calor e ficasse cheio de bolhas; e isso era genial. Em cima parecia velho e meio cinza como a pele enrugada de um elefante ao redor dos olhos, mas embaixo, quando a gente enfiava o palito dentro, havia piche novo, preto e macio, como caramelo que derrete na boca. A gente estourava a bolha e o piche limpo e macio aparecia; o topo da bolha sumia — agora era um vulcão, com cratera e tudo. As pedrinhas caíam dentro; elas morriam gritando.

— Não, não, tenha piedade! Aaaaaaahaaah...

Abelhas, se pudéssemos pegá-las. Chacoalhávamos o vidro para ter certeza de que a abelha estava zonza, quase morta, aí virávamos o pote de cabeça para baixo antes que ela pudesse acordar. A gente ajustava a abertura do pote para que a abelha caísse bem no meio do buraco feito no piche. Depois a gente empurrava com o palito. A abelha grudava no piche. Ficávamos olhando. Era difícil de saber se ela sofria. Ela não fazia barulho, nem zunia, nem nada. Partíamos a abelha no meio e a enterrávamos no piche. Eu sempre deixava um pedacinho da abelha para fora para servir de exemplo para as outras. Às vezes a abelha se safava. Não estava zonza demais quando a gente virava a jarra. Voava antes de cair no chão. Não tinha importância. Não tentávamos pegá-la. Abelhas podiam matar a gente; não de propósito, só se não tivessem escolha. Vespas eram diferentes. Elas te picavam com vontade. Um cara em Raheny engoliu uma abelha por acidente, ela o picou na garganta e ele morreu sufocado. Estava correndo com a boca aberta e a abelha voou direto para a sua boca. Quando ele estava morrendo, abriu a boca para dizer as últimas palavras e a abelha saiu voando. Por isso é que eles descobriram o que tinha sido. A gente punha flores e folhas dentro da jarra para que as abelhas se sentissem em casa. Não tínhamos nada contra elas. Elas faziam mel.

Eu já tinha sete palitos e Kevin, seis. Liam e Aidan estavam bem longe da gente porque eles não estavam no lado das lojas e não deixamos eles atravessarem a rua para o nosso território. Daríamos uma baita surra neles se tentassem. Tortura chinesa até. Aquele que acabasse com o número menor de palitos teria que comer um punhado de piche. Seria Aidan. A gente o faria engolir de verdade. Mas um punhado de piche limpo. Achei mais um palito, limpinho de verdade. Kevin correu para pegar um outro, aí eu vi mais um e corri para pegá-lo antes de Kevin e então ele achou mais dois enquanto eu corria para apanhar aquele. Estávamos apostando de verdade agora. Dali a pouco seria uma briga. De brincadeira. Me agachei para pegar um perto do bueiro — tínhamos passado pelas lojas — e Kevin me empurrou. Caí no chão como um saco, mas consegui pegar o palito; dei risada. Fomos para o meio da rua.

— Pare de empurrar!

Ele foi pegar um palito; era a minha vez. Eu não o empurrei com muita força. Deixei-o pegar o palito primeiro. Nós dois vimos outro palito ao mesmo tempo, corremos para pegá-lo. Eu fui mais ligeiro; ele pôs o pé na frente e eu tropecei. Não tinha contado com isso. Ia cair. Não conseguia controlar, a velocidade era muita. Meus joelhos, as palmas das mãos, meu queixo. A pela ralada. Os nós dos dedos, as mãos fechadas segurando os palitos. Ainda os tinha entre os dedos. Me sentei. Havia sujeira e vermelhão nas palmas da mão. As marcas de sangue crescendo. Virando gotas.

Pus os palitos no bolso. A dor estava começando.

Uma formiga voadora entrou na minha boca uma vez. Estava correndo, a formiga na minha frente — aí desapareceu. Só um gosto esquisito e pronto. Engoli. Estava bem no fundo da garganta, não dava para cuspi-la. Meus olhos começaram a marejar, mas eu não estava chorando. Estava no pátio da escola. O gosto horrível ainda estava comigo. Como gasolina. Fui ao banheiro e pus minha cabeça embaixo da torneira. Bebi água um século. Queria que o gosto desaparecesse e também queria afogar a formiga. Desceu pela garganta. Direto.

Não contei para ninguém.

— Um cara foi de férias para a África.

— Ninguém vai para a África de férias.

— Cala a boca.

Quando ele estava lá, comeu salada e, quando voltou para casa, começou a sentir dores no estômago e foi levado para o hospital da rua Jervis porque gritava de dor — puseram-no num táxi. O médico não sabia o que ele tinha e o menino não conseguia dizer porque não parava de gritar por causa da dor; então eles tiveram que operá-lo e, quando abriram sua barriga, acharam um monte de lagartos dentro dele, na barriga, vinte ao todo; tinham feito um ninho. Os lagartos estavam lhe devorando o estômago.

— Você vai comer a salada mesmo assim — disse mamãe.

— Ele morreu — eu disse. — O menino morreu.

— Coma tudo, vamos. A salada foi lavada.

— Mas o negócio que ele comeu também estava.

— Isso é besteira que alguém andou lhe contando — disse ela. — Não devia dar ouvidos a isso.

Quis morrer. Mas queria ficar vivo até papai chegar em casa, aí lhe contaria o que tinha acontecido e depois morreria.

Os lagartos foram postos numa jarra no hospital, na geladeira, para que todo mundo que estivesse treinando para ser médico pudesse vê-los. Todos eles numa mesma jarra. Boiando num líquido que os mantinha frescos.

Havia piche nas minhas calças, nos joelhos.
— Mas de novo!
Isso é o que mamãe iria dizer. Era o que sempre dizia.
E disse mesmo:
— Ah, Patrick, de novo não, pelo amor de Deus.
Ela me fez tirar as calças. Na cozinha. Não me deixou subir. Apontou para as minhas pernas e estralou os dedos. Tirei as calças.
— Primeiro os sapatos — disse ela. — Espere um pouco.
Ela olhou embaixo, nas solas para ver se não tinha piche.
— Não tem — eu disse. — Eu já olhei.
Ela me fez levantar o outro pé. As calças ainda no meio das pernas. Deu uma palmada no lado da minha perna, abriu, fechou e abriu de novo a mão. Pus meu pé em sua mão e ela olhou na sola do sapato.
— Eu falei que não tinha — eu disse.
Ela pôs meu pé no chão de novo. Nunca dizia nada quando estava irritada. Só apontava e estralava os dedos.

Confúcio disse: "Vá para a cama com o cu coçando e acordará com o dedo fedendo."

Ele fez sua mão abrir e fechar como um bico, os dedos espetados, direto na cara dela.
— É só reclamação. Você só reclama.
Ela olhou ao redor e depois para ele.
— Paddy — disse ela.
— É só eu chegar em casa e você começa.
— Paddy...
Sabia o que "Paddy" significava, da maneira como ela dizia "Paddy". Simbad também. E Catherine também, da maneira como ela olhava para mamãe e depois para papai.

Ele parou. Respirou fundo duas vezes. Depois sentou. Olhou para a gente, como se nos conhecesse desde sempre, depois nos encarou.

— Como foi na escola?

Simbad riu. E depois riu mais, mesmo sem querer.

Sabia por quê.

— Legal — disse Simbad.

Sabia por que Simbad tinha dado risada, mas era tarde. Ele achou que tinha acabado. Papai sentado, perguntando como tinha sido na escola — isso era sinal que tinha acabado.

Ele aprenderia depois.

— Por que foi legal? — perguntou papai.

Aquela não foi uma pergunta justa. Ele só perguntou para pegar Simbad de surpresa, como se Simbad também fizesse parte da briga.

— Porque foi — eu disse.

— Então? — perguntou papai a Simbad.

— Um dos meninos vomitou na sala de aula — contei.

Simbad olhou para mim.

— Verdade? — perguntou papai.

— É — eu disse.

Ele olhou para Simbad.

Simbad parou de olhar para mim.

— É — disse ele.

Papai mudou de expressão. Tinha funcionado. Seu pé balançava em cima da perna cruzada; esse era o sinal. Tinha vencido. Salvei Simbad.

— Quem foi?

Derrotei papai. Tinha sido fácil.

— Fergus Sweeney — eu disse.

Simbad olhou para mim de novo. Fergus Sweeney não estava na classe dele.

Papai adorava esse tipo de história.

— O pobre Fergus — disse papai. — Por que vomitou?

Simbad estava preparado.

— Saiu da boca dele — disse ele.

— Verdade? — disse papai. — Caramba!
Ele achava que era esperto, fazendo a gente de bobo; a gente é que estava fazendo ele de bobo.
— Bolotas — disse Simbad.
— Bolotas — repetiu papai.
— Uns negócios amarelos — acrescentei.
— Em cima do caderno dele — disse papai.
— É — disse Simbad.
— Em cima do dever de casa dele — disse papai.
— É — disse Simbad.
— E do dever de casa do colega que sentava com ele na carteira — eu disse.
— É — disse Simbad.

Fazíamos um círculo. Kevin era o único fora do círculo. Havia uma fogueira no meio. Tínhamos que olhar direto para o fogo. Ainda não estava escuro. Tínhamos que segurar as mãos. Por isso a gente precisava se inclinar ainda mais perto do fogo. Meus olhos ardiam. Era proibido esfregá-los. Era a terceira vez que fazíamos aquilo.
Era a minha vez.
— Barbialçado.
— Barbialçado! — todos gritamos. Bem sérios. Sem risadas.
— Barbialçado, barbialçado, barbialçado!
Tínhamos começado com essa parte na segunda vez, o cântico. Era melhor, mais organizado do que o que fazíamos antes; só gritando e fazendo gritos indígenas. Principalmente porque ainda não estava escuro.
Liam estava a meu lado, à esquerda. O chão estava úmido. Kevin bateu nos ombros de Liam com sua varinha. Era a vez dele.
— Treliça.
— Treliça!
— Treliça, treliça, treliça!
Estávamos no campinho atrás das lojas, sem sermos vistos da rua. Não tínhamos tantos lugares como antes. Nosso

território estava cada vez menor. Na história que Henno leu para a gente naquela tarde na aula, uma história boba de mistério, havia uma mulher podando as roseiras da treliça. Então ela morreu e a história toda era para descobrir quem tinha sido o assassino. A gente não ligou para a história. Só queríamos ouvi-lo dizer "podar" de novo. Ele não disse, mas "treliça" foi repetida a cada duas frases. Ninguém sabia o que era "treliça".
— Bucuva.
— Bucuva!
— Bucuva, bucuva, bucuva!
— Ignoramus.
— Ignoramus!
— Ignoramus, ignoramus, ignoramus!
Nunca conseguia adivinhar a palavra que viria. Sempre tentava; olhava para o rosto de todos eles na sala toda vez que uma palavra nova ou boa era dita. Liam, Kevin e Ian McEvoy faziam o mesmo, faziam o que eu fazia, arquivar as palavras.
Era a minha vez de novo.
— Subdesenvolvido.
— Subdesenvolvido!
— Subdesenvolvido, subdesenvolvido, subdesenvolvido!
Aquela parte tinha terminado agora. Meus olhos me matavam. O vento soprava a fumaça para o meu lado, junto com as cinzas da fogueira da semana anterior. Mas seria bom mais tarde; adorava tirar a sujeira seca dos cabelos.
O batizado era a próxima parte. Uma cerimônia de verdade. Kevin deu uma volta atrás da gente. Era proibido olhar. Só dava para acompanhá-lo pela voz e por seus pés na grama, se ele saísse um pouco do círculo feito de lama. Ouvi um zunido. Era a varinha. Era incrível e terrível, não saber. Uma emoção enorme só de lembrar depois.
— Sou Zentoga — disse Kevin.
Zum.
Atrás de mim.

— Sou Zentoga, o grande sacerdote do Deus Supremo, Ciúnas.[32]

Zum.

Agora, do outro lado. Tinha que manter meus olhos fechados. Quis ser o primeiro, mas fiquei aliviado por Kevin estar do outro lado.

— Ciúnas, o Grande, vai batizar todos os seus seguidores! A palavra se tornará matéria.

Zum.

— Aaahh!

Foi em Aidan, bem no meio das costas.

— Merda! — disse Aidan.

— Daqui em diante serás chamado Merda — disse Kevin. — Ciúnas, o Poderoso, ordenou.

— Merda! — gritamos.

Estávamos a uma boa distância das lojas.

— E o Verbo se fez carne!

Zum.

Mais perto.

Ian McEvoy.

— Tetas!

Do meu lado, senti a dor passando para mim através dele.

— Daqui em diante serás chamado Tetas. Ciúnas, o Poderoso ordenou.

— Tetas!

Tinha que ser um palavrão. Essa era a regra. Se não fosse um palavrão de verdade, a gente levava mais uma chicotada com a varinha.

— E o Verbo se fez carne.

— Peitinhos!

Estava quase chegando a minha vez. Minha cabeça estava no meu colo. Minhas mãos estavam ensopadas e ficavam se desgrudando das mãos de Liam e de Ian McEvoy. Alguém estava chorando. Mais de um.

---

32 *Silêncio.*

Sua voz soou atrás de mim.

— O Verbo se fez carne!

— Aaah!

Liam.

De novo. Zum. A segunda chicotada soou bem pior; soou injusta e aterrorizante.

— Aquilo não foi a palavra — disse Liam, quase num sussurro.

Kevin o tinha chicoteado de novo porque ele não disse um bom palavrão da primeira vez. A agonia e a dor de Liam fez com que sua voz tremesse.

— Os seguidores de Ciúnas não sentem dor — disse Kevin.

Liam estava chorando.

— Os seguidores de Ciúnas não *choram*! — disse Kevin.

Ele ia chicoteá-lo de novo. Pude sentir a varinha sendo levantada. Mas a mão de Liam se desprendeu da minha. Ele tinha se levantado.

— Não interessa — disse ele. — É idiotice.

Kevin ia bater nele de qualquer maneira. Mas Liam chegou muito perto. Fiquei esperando. Todos esperavam. Esfreguei meu rosto. A pele estava esticada e seca.

— Maldita seja sua família! — disse Kevin a Liam, mas deixou-o passar.

Smiffy O'Rourke tinha abandonado o círculo na última vez, depois que Kevin o chicoteou cinco vezes porque "maldito" não era um palavrão adequado, mas Smiffy O'Rourke não conseguia dizer nada pior. A Sra. O'Rourke tinha ido reclamar na polícia — isso foi o que Kevin contou —, mas ela não tinha provas, só as costas de Smiffy. Rimos na hora, quando vimos Smiffy correndo como se estivesse se safando de balas porque não conseguia estreitar as costas. Dessa vez, ninguém deu risada. Liam se esgueirou pelo buraco na cerca de arame. Já estava ficando escuro. Ele caminhava com cuidado. Dava para ouvi-lo fungando. Queria ir com ele.

— Ciúnas, o Poderoso, foi quem matou sua mãe.

Kevin abriu os braços como um Cristo. Olhei para Aidan; a mãe era dele também. Ele não se moveu. Estava olhando para o fogo. Esperei. Ele não saiu do lugar. Eu ia aceitar minha punição agora, pela mesma razão pela qual Aidan tinha ficado. Era melhor estar no meio do círculo, melhor do que ir para onde Liam estava indo.

Era a minha vez. Ainda faltavam dois, mas eu seria o próximo. Eu sabia; Kevin iria se vingar em mim. Fechamos o círculo de novo. Estava até mais apertado sem Liam. Se eu puxasse com força, alguém cairia no fogo. Nos aconchegamos.

Ele levou um século. Ouvia-o do outro lado. Já estava escuro. Dava para ouvir o vento soprando. Tive que fechar os olhos de novo. Minhas pernas estavam quentes, muito perto da fogueira. Ele tinha ido embora; não conseguia localizá-lo. Escutei. Ele não estava em lugar nenhum.

— E o Verbo se fez carne!

Minhas costas se abriram. Os ossos explodiram.

— Foda!

— De agora em diante serás chamado Foda.

Tinha acabado.

— Ciúnas, o Poderoso, ordenou.

Tinha conseguido.

— Foda!

O melhor palavrão. Não tinha sido tão alto como queria que fosse. Eles estavam com medo. Abafaram o grito. Eu não. Tinha pagado para isso. Ele havia me acertado bem no meio de um osso da espinha. Não conseguia me endireitar. Não podia relaxar ainda. Acabou. Eu tinha conseguido. Abri os olhos.

— E o Verbo se fez carne!

Dessa vez gozei da dor alheia.

Foda era o melhor palavrão. O mais perigoso. Não dava para sussurrar.

— Boceta!

Foda era sempre estridente demais, tarde demais para parar, explodia no ar acima da gente e caía devagarinho em nossa cabeça. Havia silêncio total, nada além de Foda flutuando no ar. Por alguns segundos, a gente morria, esperando que Henno olhasse para cima e visse Foda aterrissando em nossa cabeça. Eram segundos emocionantes — enquanto ele não olhava. Era a palavra que não se podia de jeito nenhum dizer em lugar algum. Não sairia a não ser que fosse forçada. Fazia a gente se sentir preso e amarrado no momento em que a dizia. Quando escapava era como uma risada elétrica, um arquejo mudo seguido de uma risada que somente as coisas proibidas geravam, uma coceira interna que se tornava dor incessante, batendo de um lado para o outro na boca, desesperada para sair. Era agonia. A gente não a desperdiçava.

— E o Verbo se fez carne!

Zum.

A palavra proibida. Eu tinha gritado.

— De agora em diante serás chamado de Pau.

A última palavra.

— Ciúnas, o Poderoso, ordenou.

— Pau!

Era o fim da sessão. Podíamos nos levantar agora e sair de perto da fogueira; até a próxima semana. Endireitei minhas costas. Tinha valido a pena. Eu era o herói. Liam, não.

— Ciúnas, o Poderoso, os batizará de novo com novos nomes na próxima sexta-feira — anunciou Kevin.

Mas ninguém estava escutando. Ele era apenas Kevin agora. Eu estava com fome. Sexta-feira, dia de peixe. Deveríamos usar os nossos nomes durante a semana toda, mas a gente nunca se lembrava quem era o Boceta e quem era o Merda. Mas eu era o Foda. Disso, todos lembrariam.

Não houve outra sexta-feira. Estávamos de saco cheio de apanhar de Kevin nas costas com uma varinha. Ele nunca trocava de lugar com a gente. Tinha sempre que ser o Sacerdote-Mor. Ciúnas ordenou, ele disse. Teria continuado por muito mais tempo se todos nós pudéssemos ser o Sacerdote-Mor pelo menos uma vez, talvez até para sempre. Mas Kevin não deixava e a varinha era dele. Ainda continuei chamando-o de Zentoga mesmo depois que todo mundo parou, mas até eu fiquei contente porque não houve outra sexta-feira. Kevin saiu sozinho e eu o segui fingindo que estava a seu favor. Fomos até a beira do mar. Atiramos pedras na água.

Corri para o jardim. Não cabia na casa. Não conseguia ficar quieto. Dei duas voltas; acho que a velocidade foi tremenda pois consegui voltar para sala em tempo de assistir ao replay. Tive que ficar em pé.
— George Best!
— George Best!
George Best tinha feito um gol na final da Eurocopa. Vi-o correndo, de volta ao meio-campo; ele sorria, mas não parecia surpreso. Papai me abraçou cruzando os braços nos meus ombros. Levantou-se para isso.
— Maravilha — disse ele.
Ele era fã do United também, mas não tão fanático quanto eu.
— Super.

Pat Crerand, Frank McLintock e George Best, todos os três, pularam ao mesmo tempo. A bola estava quase em cima da cabeça de Frank McLintock, mas era difícil de ver quem a tinha alcançado. Provavelmente George Best, porque sua franja estava voando como se ele tivesse se curvado para encontrar a bola e ela parecia estar se distanciando dele e não se aproximando. Frank McLintock parecia sorrir e Pat Crerand parecia chorar, mas com George Best, sim, aparentemente tudo certo, como se tivesse dado a cabeçada na bola e estivesse olhando-a entrar na rede. Ele estava pronto para aterrissar.
Havia centenas de fotografias no livro, mas eu sempre voltava para aquela, a primeira. Crerand e McLintock pareciam pular no ar, mas era como se George Best estivesse parado, não fosse pelo cabelo. Suas pernas estavam estreitas e um pouco abertas, como que em posição de repouso no Exército. Como se eles tivessem cortado uma fotografia só de George Best e a colado em cima de uma outra com McLintock, Crerand

e mil e uma cabecinhas e casacos pretos na arquibancada atrás deles. Ele não mostrava nenhum esforço nas feições. Seus lábios estavam um pouco abertos. Suas mãos estavam fechadas, mas não cerradas. Seu pescoço parecia relaxado, não como o de Frank McLintock, que parecia ter pedaços de corda crescendo embaixo da pele.

Havia mais uma coisa que tinha acabado de notar. Tinha um prefácio na página onze, ao lado da página com a melhor fotografia de George Best. Li o prefácio e reli o último parágrafo de novo.

— Quando vi o manuscrito deste livro pela primeira vez, fiquei muito impressionado com os dados e estatísticas integrados na narrativa geral.

Não sabia o significado, mas não importava.

— O livro certamente representa o casamento perfeito entre a educação e a diversão. Você vai adorar.

E embaixo de tudo isso estava o autógrafo de George Best.

George Best tinha autografado o meu livro.

Papai não disse nada sobre o autógrafo. Ele só me deu o livro, me desejou um feliz aniversário e me deu um beijo. Ele me deixou descobri-lo sozinho.

George Best.

Georgie, não. Eu nunca o chamava de Georgie. Detestava quando ouvia as pessoas chamando-o de Georgie.

George Best.

Sua camisa estava fora do calção na fotografia. As dos outros dois, não. Nenhum de nós punha a camisa por dentro do calção, mesmo aqueles que diziam que George Best não era de nada; todos eles usavam a camisa por fora.

Trouxe o livro para papai ver que eu tinha descoberto o autógrafo e era incrível, o melhor presente que eu já tinha recebido na minha vida toda. O livro se chamava *História do futebol em fotografias*. Era enorme, muito mais grosso do que um almanaque e pesava uma tonelada. Era o tipo de livro para adultos. Havia fotografias, mas um monte de coisa escrita também; letras miúdas. Eu iria ler tudo.

— Eu descobri — disse a ele.

Meu dedo apontando bem onde o autógrafo de George Best aparecia.

Papai estava sentado em sua poltrona.

— Descobriu mesmo? — disse ele. — Bom menino. O quê?

— Como, o quê?

— O que descobriu?

— O autógrafo — eu disse.

Ele estava me enrolando.

— Deixe-me ver.

Pus o livro no colo dele e abri na página.

— Aqui.

Papai esfregou o dedo em cima do autógrafo. George Best tinha uma letra fantástica. Era curva para a direita; alongada, com espaços curtos. Havia uma linha reta embaixo do nome, juntando o G e o B, que ia até o T no final e avançava um pouquinho mais. Terminava com uma curva, como um desenho de uma bala passando por um muro.

— Ele estava na livraria? — perguntei ao papai.

— Quem?

— George Best — eu disse.

Senti um frio no estômago, mas ele respondeu rápido e o frio passou.

— Sim — disse ele.

— Mesmo?

— É.

— É mesmo? Tem certeza?

— Já disse que estava, não disse?

Era só isso que eu precisava, com certeza. Ele não disse isso zangado. Estava calmo do mesmo jeito com que havia respondido às outras perguntas, olhando direto nos meus olhos.

— Como ele é?

Não estava tentando pegá-lo na mentira. E ele sabia disso.

— Exatamente do jeito que você espera — disse ele.

— De chuteiras, camisa e tudo?

Assim é que esperava que ele estivesse. Não podia imaginá-lo vestido de outro jeito. Tinha visto uma vez uma fotografia dele vestido com a camisa verde da seleção da Irlanda do Norte e não com a camisa vermelha que era a sua de sempre, e fiquei chocado.

— Não — disse papai. — Ele... um agasalho.
— O que ele disse?
— Só...
— Por que você não pediu a ele para pôr meu nome no autógrafo?

Apontei para o nome de George Best na página.
— Como o habitual.
— Ele estava muito ocupado — disse papai.
— A fila era longa?
— Enorme.

Assim estava certo. Isso mesmo. Assim é que tinha que ser.
— Ele estava lá só naquele dia? — perguntei.
— É — disse papai. — Ele tinha que voltar para Manchester.
— Treino — eu disse a ele.
— Com certeza.

Um ano depois descobri que não era o autógrafo de George Best coisa nenhuma; foi impresso com o livro e papai era um mentiroso de marca maior.

A sala da frente não era para a gente brincar. Era a sala de visitas. Ninguém mais tinha uma sala de visitas, apesar de todas as casas na nossa rua serem iguais, todas as casas antes daquelas construídas pela Cooperativa. A nossa sala de visitas era a sala de estar do pai e da mãe de Kevin e era a sala de televisão de Ian McEvoy. A nossa era a sala de visitas porque mamãe disse que era.

— O que significa? — perguntei a ela.

Sabia que era a sala de visitas desde pequeno, mas hoje pela primeira vez o nome me pareceu esquisito. Estávamos no quintal. Era só aparecer um pouco de azul no céu, que mamãe abria a porta da cozinha e levava a casa toda para fora. Ela pensou na resposta, mas com uma expressão amável no rosto.

As nenéns estavam dormindo. Simbad estava pondo grama num pote.
— A sala boa — disse ela.
— "Visita" significa "boa"?
— Sim — respondeu. — Mas só quando se fala junto com "sala".
Pelo menos isso estava claro.
— E por que então a gente não chama de "sala boa"? — perguntei. — As pessoas podem pensar que a sala é só para desenhar, ou pintar quadros.[33]
— Não, elas não vão pensar isso.
— Mas podem — eu disse.
Não estava dizendo isso só por dizer, como dizia outras coisas.
— Principalmente se elas forem meio ignorantes — completei.
— Teriam que ser muito ignorantes.
— Mas tem muita gente ignorante por aí — eu disse. — Tem uma classe inteira na nossa escola.
— Não diga isso — disse ela.
— Uma classe deles todo ano.
— Isso não é engraçado — reiterou ela. — Já falei para não dizer isso.
— E por que não chamar de "sala boa"?
— Não tem o mesmo efeito — disse ela.
Não fazia sentido; para mim era melhor. A gente nunca podia ir brincar lá, por isso ia continuar boa.
— E por que não?
— Porque soa como coisa barata — explicou ela.
Ela começou a rir.
— É... Ah... Não sei bem. "Sala de visitas" soa muito mais interessante do que "sala boa". É mais bonito. Incomum.
— Nomes incomuns são mais bonitos?
— Sim.

---

33 Jogo de palavras no original inglês com *drawing room*. [N.T.]

— E por que então eu me chamo Patrick?

Ela riu, mas só um pouquinho. Depois sorriu para mim, como se quisesse me dizer que não estava rindo de mim.

— Porque seu pai se chama Patrick.

Disso eu gostava: ter o mesmo nome que papai.

— Tem cinco Patricks na minha classe — eu disse.

— Ah é?

— Patrick Clarke. Sou eu. Patrick O'Neill. Patrick Redmond. Patrick Genocci. Patrick Flynn.

— Um monte de Patricks — disse ela. — É um nome bonito. Muito digno.

— Três deles são chamados de "Paddy" — eu disse —, um "Pat" e um "Patrick".

— É mesmo? — disse ela. — E você, qual é?

— Paddy — respondi.

Ela não se importava. Em casa, eu era Patrick.

— E qual é o Patrick?

— Patrick Genocci.

— O avô dele veio da Itália — comentou.

— Eu sei — eu disse. — Mas ele nunca esteve lá, Patrick Genocci.

— Um dia ele irá.

— Quando ele crescer — eu disse. — Eu vou para a África.

— Ah é? Por quê?

— Porque sim — eu disse. — Tenho minhas razões.

— Para catequizar os bebezinhos negros?

— Não.

Não dava a mínima para os bebezinhos negros; devia sentir pena deles, porque eram pagãos e famintos, mas não me importava. Eles me assustavam, a ideia deles, todos eles, milhões deles, com a barriga enorme e os olhos esbugalhados.

— E por que então? — perguntou.

— Para ver os animais — respondi.

— Ah, isso é legal — disse ela.

— Mas não para ficar — eu disse.

Ela não deveria dar minha cama para ninguém.

— Que tipo de animal? — perguntou.
— Todos eles.
— Em especial.
— Zebras e macacos.
— Você gostaria de ser veterinário?
— Não.
— E por que não?
— Não tem zebras e macacos aqui na Irlanda.
— E por que você gosta de zebras?
— Porque sim.
— Elas são boazinhas.
— É.
— A gente pode ir ao zoológico de novo. Você gostaria?
— Não.

O Parque Phoenix era demais — o Vale e os veados; gostaria de ir lá de novo. O ônibus, de onde podíamos ver o interior do parque se a gente estivesse no andar de cima. Fomos lá na minha primeira comunhão depois que visitamos todos os meus tios e tias; de ônibus a manhã toda, isso antes de papai comprar o carro. Mas ao zoológico, não. Não queria voltar lá.

— Por que não? — mamãe quis saber.
— O cheiro — eu disse.

Não era somente o cheiro. Era mais do que o cheiro; era o que o cheiro representava, o cheiro dos animais, a pele deles na grade. Tinha gostado, então, dos animais. O canto dos animais de estimação — os coelhos —, a lojinha; tinha bastante dinheiro no bolso — me fizeram comprar balas para Simbad, e refrigerantes. Mas o que lembrava depois era só o cheiro. Não lembrava dos animais, ou muito pouco. Os *wallabies,* cangurus pequenos que não pulavam. Dedos de macacos segurando firme nas barras de ferro.

Ia explicar para a mamãe, queria explicar. Iria pelo menos tentar. Ela lembrava do cheiro; dava para perceber pelo seu sorriso e pela maneira como ela me olhou sabendo que não estava tentando ser engraçado, nem nada. Queria lhe contar.

Foi então que Simbad chegou perto e estragou tudo.

***

— Do que são feitos filezinhos de peixe?
— De peixe.
— Que tipo de peixe?
— Todo tipo.
— Bacalhau — disse mamãe. — Peixe de carne branca.
— Por que eles...
— Perguntas, só depois de você terminar de comer.
Era papai.
— Tudo que está no prato — disse ele. — Aí você pode perguntar o que quiser.

Havia 27 cachorros em Barrytown, no nosso pedaço, dos quais quinze deles tinham o rabo cortado.
— Se cortado.
— Só cortado. Sem o "se".
As caudas foram cortadas para que eles não caíssem quando ficassem em pé. Quando balançavam o rabo não podiam se equilibrar direito e caíam, por isso a maioria deles tinha o rabo cortado.
— Só quando são cachorrinhos ainda.
— É.
Eles só caíam quando eram filhotes.
— E por que eles não esperam? — perguntou Simbad.
— Idiota — eu disse, mesmo não sabendo o que ele queria dizer.
— Quem? — perguntou Liam a Simbad.
— O veterinário — disse Simbad.
— Esperar para quê?
— Se eles só caem quando são pequenos — disse Simbad —, por que cortar a cauda deles só por causa disso? Eles só são filhotinhos por pouco tempo.
— Filhotinhos — eu disse. — Escutem só. Eles são filhotes, certo?
Mas o que ele disse fazia sentido. Nenhum de nós sabia por quê. Liam deu de ombros.

— Eles fazem por fazer.

— Deve ser bom para eles. Veterinário é a mesma coisa que médico.

Os McEvoys tinham um Jack Russell. Chamava-se Benson.

— É um nome bobo para um cachorro.

Ian McEvoy disse que era dele, mas na verdade era da sua mãe. Benson era mais velho do que Ian McEvoy.

— Eles não cortam o rabo daqueles com pernas compridas — eu disse.

Benson quase não tinha pernas. Sua barriga encostava na grama. Era fácil de pegá-lo. O único problema era esperar que a Sra. McEvoy fosse às compras.

— Ela gosta dele — disse Ian McEvoy. — Ela prefere o cachorro a mim.

Ele era mais forte do que parecia. Eu podia sentir seus músculos tentando se safar. Só queríamos dar uma olhada no rabo dele. Eu o segurei no meio da barriga, pelas costas. Ele tentou morder a minha mão.

Kevin lhe deu um chute.

— Ei, cuidado!

Ian McEvoy ficou preocupado se sua mãe descobrisse. Tão preocupado que até empurrou Kevin.

Kevin não reagiu.

Queríamos olhar o rabo dele, só isso. Estava espetado no ar. Era a parte mais saudável de Benson. Cachorros deviam balançar o rabo só quando estivessem alegres, mas Benson definitivamente não estava alegre e o seu rabo balançava como doido.

Papai não nos deixava de jeito nenhum ter um cachorrinho. Ele tinha suas razões, dizia. Mamãe concordava com ele.

Kevin segurou Benson na mesma posição que eu havia segurado antes e agarrei seu rabo para que ele parasse de balançar. Era um osso, um osso cheio de pelos, sem carne, nem nada. Fechei a mão e o rabo não estava lá. A gente riu. Benson latiu como se estivesse nos acompanhando. Empunhei os dois dedos de cima para vermos a cauda. Tive cuidado para meus dedos não tocarem em sua bunda. Era difícil por causa do jeito que segurava, mas atentei para que meus dedos não tocassem no seu cu.

Mamãe sempre mandava a gente lavar as mãos antes do jantar. Somente antes do jantar, nunca antes do café da manhã ou do almoço. Às vezes eu não ligava; subia ao banheiro, abria e fechava a torneira e descia de novo.

Tirei os pelos da frente. Os pelos eram brancos e duros. Benson tentou correr de novo na minha frente. Não teve chance. Eu, tocando nos pelos do seu rabo, o fiz entrar em pânico; dava para sentir. A gente agora podia ver a ponta do seu rabo. Não parecia que tinha sido amputado — seus pelos ficavam se eriçando —, parecia normal, como um rabo deve ser. Não podíamos fazer nada.

Ficamos decepcionados.

— Não tem cicatriz nenhuma.

— Aperte o dedo no lugar.

Não queríamos soltá-lo ainda. Esperávamos mais, cicatrizes, vermelhão ou alguma coisa assim; osso.

Ian McEvoy estava mais do que preocupado. Achava que a gente iria fazer alguma coisa com Benson porque a cauda dele não tinha valido o esforço de olhar.

— Mamãe já está chegando. Acho que ela está chegando.

— Não, não está.

— Seu molenga.

Agora a gente ia aprontar alguma coisa com Benson. Definitivamente.

— Um...

— Dois...

— Três!

Afrouxamos as mãos e, no momento em que Benson achou que tinha se livrado, demos um chute nele, eu e Kevin; chutes curtos, secos, um chute cada um, quase ao mesmo tempo, em cada lado da barriga. Benson cambaleou quando correu. Achei que ia cair de lado; um medo danado passou pelo meu corpo todinho. Iria sair sangue da sua boca, ele iria arfar e ficar imóvel.

Mas ele ficou em pé, se endireitou e correu pelo corredor do lado da casa para o jardim da frente.

— E por que a gente não pode? — perguntei ao papai.
— Quem iria lhe dar comida? — ele quis saber.
— Eu — respondi.
— Quem pagaria pela comida dele?
— Eu.
— Com o quê?
— Dinheiro.
— Que dinheiro?
— Meu dinheiro — eu disse. — Minha mesada — completei, antes que ele abrisse a boca de novo.
— Meu também — reforçou Simbad.

Usaria o dinheiro de Simbad também, mas o cachorro seria só meu. Recebia seis pence todos os domingos e Simbad recebia três. A gente ia receber mais depois do nosso próximo aniversário.

— OK — disse papai.

Dava para perceber: ele não disse "OK, você pode ter um cachorro"; ele disse "OK, vou te pegar da próxima vez".

— Eles não custam nada — eu disse. — Você vai ao canil e eles te dão de graça um daqueles que foram abandonados.
— A sujeira — disse ele.
— A gente o ensina a limpar as patas.
— Não estou falando desse tipo de sujeira.
— A gente dá banho nele; eu dou.
— Estou falando do cocô dele — disse papai.

Ele olhou para a gente. Tinha vencido.

— A gente leva ele para passear e ele pode...
— Chega — cortou papai.

Ele não falou com raiva; só falou.

— Vejam — disse ele. — Nós não podemos ter um cachorro... Nós.
— Contarei por que não e vai ser o fim da história e não quero vocês atazanando sua mãe. É a asma de Catherine.

Ele esperou um pouquinho.

— Os pelos do cachorro — disse ele. — Ela não aguenta.
Não conhecia Catherine direito; na verdade, não sabia nada sobre ela. Era minha irmã, mas um bebê ainda, só um pouquinho maior. Nunca falei com ela. Era uma inútil; dormia o tempo todo. Suas bochechas eram enormes. Caminhava pela casa nos mostrando o que tinha no seu penico; achava que era demais.
— Olhe!
Me seguia por todo canto:
— Olhe, Pat'ick, olhe!
Ela tinha asma. Não sabia o que era asma, só que ela fazia barulho quando respirava e mamãe se preocupava com ela. Catherine tinha ido ao hospital duas vezes por causa disso, mas nunca numa ambulância. Não sabia o que pelo de cachorro tinha a ver com a asma dela. Ele só estava usando isso como desculpa para a gente não ter um cachorro. Papai. Ele era assim; não queria e pronto. Estava só falando sobre a asma de Catherine porque sabia que não podíamos retrucar. Nunca iríamos reclamar com mamãe sobre a asma de Catherine.
Simbad falou. Eu pulei.
— A gente pode ter um cachorro careca.
Papai começou a rir. Achou que era muito engraçado. Passou a mão nos nossos cabelos — Simbad começou a sorrir — e isso matou o assunto. Agora sim é que nunca iríamos ter um cachorro.

As ervilhas graúdas boiavam no molho e sugavam o líquido para dentro delas. Eu comia as ervilhas uma de cada vez. Adorava. Adorava o gosto da casca dura por fora e, por dentro, o miolo mole e ralo.
Elas vinham amarradas numa redinha, com um tablete grande e branco dentro. Deveriam ser deixadas de molho, começando no sábado à noite. Eu é que fazia, colocava-as dentro de uma tigela cheia d'água. Mamãe não me deixou pôr a língua no tablete.
— Não, meu bem.
— E para que é? — perguntei.

— Para fazê-las ficarem frescas — respondeu. — E também para amolecê-las.
Ervilhas de domingo.

Papai falou:
— Onde estava Moisés quando as luzes se apagaram?
— Embaixo da cama procurando fósforos.
— Muito bem, rapaz — disse ele.
Eu não entendia o que significava, mas me fazia rir mesmo assim.

Simbad e eu batemos na porta do quarto deles. Eu bati.
— O quê?
— Já é manhã agora?
— É manhã, mas não é para acordar ainda.
Isso significava que a gente devia voltar para o nosso quarto.
Era difícil saber no verão a hora de acordar, porque quando a gente abria os olhos já estava claro.

Nosso território estava ficando cada vez menor. Os terrenos eram retalhos entre as diversas casas e pedaços onde as ruas ainda não se juntavam direito. Eles se tornaram terrenos baldios onde eram entulhados os restos de material de construção, tábuas, tijolos quebrados, sacos de cimento petrificados e garrafinhas de leite. Eram bons para explorar, mas ruins para correr.
Ouvi o barulho, senti através do meu pé e sabia que a dor viria antes de ela chegar. Tive tempo de controlar e decidir onde iria cair. Caí num canto limpo com grama e rolei. Meu grito de dor era dos bons. A dor era real, aumentando a todo instante. Tinha batido num pedaço de ferro usado para andaime que estava escondido na grama. A dor cresceu rapidamente. Meu gemido me tomou de surpresa. Meu pé estava molhado. O sapato, cheio de sangue. Era como água, mais cremoso. Era morno e frio. A meia me apertava.

Eles se juntaram ao meu redor. Liam achou o pedaço de ferro do andaime. Segurou-o no ar e o aproximou de mim. Dava para ver que era pesado, pela maneira como ele segurava. Era grande e majestoso. Iria sair sangue à beça.
— O que é?
— Um pedaço de andaime.
— Seu idiota.
Queria tirar meu sapato. Segurei no solado do salto e grunhi. Eles olhavam. Puxei o sapato devagar, devagar. Pensei em pedir para Kevin tirar para mim, como nos filmes. Mas teria doído. Não sentia mais o pé tão molhado como antes, só quente. E dolorido. Bem dolorido. Suficiente para mancar. Levantei-o. Nada de sangue. A meia estava enrolada para a frente do pé, deixando o salto livre. Eles olhavam. Grunhi de novo e tirei a meia todinha. Eles ficaram boquiabertos.
Era incrível. A unha do dedão tinha sido arrancada. Era monstruoso. Real. A dor era enorme. Levantei a unha um pouquinho. Eles todos olhavam. Respirei fundo.
— Aaahahh!
Tentei pôr a unha de volta no lugar, mas doía demais. Não iria conseguir pôr a meia de volta. Todos eles já tinham visto o que era para ver. Agora eu queria ir para casa.
Liam carregou meu sapato. Eu me segurei em Kevin o caminho todo de volta. Simbad correu na frente.
— Ela vai pôr o seu pé em mertiolate — disse Aidan.
— Cale a boca, você — eu disse.
Não havia mais fazenda. Nosso campinho tinha desaparecido, primeiro cortado pela metade por causa da canalização, depois transformado em oito casas. O terreno atrás das lojas ainda era nosso e íamos lá com mais frequência. Mais para cima, nas casas da Cooperativa, no fim da rua, não era mais nosso pedaço. Havia uma outra tribo agora, muito mais barra-pesada do que a nossa, embora nenhum de nós admitisse. Estavam roubando nosso território aos poucos, mas a gente não desistia da luta. Éramos índios e caubóis agora, e não caubóis e índios.
— Ge-ro-ni-MO!

Construímos uma cabana de índio no terreno atrás das lojas. O pai de Liam e Aidan achou que era um iglu. Ele veio nos ver quando estávamos construindo. Estava voltando das compras para casa.

— Isso é o que eu chamo de iglu, meninos — comentou.

— É uma cabana — eu disse.

— É um *Tepee*[34] — acrescentou Kevin.

Liam e Aidan ficaram calados. Eles só queriam que o pai deles fosse embora.

— Oh, é verdade — disse o Sr. O'Connell.

Ele carregava as compras numa sacola de redinha de borracha. Tirou um embrulho de dentro. Eu sabia o que era.

— Vocês querem um biscoito, meninos?

Fizemos fila. Deixamos Liam e Aidan ficarem na frente. Afinal, ele era o pai deles.

— Vocês viram a bolsa dele? — perguntou Kevin quando ele já tinha ido embora.

— Não era uma bolsa — disse Aidan.

— Era, sim — replicou Kevin.

Nenhum de nós continuou.

Havia terrenos além das casas da Cooperativa, mas era muito longe para nós. Era além das casas da Cooperativa. Um lugar estranho.

Tivemos chamada oral para aprender a usar os pontos cardeais no último dia de aula antes das férias de verão.

— Que direção estou apontando. AGORA.

— Leste.

— Um de cada vez. VOCÊ.

— Leste, professor.

— Para ter certeza de que você só respondeu certo porque o Sr. Bradshaw falou primeiro. AGORA.

— Oeste, professor.

As casas da Cooperativa ficavam no oeste. O mar, no leste. Raheny era sul. O norte era interessante.

---

34 Cabana de índio americano. [N.T.]

— A última fronteira — disse papai.

Primeiro, apareceram mais casas novas. Não havia ninguém morando nelas, porque tinham sido alagadas antes de ficar prontas. Passando as casas, era um campo com morros, aquele que tinha sido escavado e abandonado com a vegetação tomando conta, onde construímos nossas cabanas. E além dos morros, era Bayside.

Bayside ainda não tinha sido terminado, mas não íamos lá por causa da construção. Era o jeito do lugar. Era maluco. As ruas eram todas tortas. As garagens não estavam no lugar certo. Eram construídas em blocos longe das casas. Através de um passeio, dentro de uma quadra, um forte feito de garagens. O lugar não fazia sentido nenhum. Íamos lá para nos perder.

— É um labirinto.
— Labirinto!
— Labirinto, labirinto, labirinto!

Atacávamos o lugar com nossas bicicletas. Bicicletas se tornaram importantes, nossos cavalos. Galopávamos através do pátio em frente às garagens e saíamos no outro lado. Eu amarrei uma corda no guidão e apeava a bicicleta em um poste sempre que parava. Nós as deixávamos nos campos para que elas pastassem. A corda se enroscou no raio da roda dianteira; fui jogado para a frente num segundo. Num instante, estava no chão. A bicicleta por cima. Estava sozinho. Tudo OK. Não me machuquei. Atacávamos as garagens.

— Uuuuuuu uuuuuu uuuuuu uuuuuuu uuuuuu!

E as garagens absorviam nosso barulho e aumentavam o volume. A gente escapava pelo outro lado, através da rua, e voltava para um segundo ataque.

Pegamos retalhos de tecidos em casa e fizemos faixas para a cabeça. A minha era de tecido xadrez com uma pena de gaivota. Tirávamos os pulôveres, camisas e as camisetas. James O'Keefe tirou toda a roupa e atravessou Bayside de bicicleta vestido só de cueca. Sua pele grudou no assento de tanto que ele suou; dava para ouvir o chiado da pele colada no plástico. Jogamos suas calças no telhado de uma das garagens, sua camisa e camiseta também. Jogamos seu pulôver num poço velho.

Era fácil subir no telhado das garagens. A gente se equilibrava no assento da bicicleta e subia no telhado quando a gente conquistava os fortes.

— Uuuuuuu uuuuuu uuuuuu uuuuuuu uuuuuu!

Uma mulher olhou pela janela de um dos quartos, fez careta e agitou as mãos, nos mandando descer. Na primeira vez, descemos. Pulamos nas bicicletas e saímos de Bayside com uma das rodas no ar. Ela iria chamar a polícia; o marido dela era um policial; ela era uma bruxa. Desci do telhado direto no assento da bicicleta sem tocar no chão. Afastei a bicicleta do muro com as mãos. Me desequilibrei um pouco no começo, mas depois fiquei firme e segui em frente. Circulei ao redor das garagens para ter certeza de que todos tiveram tempo de escapar.

A bicicleta foi presente de Natal, dois Natais atrás. Acordei. Achei que tinha acordado. A porta do quarto estava se fechando. A bicicleta estava encostada à minha cama. Estava confuso. E com medo. A porta se fechou. Fiquei na cama. Não ouvi passadas fora do quarto. Não experimentei a bicicleta por muitos meses. Não precisava dela naquela época. Era melhor a pé para explorar os campos abertos e os terrenos de construção. Não gostei dela. Não sabia quem tinha me dado. Não sabia por que estava no meu quarto. Era uma Raleigh, dourada. Era do tamanho certo para mim e não gostei disso também. Queria uma para gente grande, com o guidão estreito e os freios que se ajustavam direito na palma da minha mão, como os de Kevin. Os freios da minha ficavam presos embaixo do guidão. Tinha de segurá-los nas mãos. Quando segurava o guidão e o freio ao mesmo tempo, a bicicleta parava; não conseguia fazê-lo. A única coisa de que gostei foi um adesivo do Manchester United que tinha achado dentro da minha meia de Natal quando acordei novamente de manhã. Preguei o adesivo na barra da bicicleta, embaixo do assento.

Não precisávamos de bicicleta naquela época. Caminhávamos. Corríamos. Fugíamos. Essa era a melhor parte, fugir.

Gritávamos com os vigias, atirávamos pedras nas janelas, brincávamos de apertar a campainha das casas — e fugíamos. Éramos os donos de Barrytown, toda a Barrytown. Era enorme. Um país.

Bayside era para bicicletas.

Não conseguia pedalar. Conseguia passar a perna por cima do assento, pôr o pé no pedal, empurrar e pronto, mais nada. Não conseguia ir a lugar nenhum; não conseguia me equilibrar. Não sabia como. Fazia tudo certo. Corria com a bicicleta, subia no assento e caía. Tinha medo. Sabia que ia cair antes mesmo de começar. Desisti. Pus a bicicleta no galpão. Papai ficou zangado. Não liguei.

— Papai Noel lhe deu a bicicleta — disse ele. — Você podia pelo menos aprender a pedalar esse maldito negócio.

Fiquei calado.

— É uma coisa natural — disse ele. — É tão natural como andar.

Andar eu podia.

Pedi para ele me mostrar como.

— Já era hora — comentou.

Subi na bicicleta; ele segurou atrás no assento e eu pedalei. Para cima e para baixo no jardim. Ele achava que eu estava gostando; eu detestava. E eu sabia: me soltava, eu caía.

— Continue pedalando, continue pedalando, continue pedalando...

Caí. Desci da bicicleta. Não estava caindo de verdade. Estava pondo o pé no chão. Isso fazia ele ficar ainda mais irritado.

— Você não está nem tentando.

Ele puxou a bicicleta de mim.

— Vamos. Levante-se.

Não conseguia. Ele estava com a bicicleta. Tinha percebido. Me deu de volta. Levantei. Ele segurou no assento atrás. Não disse nada. Pedalei. Descemos o jardim. Fui mais rápido. Estava equilibrado; ele ainda estava segurando. Olhei para trás. Ele não estava mais lá. Caí. Mas tinha conseguido; andei um pouco sem ele. Podia andar de bicicleta. Agora não precisava mais dele; não o queria mais.

Ele já tinha ido embora mesmo. Para dentro de casa. Estava com preguiça.

Continuei. Fiz a curva no fim do jardim, em vez de parar e virar a bicicleta. Continuei. Dei três voltas ao redor do jardim. Próximo à cerca. Continuei.

Éramos os reis de Bayside. Fazíamos acampamento no telhado das garagens. Acendíamos fogueiras. A gente via os quatro cantos de lá de cima. Estávamos preparados para qualquer ataque. Havia garotos em Bayside, mas eram geralmente menores e meio bobos. Os da mesma idade que a gente eram bobos também. Pegamos um dos menorzinhos; era o nosso refém. Fizemos com que ele subisse no telhado pelo assento da bicicleta e o cercamos. Seguramos o garoto com a cabeça para baixo do telhado e lhe demos um chute. Dei uma pernada nele.

— Se a gente for atacado, você está morto — disse-lhe Kevin.

Ficamos com ele uns dez minutos. Depois o fizemos pular do telhado. Ele aterrissou no chão sem problemas. Não aconteceu nada. Ninguém veio atrás da gente.

Bayside era genial para a gente apertar as campainhas das casas. À noite. Não havia cercas ou muros, nem jardins de verdade. Uma fileira de campainhas. Era fácil. Havia um caminho ou uma ruazinha no final de cada fileira de casas. Escapar não era nada. O desafio maior era voltar e fazer a mesma coisa de novo. Nosso recorde era dezessete. Dezessete vezes apertamos as cinco campainhas na fileira de casas e fugimos. Uma das casas não tinha campainha, então bati no vidro da porta. No final ficamos meio tontos de tanto correr e voltar. Fizemos revezamento: primeiro eu, depois Kevin, Liam, Aidan, e eu de novo. A emoção maior era voltar e começar de novo, sem saber se alguma porta iria abrir com alguém esperando para nos pegar.

— Talvez eles todos foram passear.

— De jeito nenhum — disse Kevin. — Claro que tem gente em casa.

— Como?

— Eles estão — assegurei. — Eu vi.
Estava esfriando. Vesti a camisa e o pulôver de novo.

— Já é de manhã?
— É, mas não tão cedo para levantar.

O que eu sabia bem era esperar para que a casca da ferida ficasse formada. Nunca me apressava. Esperava até ter certeza de que estava vazia dentro, certeza de que poderia puxar a crosta do joelho. Saía prontinha e direitinha e não tinha mais sangue embaixo, só uma marca vermelha; isso era porque o joelho estava se recuperando. Cascas de feridas eram formadas por uma coisa no sangue chamada corpúsculo. Há 35 milhões de corpúsculos no sangue. Eles formam as cascas, assim a gente não sangra até morrer.

Era a mesma coisa com a ramela nos meus olhos. Deixava que ela ficasse grudenta e depois dura. Às vezes ficava assim quando acordava de manhã. Um dos olhos ficava cheio de ramela, geralmente do lado onde punha a cabeça no travesseiro. Mamãe disse que era por causa do ar frio que passava pela fresta da janela. Eu me concentrei no olho; não o abri de jeito nenhum. Olho preguiçoso, dizia mamãe. A primeira vez que fui lhe mostrar os dois olhos grudados, ela os limpou com um pano úmido. Por isso não mostrei mais. Guardei-os só para mim. Esperei. Quando mamãe nos chamou para tomar café de manhã, eu me levantei e me vesti. Testei o olho. Ainda estava grudado. Puxei a pestanas como se fosse abri-las. Estavam bem grudadinhas uma na outra, e secas. Terminei de me vestir. Sentei na cama e toquei no olho com cuidado, ao redor e no canto. Pelo canto de fora primeiro, escavei a crosta da ramela com o dedo e olhei. Não havia tanta ramela no dedo como imaginava que ia ter, só um pouquinho e mais nada. Então as pestanas se abriram e pude sentir o ar fresco no meu olho. Aí esfreguei o olho e tudo voltou ao normal. Não tinha nada diferente quando olhei no espelho do banheiro. Lá estavam os olhos iguaizinhos.

***

Simbad não percebia do jeito que eu percebia. Tinha que ter gritos e berros com intervalos de silêncio entre eles para que percebesse. Quando estava calmo, tudo bem; isso é o que ele achava. E não concordava comigo até mesmo quando o prendia no chão.

Era só eu, o único que sabia. Sabia até melhor do que eles mesmos. Eram eles que brigavam; o que eu fazia era só olhar. Prestava muito mais atenção do que eles, porque eles continuavam a repetir a mesma coisa sem parar.

— Não faço.
— Faz, sim.
— Não faço.
— Sinto muito, mas você faz.

Esperei até que um deles dissesse alguma coisa diferente, querendo que a conversa se destravasse e eles seguissem para frente, assim a briga acabava por um tempo. As brigas deles eram como um trenzinho elétrico que sempre emperra nas curvas e a gente tem que levantá-lo do trilho e estreitar as rodas para continuar. Só que com eles, o que podia fazer era só ouvir e desejar. Não rezava; não havia oração própria para isso. O Pai-Nosso não combinava, ou a Ave-Maria. Mas eu me balançava do mesmo jeito que fazia quando estava rezando. Para frente e para trás, no ritmo da oração. O Agradecimento da Ceia era a oração mais rápida, talvez porque a gente estivesse sempre com tanta fome antes do almoço, depois que a sineta da escola tocava.

Me balancei.

— Pare, pare, pare, pare...

Na escada. No degrau de fora da porta da cozinha. Na cama. Sentado ao lado do papai. Na mesa da cozinha.

— Detesto quando eles saem assim.
— Mas está do mesmo jeito que no domingo passado.

Papai só tomava o café da manhã com ovos estalados e salsicha de chouriço aos domingos. A gente comia uma linguiça cada um e também a salsicha se quisesse, junto com o resto das coisas que comíamos todo dia. Pelo menos uma hora antes da missa.

— Coma depressa — mamãe me alertava — ou não vai poder tomar comunhão.

Olhei para o relógio. Faltavam nove minutos para as onze e meia e a missa era ao meio-dia e meia. Dividi minha linguiça em nove pedaços.

— Já disse antes: detesto os ovos moles demais.
— Mas estavam moles no domingo passado.
— Detesto-os assim; não vou...

Me balancei.

— Precisa ir ao banheiro?
— Não.
— O que é então?
— Nada.
— Então pare de se contorcer como um débil mental e termine de comer.

Ele não disse mais nada. Comeu tudinho, até os ovos moles. Limpava a gema e as claras do prato de uma vez com um pedaço de pão. Eu nunca conseguia fazer do jeito que ele fazia. Comigo o ovo sempre corria em frente do pão. Limpou o prato. Não disse mais nada. Sabia que eu estava lá olhando. Tinha me flagrado balançando e sabia o porquê.

Disse que o chá estava bom.

Às onze e meia, ele ainda estava mastigando. Fiquei olhando o ponteiro dos minutos fazer o clique quando passou do seis; olhei para ele. Ouvi o clique vindo de trás do relógio. Ele não engoliu durante os trinta segundos depois do clique.

Não contei a ninguém. Se ele fosse se comungar iria ver o que ia acontecer. Eu sabia e Deus também.

Adorava girar o botão do rádio. Liguei-o e o coloquei deitado na mesa da cozinha. Eu não podia tirá-lo da cozinha. Girei o botão até o meu punho ficar contorcido, o mais rápido que pude. Adorava o barulho arranhado e de repente uma voz de longe e o barulho de novo, um pouco diferente, outra voz, talvez de uma mulher; não parava para descobrir. Girava até o fim e depois de volta; até o fim e voltava; música e ruído, vozes, vazio. Havia sujeira nas linhas do plástico da frente do rádio, onde o som saía, como a sujeira embaixo das unhas, e também entre as letras douradas B U S H pregadas no canto de baixo. Mamãe escutava o programa dos Kennedys de Castleross. Durante as férias eu ficava com ela na cozinha quando o programa estava no ar, mas eu não escutava nada. Só sentava na cadeira e esperava até terminar, olhando para ela enquanto ouvia o programa.

Abri a caixa de sabão em pó e joguei um pouco de sabão no mar. Não aconteceu nada; só um pouco de pó branco na água, depois desapareceu. Joguei de novo. Não conseguia pensar em mais nada para fazer com a caixa.

— Vamos, passe o sabão para a gente — disse Kevin.

Dei a caixa a ele.

Ele pegou Edward Swanwick. A gente também o agarrou, quando percebeu o que pretendíamos fazer com ele. Edward Swanwick não era da nossa turma de verdade. Ficava de reserva. Nunca o chamávamos para brincar. Nunca íamos na cozinha de sua casa. Quando era Halloween e a gente batia na porta da casa dele, eles nunca nos davam doces ou dinheiro, sempre frutas. E a Sra. Swanwick sempre nos mandava comê-las.

— O que é que ela pensa?

— Ela não tem nada a ver com o que a gente faz — disse Liam.

Derrubamos Edward Swanwick no chão e tentamos abrir a sua boca. Isso era fácil; tinha vários jeitos de se fazer isso. Manter a boca aberta é que era o problema. Kevin começou a derramar o sabão no rosto dele; Liam segurou sua cabeça pelas orelhas, assim ele não podia virar o rosto; eu segurei seu nariz e belisquei sua teta. Um pouco do sabão em pó entrou na boca. Edward Swanwick se debatia, tentando se soltar, enquanto cuspia, para não engolir. Tinha sabão nos olhos dele também. A caixa estava vazia agora. Kevin enfiou a caixa dentro do pulôver de Edward e deixamos que se levantasse. Ele não disse nada. Não podia; se não fingisse que tinha gostado, estava perdido, expulso da nossa gangue. Vomitou; não muito, só o sabão.

Isso era o tipo de coisa que a gente roubava na maioria das vezes. Doces eram difíceis, sempre em frente à caixa registradora, difícil de pegar por causa do vidro e das mulheres. Elas tomavam mais conta dos doces porque pensavam que a gente não iria se interessar por outras coisas. Não entendiam nada. Não compreendiam que roubar não tinha nada a ver com o que queríamos; era o desafio, o terror, a sensação de escapar, de não ser descoberto.

Eram sempre mulheres. Havia mais ou menos seis vendas entre Raheny e Baldoyle que eram nosso alvo. Não havia supermercados ainda, só vendas de verduras e lojinhas que vendiam de tudo. Uma vez, quando estávamos passeando, mamãe pediu um *Evening Press,* quatro *Choc-pops,* um pacotinho de chá e uma ratoeira e a mulher da loja pegou tudo isso sem sair do lugar. Eu estava um pouco nervoso: tinha roubado uma caixa de sucrilhos naquela venda uns dias antes e estava com medo de que ela me reconhecesse. Fiquei tomando conta do carrinho de bebê enquanto mamãe conversava com ela sobre o tempo e as casas novas.

A gente só roubava quando o tempo estava bom. Nunca roubávamos em Barrytown. Seria muita idiotice se o fizéssemos. Havia o vidro na loja da Sra. Kilmartin, mas não era só isso; todo o pessoal das lojas conhecia os nossos pais e era amigo deles. Todos eles tinham se casado e se mudado para Barrytown ao mesmo tempo. Eram pioneiros, dizia papai. Não entendia o que ele queria dizer, mas ele gostava de dizer mesmo assim; ele adorava ir às lojas, encontrar e conversar com os donos, com exceção da Sra. Kilmartin. Ele me disse que o Sr. Kilmartin estava preso no sótão.

— Não escute o que ele diz — disse mamãe. — O Sr. Kilmartin está na Marinha Britânica.

— Num navio?

— Acho que sim.

— Em qualquer lugar, menos em casa.

Papai tinha acabado de consertar a cadeira bamba da cozinha e estava sentindo muito orgulho de si; dava para perceber pela maneira com que ele estava na cadeira olhando para as pernas e tentando sacudi-las.

— Agora está uma beleza — disse ele. — Não acha?

— Excelente — disse mamãe.

O verdureiro em Barrytown era muito bonzinho, o Sr. Fitzpatrick. Ele dava muito mais biscoitos quebrados do que o que a gente pagava. Era enorme e se curvava para nos servir. Me lembro quando era pequeno, ele pulou por cima de mim. A gente nunca roubou nada do Sr. Fitz. Ele saberia logo o que a gente estava aprontando, sem falar que todo mundo o adorava. Nossos pais nos matariam. A Sra. Fitz se sentava numa cadeira em frente à loja quando o tempo estava bom, como uma garota-propaganda. Ela era muito bonita. Eles tinham uma filha, Naomi, que estava no ginásio. Era tão bonita quanto a mãe e trabalhava na loja aos sábados, depois da escola: empacotava as compras em caixas, as encomendas de fim de semana de todas as casas em Barrytown. O irmão de Kevin fazia as entregas numa bicicleta preta enorme, com uma cesta na frente. Recebia sete xelins e meio. Ele disse que Naomi podia abrir garrafas de Fanta com a xoxota. Queria matá-lo quando disse isso. Queria proteger Naomi.

Pegar a maior caixa que tiver. Era ideia de Kevin. Genial. Quem conseguisse tirar a maior caixa, vencia. Tinha de estar cheia, essa era uma das primeiras regras, depois que Liam saiu de uma loja com uma vazia, enorme, que havia sido para guardar pacotes de sucrilhos. Você não podia fazer isso em qualquer lugar. Cuidado era essencial. Cada loja tinha uma especialidade, mas as mulheres que serviam não sabiam disso. A loja em Raheny era ideal para roubar revistas; os gibis em quadrinhos ficavam perto do caixa, muito perto das mãos das três mulheres caducas que tomavam conta do lugar. Mas as revistas eram uma facilidade. As mulheres eram babacas; acreditavam que revistas de mulheres e de tricotar não nos interessariam, por isso colocavam todas elas numa prateleira ao lado da porta, para que fossem vistas da janela. Outra coisa é que elas sempre atendiam os adultos primeiro, sempre. Eu esperava pelo momento certo. Ficava lá fora, amarrando o cadarço do sapato. Uma mulher entrava, as três babacas corriam para atendê-la. Aí é que eu agia: me esgueirava e pegava cinco *Women's Weekly*. Trazia as revistas para a esquina, perto da biblioteca, e ali a gente as rasgava. Uma vez consegui uma *Football Monthly* que estava junto com as outras perto da porta. Não acreditei quando vi a revista lá. Com certeza elas não deviam ter espaço suficiente perto do caixa. Por um momento, pensei que talvez elas tivessem posto a revista lá como uma isca. Pensei por um momento; olhei ao redor. Peguei. Tinha uma outra loja que nos convidava a roubar biscoitos. Era em Baldoyle. As latas de biscoitos — abertas e sem embrulhos — ficavam numa prateleira perto da caixa registradora, mas embaixo. Dava para encher os bolsos enquanto a mulher contava as balas que comprávamos. Uma das latas tinha biscoitos de chocolate — a única —, e a gente fazia fila na frente dela, cada um esperando a sua vez. A mulher pensava que estávamos sendo muito educados. Além disso o interior da loja era escuro; ela talvez nunca tenha chegado a perceber os farelos no chão.

Para as caixas, a gente ia à loja de Tootsie.

— Cem gramas de balas, Tootsie.

Tootsie tomava conta duma loja bagunçada que ficava perto do lugar onde a gente nadava, em frente ao mar. As vitrines eram um cemitério de vespas; elas secavam e se abriam no sol. A gente trazia mais. Pegávamos as vespas e abelhas com uma jarra, observávamos sua morte, levávamos a jarra até a loja e jogávamos os corpinhos delas na vitrine quando Tootsie não estava olhando. A gente podia fazer isso mesmo se ela estivesse olhando; ela olhava para você, mas não via nada. Levava um século para perceber alguma coisa. Tootsie não era a dona da loja. Só tomava conta para alguém. Fazia tudo em câmara lenta, tudo. Às vezes, tinha até um *replay:* pegava alguma coisa de novo, de-va-ga-ri-nho, para checar o preço outra vez. Escrevia o preço de tudo em cima de um saco de papel de embrulho, bem bonitinho; até usava uma régua para fazer a linha embaixo dos números. Só então somava, parava e somava tudo de novo, desde o começo, como se estivesse descendo uma escada bamba. Aí era quando podíamos roubar a loja toda, se quiséssemos. Uma vez roubamos a escadinha dela, a que usava para alcançar as prateleiras mais altas. Eu peguei de um lado e Kevin do outro. A mulher que Tootsie estava atendendo não era da nossa redondeza. A gente não a conhecia. Fingimos que estávamos ajudando Tootsie, com a cara séria. Jogamos a escadinha no mar. Fez um barulho enorme, mas não espalhou muita água. Subimos nela dentro da água para parecer que estávamos andando sobre o mar. A gente podia perguntar qualquer coisa a Tootsie.

— Tootsie, você vende carros?
— Não.
Mas pensava um pouco antes de responder.
— E por que não?
Ela só olhava.
— Você vende rinocerontes?
— Não.

Dava para ver as marcas dos dedos de Tootsie no creme em cima dos doces que ficavam numa bandeja dentro do refrigerador, atrás do caixa. O creme era amarelo, com as marcas já duras e permanentes. O refrigerador era pequeno e gordo, para picolés e pacotes de sorvete. Uma vez me escondi atrás dele e desliguei a tomada.

Havia uma padaria em Raheny com duas mulheres tomando conta. Exalava o melhor cheiro de todas as lojas. Não era de pão; não era um cheiro forte, como vapor tomando conta do ar. Era mais delicado, parte do espaço e do ar, não quente ou sufocante. Era um aroma que me fazia sentir bem. Os doces ficavam numa prateleira, dentro de um balcão feito de vidro. Não ficavam amontoados, eram poucos, bem arranjados, dentro de pratos com espaços entre eles e colocados nas prateleiras. Eram doces pequenos e não enormes explodindo com creme. Eram doces incríveis, duros, mas de uma maneira boa — biscoitos tão bons que não podiam ser chamados de biscoitos. Como os doces num conto de fadas; você podia construir coisas com eles. Não sabia onde ficava o forno que os assava. Havia uma porta na parte de trás da loja, mas elas sempre a fechavam quando iam e viam. Nunca juntas. Uma de cada vez — sempre tinha uma atrás do caixa, tricotando. Ambas tricotavam. Talvez tivessem apostado quem era mais rápida. Eram muito velozes. Não podíamos ir lá só para fuçar; não podíamos fingir que procurávamos alguma coisa especial. Só havia o balcão com as prateleiras embaixo. Olhávamos pela vitrine. Às vezes tinha dinheiro suficiente para comprar um doce. Mas não era tão bom quanto parecia. Além disso, tinha que dividir com os outros. Precisava segurar o doce com a maior parte dentro da mão, seguro, assim os outros só conseguiam tirar um pedaço pequeno com a boca.

Fomos pegos.

Mamãe nos viu e contou ao papai. Tinha ido passear com as meninas e nos viu pegando uma pilha de revistas. Eu a vi antes de nos escondermos na esquina. Fingi que não tinha visto. Minhas pernas desapareceram por uns segundos. Minha barriga esvaziou e encheu; tive que parar um grunhido que queria sair da minha boca. O que ela estava fazendo em Raheny? Ela nunca ia a Raheny. Era tão longe de Barrytown. Precisava ir ao banheiro, imediatamente. Os outros ficaram de guarda. Contei a eles sobre mamãe. Também estavam em apuros. Me limpei com o lenço de Simbad. Ele queria correr atrás de mamãe; estava chorando. Kevin prendeu suas pernas numa tortura chinesa. Primeiro, olhou para mim para se certificar de que podia. Mas Simbad já estava chorando mesmo; não parecia que tinha notado a dor, por isso Kevin parou. Olhamos para o meu cocô. Parecia de plástico, de tão perfeito. Nenhum deles fez graça comigo quando viram o meu cocô.

Só havia uma saída da viela, pelo mesmo lugar de onde viemos. Odiava mamãe. Ela estaria esperando atrás do muro. Iria me bater, e bater em mim por Simbad também, na frente dos outros.

Kevin era o culpado. Eu só estava com ele.

Tentei.
Não. Ainda estava ferrado.
Ian McEvoy saiu primeiro. Dava para ver pela cara dele que mamãe não estava lá. Gritamos e corremos para fora. Ela não nos viu.
Ela nos viu.
Não nos viu. Teria vindo atrás da gente e nos teria feito entregar as *Woman's Ways* e pedir desculpas para a dona da loja. Estava muito longe para ter reconhecido. Não tinha visto o que a gente tinha feito, só nos viu fugindo. Não estávamos fugindo, só correndo — uma corrida. A gente tinha pagado pelas revistas velhas e as mulheres na loja disseram que podíamos levá-las, até pediram para que as levássemos. Ela estava muito longe. Eu me parecia com dois dos meus primos. Tirei meu pulôver. Iria escondê-lo e voltar para casa sem ele, só com a camisa. Não poderia ter sido eu porque foi um menino com um pulôver azul como o meu, mas eu não estava com o pulôver. Ela estava olhando para Cathy dentro do carrinho. Não teve tempo de olhar para a frente e nos notar.
Ela tinha visto.
Contou ao papai e ele me matou. Não me deu nenhuma chance de negar. Foi melhor assim. Eu teria negado e levado uma surra maior. Ele usou o cinto. Nunca usava o cinto nas calças. Guardava-o só para isso. As batatas das minhas pernas. A parte das minhas mãos que tentava cobrir as pernas. O braço que ele segurou ficou doendo durante muitos dias depois. Rodando na sala de estar. Tentando ficar longe do cinto, assim não doeria tanto. Devia ter feito o contrário: ficar perto do cinto para não lhe dar muito impulso. Todo mundo na casa chorando, não só eu. O zunido do cinto, ele estava tentando emplacar um bom golpe. Ele estava gostando, me usando para brincar, isso é o que ele estava fazendo. Continuei me movendo, rodando na frente. Então ele parou. Continuei girando. Não sabia se ele tinha parado de vez. Soltou meu braço, foi quando senti a dor lá. Onde o braço juntava com o ombro, muito dolorido ali. Estava soluçando sem controle. Não queria. Não gostava assim. Segurei

o ar nos pulmões. Acabou. Não ia acontecer mais nada. Tinha valido a pena.

Ele estava suando.

— Vá para o seu quarto. Agora mesmo.

Sua voz não soou tão rígida como ele queria que fosse.

Olhei para a mamãe. Ela estava branca. Seus lábios tinham desaparecido. Bem feito para ela.

Simbad já estava lá em cima. Só recebeu umas cintadas, nada sério. Eu tinha sido o culpado. Ele estava deitado com o rosto escondido. Estava chorando. Quando me viu, diminuiu os soluços.

— Olhe.

Mostrei-lhe minhas pernas doloridas.

— Mostre as suas.

Não tinha nem a metade das marcas. Não disse nada. Ele podia ver por si mesmo; algumas das minhas marcas deveriam estar nas pernas dele. Eu percebi que era isso que ele estava pensando, e isso me bastava.

— Ele é um grande filho da mãe — eu disse. — Não é?

— Isso mesmo.

— Um grande filho da mãe — eu disse de novo.

— Um grande filho da mãe — repetiu Simbad.

Entramos embaixo dos cobertores e brincamos de luta. Gostava do escuro embaixo dos cobertores. Dava para sair para a claridade sempre que quisesse. E era legal o jeito com que os cobertores nos empurravam para baixo; dava para sentir na cabeça, o puxão. Era quentinho. Clareou. Alguém levantou o cobertor. Era Simbad. Ele entrou embaixo do meu cobertor.

Nossas persianas tinham lâminas de cores diferentes. Um dia — estava chovendo — percebi que elas tinham uma sequência. A última de baixo era amarela, a penúltima azul-claro, a próxima rosa, e depois vermelha. Aí amarela de novo. A última de cima era azul. A armação era branca. O cordão de puxar também era branco. Fiquei deitado no chão com os pés na direção da janela contando as lâminas, cada vez mais rápido.

Havia um monte de persianas em Barrytown, mas éramos os únicos que eu sabia que tinham persianas nas janelas de trás também e não só nas da frente da casa. Eu e Kevin fomos ao redor de Barrytown contando as casas que tinham persianas. Tinha dezessete delas com as lâminas de persianas enroscadas. Havia 54 casas em Barrytown, sem contar as casas novas da Cooperativa e aquelas que estavam terminadas mas onde não tinha ninguém morando ainda. Fomos ao redor das casas de novo; onze das dezessete estavam enroscadas do lado esquerdo. As lâminas desciam certinhas do lado direito, mas havia umas cinco enroscadas do lado esquerdo. A pior era a casa dos Kellys, com dez enroscadas. Dava para ver a Sra. Kelly na sala da frente fazendo nada. As da casa do Sr. O'Connell não eram somente enroscadas, mas também tortas; não eram as do quarto dele, não, essas eram perfeitas, fechadas; eram as da sala da frente, onde a gente brincava. Somente vinte casas não tinham persianas.
— Inúteis.
A casa de Kevin também tinha persianas coloridas.
— As multicoloridas são as melhores.
— É.
Mamãe encheu a banheira com água quando estava lavando as nossas. Ela só fez isso uma vez. Queria ajudá-la, mas não havia espaço; queria ter certeza de que ela iria pô-las de volta na ordem certa. Ela tirou o cordão dos buracos nas lâminas e colocou-as uma de cada vez na banheira. Olhei para uma amarela que tinha acabado de ser lavada e comparei-a com uma ainda suja, enquanto ela dava comida à neném; coloquei uma ao lado da outra. Agora tinham cores diferentes. Esfreguei o meu dedo na persiana suja. O amarelo apareceu. Igual à lavada.

Perguntei se ela podia deixar uma de cada cor sem lavar.
—Você pode? — perguntei de novo.
— Para quê?
Ela sempre parava para escutar; sempre queria saber.
— Ah, porque...

Não sabia como explicar; era como um segredo.
— Para comparar.
— Mas elas estão imundas, meu bem.
Sabia quando estava indo para a cama que nunca mais iria deitar no chão e olhar para as cores das persianas de novo. Ela veio para apagar a luz. Pôs a mão na minha testa, acariciando meus cabelos. Sua mão cheirava a água misturada com a sujeira atrás da geladeira. Tirei minha cabeça das mãos dela e virei para o outro lado.
— É por causa das persianas?
— Não.
— O que é então?
— Estou com calor.
— Quer que eu tire um dos cobertores de cima?
— Não.
Ficou um século me arrumando embaixo das cobertas; eu queria que ela fosse embora e ao mesmo tempo queria que ficasse.
Simbad dormia. Uma vez ele enroscou a cabeça nas grades do berço e chorou a noite inteira, até de manhã quando eu acordei e vi. Isso foi há muitos anos. Agora ele dormia numa cama. Meu tio Raymond tinha trazido a cama no teto do carro. O colchão estava molhado porque tinha começado a chover quando ele estava no meio do caminho entre sua casa e a nossa. Eu e Simbad dissemos que era por causa do xixi dos meus primos. Não soubemos até dois dias depois — quando o colchão tinha secado — que era a cama de Simbad. Então o tio Frank levou o berço de Simbad embora no teto do carro.
— Elas estavam muito sujas, Patrick — disse ela. — Você tem que lavar as coisas quando elas estão sujas. Principalmente com bebês em casa. Você entende?
Se eu dissesse sim, significaria mais do que só entender. Por isso não disse nada, como Simbad sempre fazia.
— Patrick?
Fiquei calado.
— Você tem cócegas?
Tentei tudo para não rir.

***

Aidan era o locutor. Era um gênio nessa arte. A gente dava os nossos nomes para ele antes de começar a partida. Estávamos jogando na nossa rua. Nosso campinho não existia mais. Os portões de cada lado eram as barras de gol. Éramos oito, quatro de cada lado. Quem estivesse com a bola quando um carro passava, tinha direito a um chute no gol em seguida. Quem arriscasse a chutar antes e o motorista buzinasse, o gol era anulado se a bola entrasse. Você não podia usar o meio-fio para proteger a bola. Qualquer bola que passasse em cima da pilastra era chute fora.

Tive que brigar para ser George Best.

Kevin não era fã do Manchester United. Era fã do Leeds. Tinha sido fã do United antes, mas agora, por causa do irmão, era torcedor do Leeds.

Era a vez de Kevin escolher.

— Eddie Gray — disse ele.

Ninguém mais queria ser Eddie Gray. Ian McEvoy também era torcedor do Leeds, mas sempre escolhia Johnny Giles; Kevin uma vez estava doente em casa e Ian McEvoy escolheu Eddie Gray.

— E por que não Johnny Giles?

— Porque...

Tinha sido pego.

Quatro de nós torciam pelo Manchester United. Todos nós queríamos ser George Best. Sempre fazíamos Simbad ser Nobby Stiles, por isso ele deixou de torcer pelo United e começou a torcer pelo Liverpool, mas na verdade não torcia para ninguém. Teve um tempo em que eu quase mudei para o Leeds também, mas não pude. Eles iriam dizer que era só por causa de Kevin, mas na verdade era mais por causa de George Best.

O que a gente fazia era assim: Kevin pegava quatro palitos de picolé e quebrava um; cada um que torcia pelo United pegava um palito e quem tivesse o quebrado escolhia primeiro.

Aidan pegou o palito quebrado.

— Bobby Charlton — disse ele.

Ele escolheu Bobby Charlton porque sabia o que lhe aconteceria se escolhesse George Best. Eu o mataria. Não havia árbitros. A gente podia fazer o que quisesse, até mesmo atacar um do seu próprio time. Eu podia vencer Aidan na briga. Ele era bom, mas não gostava de brigar. Sempre nos soltava antes de a gente se render totalmente, e aí era fácil pegá-lo de surpresa.

Kevin jogou fora um dos palitos inteiros. Eu peguei o quebrado dessa vez.

— George Best.

Liam era Denis Law. Se ele tivesse pegado o palito quebrado seria George Best. Eu não iria interferir. Era diferente. Nunca briguei com ele. Tinha alguma coisa; teria me derrotado. Não era tão grande. Mas havia alguma coisa. Não foi sempre assim. Ele era menor antes. Mas também não era tão grande agora. Seus olhos. Não tinham brilho. Quando os irmãos estavam juntos, lado a lado, era fácil vê-los do jeito que a gente os via: pequenos, brincalhões, tristes, legais. Eram nossos amigos porque a gente os detestava; era bom tê-los ao nosso redor. Eu era melhor do que eles, mais limpo, mais sabido. Mas separados, era outra coisa. Aidan ficava menor, mal-acabado. Liam se tornava perigoso. Eles pareciam os mesmos quando juntos. Mas era muito diferente quando encontrava um deles sozinho. Quase nunca acontecia, porém. Não eram gêmeos. Liam era mais velho do que Aidan. Os dois torciam pelo United.

— É mais barato — disse Ian McEvoy quando os dois não estavam com a gente.

— A partida vai começar — anunciou Aidan.

Eu, Aidan, Ian McEvoy e Simbad contra Kevin, Liam, Edward Swanwick e James O'Keefe. A gente tinha dois gols de lambuja porque Simbad estava no nosso time. Ele era muito menor que todos nós. Os times com Simbad geralmente ganhavam. A gente pensava que era por causa dos dois gols de lambuja, mas não era. (Uma das partidas teve um resultado de 73 x 77.) Porque Simbad era um jogador excelente. Mas não sabíamos disso na época; ele era um molenga; a gente tinha que tê-lo no nosso time porque era meu irmão mais novo. Ele era um driblador de primeira. Quem me disse foi o Sr. O'Keefe, o pai de James. Até então, não tinha percebido.

— Ele tem o centro de gravidade perfeito para um jogador de futebol — observou o Sr. O'Keefe.

Olhei para Simbad. Era apenas o irmãozinho que eu detestava. Nunca limpava o nariz. Chorava. Fazia xixi na cama. Não comia o jantar todo e não apanhava por causa disso. Tinha que usar óculos com uma lente preta. Ele corria para tomar a bola. Ninguém mais fazia isso. Eles sempre esperavam que a bola viesse para eles. Simbad driblava todos eles sem problema. Era incrível. Não era egoísta como a maioria dos caras que sabem driblar. Era estranho olhá-lo em ação.

Ele era incrível e eu queria matá-lo. Não podia me orgulhar dele. Era apenas meu irmãozinho.

Começamos já com os dois gols de vantagem.

— Capitães, cumprimentem-se.

Apertei a mão de Kevin. Apertamos com toda força. Éramos a Irlanda do Norte. Kevin era a Escócia. Bobby Charlton estava jogando para a Irlanda do Norte porque estava de férias lá.

— A Escócia sai com a bola.

Esses jogos eram rápidos. Não era como jogar na grama. A rua era estreita. A gente se empilhava no espaço pequeno. Os portões, as traves do gol ficavam trancados. Cada batida da bola no portão era um gol. Os goleiros faziam quase a metade dos gols. Tentamos mudar as regras, mas eles não concordaram; ninguém iria ficar no gol se não pudesse fazer gols também. Os pernas de pau sempre iam para o gol, mesmo assim era melhor do que nada. Uma vez, James O'Keefe, o pior jogador do nosso grupo, estava de goleiro e chutou a bola, que bateu no portão do outro lado e voltou, batendo também no portão em que ele estava. Era um gol a favor e contra com o mesmo chute.

— Sensacional! — disse o locutor. — Uma jogada ex-tra--or-di-ná-ria!

Escócia com a bola.

— Denis Law passa para Eddie Gray.
Pus o pé na bola; a bola bateu no portão.
— Gooooooooooooooooool!
— Sensacional! Gol de George Best — disse o locutor. — Um a zero para a Irlanda do Norte.
— Ei! — eu o corrigi. — E os gols de Simbad?
— Três a zero para a Irlanda do Norte. Que começo de partida, minha gente. E a Escócia, o que vai fazer agora?
A Escócia fez três gols.
Fazia a gente ficar tonto. A bola bombardeava pela rua, e pronto. Estava furada e meio murcha. Doía quando ela batia na perna.
— Quando foi que vimos um jogo tão emocionante, minha gente? — disse o locutor. — Tão sensacional!
Ele tinha acabado de fazer um gol.
O ritmo diminuía depois de um tempo. Se não fosse assim, nunca jogaríamos tanto. Seria idiotice. Os pés cheios de bolhas por causa da bola furada.
— Dezessete a dezesseis para a Irlanda do Norte.
— Dezessete a dezessete!
— Não, não é. Eu estava contando.
— Qual é o resultado? — perguntou Kevin a Edward Swanwick.
— Jogo empatado. Dezessete a dezessete.
— Aí, tá vendo? — disse Kevin.
— É, mas ele está no seu time — contestei. — Ele só disse isso porque você disse primeiro.
— Ele está no seu time — rebateu, apontando para o locutor.
— O árbitro agora vai ter que controlar a situação.
— Cala a boca!
— É meu dever comentar. É minha profissão.
— Cala a boca; seu pai é um bunda-mole.
Isso sempre acontecia também.
— OK — eu disse. — Dezessete todo mundo. Vamos vencer de qualquer jeito mesmo.

— Isso é o que vamos ver.
Kevin se virou para o seu time:
— Vamos lá, rapazes, vamos fazer picadinho deles!
Liam e Aidan nunca faziam nada quando a gente dizia coisas sobre o pai deles.
O jogo tinha ficado meio lento agora. Aidan já não fazia nenhum comentário havia tempo. Escurecia. O jogo acabava na hora do jantar. Se o James O'Keefe estivesse atrasado para o jantar, a mãe dele dava a comida para o gato. Isso foi o que gritou no dia em que ele se escondeu atrás da cerca quando ela o chamou.
— James O'Keefe, vou dar o seu filé de peixe para o gato!
Assim ele voltou para casa. Disse depois que estava se escondendo porque achou que ela tinha feito carne moída com batatas, em vez de filé de peixe. Mas ele estava mentindo. Era o maior mentiroso de toda a Barrytown.
Vinte e sete a vinte e três; estávamos ganhando de novo.
— Sensacional — disse Aidan. — Roger Hunt está dando trabalho à defesa da Escócia.
Roger Hunt era Simbad. Ninguém conseguia segurá-lo. Era seu tamanho, ele conseguia esconder a bola dos outros. Kevin era bom no carrinho, mas estávamos jogando na rua e por isso Simbad estava livre disso. Era muito mais fácil fazer faltas em alguém do mesmo tamanho que a gente. Uma outra coisa sobre Simbad era que nunca fazia os gols ele mesmo. Sempre passava a bola para alguém que não tinha como errar — a maioria das vezes eu — e, por isso, eles sempre me marcavam em vez dele, porque era eu quem fazia todos os gols. Fiz 21. Sete *hat-tricks*.
— Por que eles são chamados *hat-trick*?
— Porque te dão um boné se você fizer três gols seguidos.
Se jogasse pela Irlanda você recebia um boné. Era como um boné de escola, ou de escoteiro, com um emblema. Os bonés da Inglaterra tinham um negócio em cima, como o cinto no robe do papai. Você não tinha que usar o boné se ganhasse. O certo era colocá-lo numa dessas caixas de vidro para que as pessoas pudessem admirar quando viessem visitar, da mesma

forma que medalhas. Quando fiquei doente, mamãe me deixou usar o robe do papai.

O Sr. O'Keefe inventou o Barrytown United. Eu gostava do Sr. O'Keefe. O seu nome era Tommy e ele nos deixava chamá-lo assim. Foi esquisito no começo. James O'Keefe não o chamava de Tommy e a gente também não quando a Sra. O'Keefe estava por perto, mas não por Tommy dizer que não podíamos. A gente não chamava e pronto. James O'Keefe não sabia qual era o nome da sua mãe.

— Agnes.

Esse era o nome da mãe de Ian McEvoy.

— Gertie — disse Liam.

Esse era o nome da mãe dele e de Aidan.

— É o que está escrito no túmulo dela?

— É.

Era a vez de James O'Keefe.

— Não sei.

Não acreditei nele, mas era verdade. Achei que ele não queria dizer porque era um nome com o qual a gente faria gozação, mas rimos de todos os outros, com exceção de Gertie. Ele foi torturado, uma tortura chinesa apertando os dois braços ao mesmo tempo, mas ainda assim não sabia o nome de sua mãe.

— Vai ter que descobrir — disse Kevin quando o soltamos porque estava tossindo.

— Como?

— Não sei como, mas tem que descobrir — disse Kevin. — Essa é a sua missão.

James O'Keefe entrou em pânico.

— Pergunte a ela — eu disse.

— Não dê pistas — disse Kevin. — É melhor você já ter a resposta depois do jantar, caso contrário... — disse Kevin a James O'Keefe.

Mas logo depois esquecemos tudo.

A Sra. O'Keefe não era assim tão ruim.

— George Best dá uma cotovelada na cara de Alan Gilzean.

— Nem cheguei perto dele — eu disse.
Chutei a bola para fora do campo para parar o jogo.
— Eu não encostei nele. Ele é que correu para cima de mim.
Era Edward Swanwick. Ele estava segurando o nariz para a gente não ver que estava sangrando. Seus olhos estavam molhados.
— Ele está chorando — disse Ian McEvoy. — Olhem!
Não teria feito isso se fosse qualquer um dos outros. Eles sabiam disso e não davam a mínima. Era apenas Edward Swanwick.
— Me parece que Alan Gilzean está fazendo uma tempestade em copo d'água — disse o locutor.
O esquisito era que Aidan nunca era assim tão engraçado quando era só Aidan, sem ser comentarista. Quarenta e dois a trinta e oito para a Irlanda do Norte. O pescoço de Kevin estava ficando vermelho; ele ia perder. Era genial. Estava ficando escuro. A Sra. O'Keefe ia soprar o apito final. A qualquer minuto.

— Barrytown United.
— Barrytown Rovers.
Debatíamos sobre um nome.
— Barrytown Celtic.
— Barrytown United é o melhor.
Eu é que disse isso. Tinha que ser Barrytown United. Estávamos no quintal de James O'Keefe. O Sr. O'Keefe estava sentado no muro fumando um cigarro.
— Barrytown Forest — disse Liam.
O Sr. O'Keefe riu, mas a gente, não.
— United.
— Nunca.
— Vamos fazer uma votação — propôs Ian McEvoy.
O Sr. O'Keefe esfregou as mãos.
— Me parece a melhor saída — disse ele.
— Vai ser United.
— Não, não vai!

— Shhhh — disse o Sr. O'Keefe. — Quietos, agora. Certo, muito bem: levantem as mãos quem prefere Barrytown Forest!
Liam levantou a mão um pouquinho, depois abaixou. Nenhuma mão foi ao ar. Gritamos eufóricos.
— Barrytown Rovers?
Nada.
— Barrytown... United.
Os torcedores do Manchester United e do Leeds United ergueram as mãos. Não sobrou ninguém, a não ser Simbad.
— É Barrytown United por maioria absoluta — disse o Sr. O'Keefe. — E qual você queria, Simbad?
— Liverpool — disse Simbad.
Era tão incrível fazer parte de um time chamado United que não nos importamos com o que Simbad tinha dito.
— U-ni-ted!
— U-ni-ted!

Esticava meus braços como asas até ficarem doloridos e então girava. Girando, dava para sentir o vento puxando meus braços tentando fazê-los parar de girar tão rápido, como quando a gente força os braços para frente ao nadar. Continuei girando. Olhos abertos, passos pequenos em círculo, meus calcanhares pisando com toda força na grama, fazendo-a virar uma massa líquida; rodava rápido, mais rápido: primeiro a casa, depois a cozinha, a cerca, o fundo do quintal, a outra cerca, a macieira, a casa, a cerca, o fundo do quintal — esperando para parar meus pés. Nunca me dava nenhuma dica de quando iria parar. De repente, acontecia — a outra cerca, a macieira, a casa, a cozinha — parei — caí no chão, de costas, suando, ofegando, tudo rodando. O céu girava e girava; quase precisava vomitar. Molhado de suor, frio e quente. Arrotei. Tive que ficar deitado no chão até passar. Tudo rodando; era melhor com os olhos abertos, tentando fazer meus olhos se fixarem num ponto e pararem de virar. Ranho, suor, rodando, rodando, rodando. Não sabia por que fazia aquilo. Sensação horrível — talvez fosse por isso. Era bom antes de chegar lá — o rodar. Parar era ruim e o depois também. Mas tinha que ser. Não podia ficar girando para sempre. Voltando ao normal. Ainda grudado no chão. Dava ainda para sentir o mundo girando. A força da gravidade me pregando ao chão, me segurando, meus ombros. Minhas canelas doendo. A Terra era redonda e a Irlanda estava colada num dos lados. Percebia isso quando girava — estava caindo da Terra. O pior era quando não tinha nada no céu, nada no qual me apoiar, azul, azul, azul.

Só vomitei uma vez.

Era perigoso fazer coisas depois das refeições: você podia se afogar se fosse nadar. Uma vez entrei na água até a cintura para ver se acontecia alguma coisa — não fui mais fundo —, só para checar. Não aconteceu nada. A água não mudou: não puxava mais do que o normal. Mas isso não queria dizer nada. Ficar em pé na água não era a mesma coisa que nadar. Não é nadar quando os pés ainda estão pisando na areia. Eles têm que ficar fora do chão pelo menos cinco segundos. Isso era nadar. E era quando você se afogava se a barriga estivesse cheia de comida pesada. Os braços e as pernas não conseguiam segurar o corpo. Aí que você engolia água. Enchia os pulmões. Demorava um século para morrer. Girar era a mesma coisa, só que você não morria, a não ser que caísse de costas, começasse a vomitar e não se virasse de lado porque tinha desmaiado ou coisa assim, ou batido a cabeça numa pedra e ficado inconsciente com a boca cheia de vômito. Aí você sufocaria, a não ser que alguém viesse a tempo de salvá-lo: pôr você de barriga no chão e bater nas costas para abrir a garganta e fazer você respirar. Aí você tossiria e respiraria. Então a pessoa faria a respiração boca a boca só para ter certeza. Os lábios da pessoa tocando os seus lábios e os seus lábios cobertos de vômito. A pessoa podia até vomitar em cima de você também. Podia ser um homem, um homem me beijando — ou uma mulher.

Beijar era uma coisa besta. Não digo beijar sua mãe no rosto quando você vai à escola ou alguma coisa assim. Agora,

beijar alguém por gostar dela — porque a pessoa é legal —, para mim era burrice. Não fazia sentido nenhum. O homem em cima da mulher quando estavam na grama ou na cama.
— Cama. Passe para frente.
Entramos escondido no quarto dos pais de Kevin e checamos a cama deles. Rimos. Kevin me puxou para a cama e me prendeu no quarto. Ele segurou a maçaneta pelo lado de fora.
Quando vomitei depois de rodar, não desmaiei nem nada. Sabia que ia vomitar quando estava esparramado na grama depois que parei — a grama estava dura e quente, por isso tentei levantar, aí caí de joelhos e comecei a vomitar a comida do topo do estômago. Mamãe dizia que a gente devia mastigar bem antes de engolir. Eu nunca mastigava bem. Era perda de tempo e uma chatice. Às vezes minha garganta doía porque eu engolia coisas enormes e só percebia quando estava no meio da goela e não podia fazer mais nada para parar. Batatas cozidas, pedaços de toicinho com a gordura nas beiradas, repolho — isso foi o que eu vomitei. Pudim sabor de morango. Leite. Dava para reconhecer cada porção. Me senti melhor, mais forte. Me levantei. Estava no fundo do quintal. Virei a cabeça um pouco — a casa, a cozinha, aí parei. Olhei para minhas roupas. Não estavam sujas. Meu tênis também estava limpo. E minhas pernas também. Tudo no chão. Como um ensopado derramado no chão. Será que teria que limpar a sujeira? Não estava no assoalho ou no meio do caminho. Mas mesmo assim era o nosso jardim e não qualquer terreno baldio ou jardim de um desconhecido. Não sabia o que fazer. Caminhei até a porta da cozinha. Me virei e olhei. Não conseguia me convencer se podia ver ou não porque sabia que estava lá. Olhava exatamente para o lugar onde estava, porque sabia onde era e sabia que estava lá. Fui até a frente da casa e brinquei um pouco com as flores. Voltei para o quintal, fui até a porta da cozinha e olhei de novo. Dessa vez não consegui ver nada. Então deixei lá. Ia todo dia dar uma olhadinha. Ficava cada vez mais duro. Joguei o toicinho no jardim que dava para o fundo do nosso quintal, o jardim dos

Corrigans. Deixei cair discretamente, no caso de alguém estar olhando quando eu atirasse alguma coisa pela cerca. Esperei pelos gritos. Nada. Lavei minhas mãos. O resto do vômito desapareceu. Ficou esverdeado e parecia verdadeiro depois de uma chuva. Depois desapareceu. Levou umas duas semanas.

— Já é de manhã para acordar?
— Não.
— Voltem para a cama, meninos.

A mesa ainda estava suja. Os pratos, do mesmo jeito que deixamos depois de acabar de jantar. Era de manhã e mamãe tinha colocado a minha tigela para os sucrilhos em cima de um prato sujo.

Não gostei. A mesa deveria estar limpa e arrumada nas manhãs. Sem nada em cima, com exceção de sal e pimenta no meio, a garrafa de ketchup com a tampa limpa, sem molho seco ao redor — como eu detestava isso — e nossos pratos, com uma colher para cada um, eu e Simbad. Tinha sido sempre assim.

Comi sem tocar na mesa. Troquei a minha colher pela de Simbad. Ele estava no banheiro. Com certeza molhando o chão de novo. Sempre fazia isso. Tinha medo de o assento cair em cima dele. Era apenas plástico, não era pesado, mas mesmo assim ainda metia medo nele. Eu era muito maior que ele e podia fazer xixi sem precisar levantar o assento do vaso. Nunca molhava o chão, e quando molhava um pouquinho sempre enxugava ao redor dele. Sempre. Bactérias cresciam em sanitários. Se um rato entrasse na sua casa, ia sempre direto ao sanitário.

Mamãe cantarolava baixinho.

Era tolice não lavar os pratos à noite. A comida ainda estava mole e sairia superfácil do prato, só passando na água e pronto. Agora ela teria muito mais trabalho. Teria que esfregar com força. Trabalho pesado. Sangue, suor e lágrimas. Trabalho dobrado. Bem feito para ela. Devia ter lavado a louça a noite passada; era quando devia ter feito.

A manhã era o começo de um novo dia. Tudo tinha que estar limpo e arrumado. Eu costumava subir numa cadeira e brincar na pia — me lembro quando puxava a cadeira para perto da pia e o barulho que fazia, como se a cadeira não quisesse vir. Não precisava mais da cadeira. Nem precisava esticar os braços para alcançar a torneira. Se a pia estivesse cheia, meu pulôver ficava molhado quando tocava na beirada. Com um pulôver, demorava para perceber que estava molhado, a não ser que estivesse ensopado. Eu não brincava mais na pia como antes. Era ridículo. Os vizinhos podiam ver pela janela e você não podia fechar as cortinas durante o dia. Eu tinha que lavar os pratos às terças, quintas e sábados. Um dia mostrei à mamãe que já conseguia alcançar a torneira e pronto: ela disse que dali em diante eu podia lavar a louça três dias por semana. Às vezes ela mesma lavava, sem me perguntar. Eu lavava, Simbad enxugava, mas era o mesmo que nada. Era molenga demais. Levava anos para segurar um prato enquanto segurava a toalha também. Ele não confiava nas suas mãos através do pano. A única coisa que gostava de enxugar eram as xícaras, porque eram difíceis de deixar cair. Enrolava o pano de prato no pulso, colocava a xícara dentro de uma mão e girava com a outra. Eu sempre o fazia enxugar todas as bolhas de sabão do fundo da xícara. Você não deve beber as bolhas de sabão; são como veneno.

 Ele não queria me deixar ver.
— Mostre.
— Não.
— Mostre aqui.
— Não.
— Vou pegar você.
— Essa é minha tarefa.
— Mas sou eu quem manda.
— Quem disse?
— Mamãe.
— Mas não quero mostrar.
— Então vou contar para ela. Eu sou o mais velho.

Ele levantou a xícara para que eu pudesse olhar.
— Está bom — eu disse. — Passa.
Simbad sempre desistia quando eu dizia que era o mais velho. Ele se certificou primeiro de que a xícara estava firme na mesa antes de tirar as mãos dela, aí se afastou da mesa com um pulo para não levar a culpa se a xícara caísse. Quando eu podia fazer alguma coisa, mas ele não, era só mamãe e papai dizerem que eu era o mais velho e ele parava de reclamar. Ele também recebia presentes menores no Natal e menos dinheiro de mesada aos domingos, mas não se importava muito.
— Ainda bem que eu não sou você — eu disse a ele.
— Ainda bem que eu não sou você — devolveu.
Não acreditei nele.
Ele levantou a xícara sem que eu pedisse.
— Bolhas — eu disse.
— Onde?
— Lá, olhe!
E chuvisquei as bolhas em seus olhos. Mamãe veio quando ouviu o choro.
— Não fiz de propósito para ir nos olhos dele — expliquei à mamãe. — Ele que ficou com os olhos abertos.
Ela o fez parar de chorar. Era boa nisso. Podia fazê-lo mudar do choro à risada num instante.
Era quinta-feira de manhã. Quarta não era meu dia de lavar a louça. Era a vez dela. Perguntei-lhe:
— Por que não lavou a louça?
Num instante, senti alguma coisa. Na hora que perguntei, alguma coisa na minha voz mudou. Uma diferença entre o começo e o fim da sentença. A razão — sabia agora. A razão pela qual ela não tinha lavado os pratos. Tinha estado num elevador uma vez — duas vezes — subindo e descendo. Agora era como ir descendo o elevador. Quase não terminei de fazer a pergunta: sabia a resposta. Ela veio no meio da questão. A razão.
Ela respondeu:
— Não tive tempo.
Não estava mentindo, mas também não era verdade.

— Desculpe — disse ela.

Estava sorrindo para mim. Não era um sorriso de verdade, um sorriso completo.

Eles estiveram brigando de novo.

— Você vai ter trabalho dobrado agora — eu disse.

Briga daquelas abafadas.

Ela riu.

Daquelas em que eles só sussurram os gritos e berros.

Ela riu de novo.

Ela era sempre a primeira a chorar e ele continuava apunhalando-a com a expressão do rosto e as palavras.

— Sei que vou — disse ela.

A primeira vez não tinha sido assim. Ela chorou e ele parou. Tinha sido legal depois daquela.

— Vai ter que esfregar para valer.

Ela riu mais uma vez.

— Você fala como um vendedor de rua, Patrick — disse.

Tinha sido legal. Não tivemos que sair de fininho, fingindo que não ouvimos nada. Simbad não era bom em fingimento. Ele precisava olhar para ouvir. Como na televisão. Eu é que tinha que puxá-lo.

— O que está acontecendo?

— Eles estão brigando.

— Não estão.

— Estão.

— E por quê?

— Porque sim.

E então, quando acabava, Simbad sempre dizia que nada tinha acontecido; não se lembrava de nada.

— Sangue, suor e lágrimas — eu disse.

Ela riu de novo, mas não tanto como das outras vezes.

A primeira briga tinha terminado. Papai ganhou porque fez mamãe chorar. Acabou e pronto; tudo voltou ao normal, mas melhor que antes. A briga acabou, não havia mais brigas. Fiz uma pilha de pratos, com as facas e os garfos no prato de cima, facas e garfos na mesma direção. As brigas agora não acabavam nunca. Havia pausas, às vezes longas, mas não acreditava mais nelas. Eram apenas pausas. Empurrei os pratos devagarinho até atingirem o canto da mesa, a parte do prato que não tocava na mesa, a parte mais alta, já fora, no ar. Então fiquei imaginando se minha mente teria força suficiente para ordenar que meu braço empurrasse os pratos até o fim.

— Eles deveriam ir para a classe dos burros.
Kevin estava certo. A gente os detestava. Era setembro, primeiro dia de aula, e dois meninos que moravam nas casas da Cooperativa vieram para nossa classe. Charles Leavy e Seán Whelan, era como se chamavam. Henno estava pondo seus nomes no registro.
— Fale para ele — eu disse.
Sussurrei.
— O quê? — Kevin perguntou.
— Fale para ele que tem lugar na classe dos burros para os novatos.
— OK.
Kevin levantou o braço. Não acreditei. Só falei de brincadeira. Estávamos mortos se ele dissesse isso. Tentei segurar seu braço sem fazer muito barulho.
Henno estava de cabeça abaixada, olhando para o registro, escrevendo bem devagar. Kevin estralou os dedos.
— *Sea?*[35] — chamou Henno sem tirar os olhos do registro.
Kevin falou:
— *An bhfuil cead agam dul go dtí an leithreas?*[36]
— *Níl*[37] — disse Henno.
— Te enganei! — sussurrou Kevin.
Esse ano era o segundo com Henno, o quarto ano de escola e eu tinha dez anos. A maioria dos outros também tinha dez. Ian McEvoy tinha nove, mas ia fazer dez logo e era o mais alto de

---

35 *Sim?*
36 *Posso ir ao banheiro?*
37 *Não.*

todos nós. Charles Leavy era dois meses mais novo do que eu; eles tiveram que falar a idade para Henno escrever no registro. Séan Whelan era quase da mesma idade que eu. Precisou parar no meio da data de seu aniversário. Sabia o mês e o dia, mas teve que parar para pensar quando chegou no ano. Eu percebi.

— Burro.

Puseram-no sentado ao lado de David Geraghty. Quase tropeçou nas muletas dele. Rimos.

— Qual foi a graça? — perguntou Henno, mas ele estava ocupado, não ligou muito.

Seán Whelan sabia que estávamos rindo dele. Seu rosto mostrava a mágoa, ainda assim tentou rir com a gente do mesmo jeito, mas já era tarde.

— Onde já se viu alguém rir de si mesmo?

Charles Leavy era o próximo. Henno precisava achar um lugar para ele e se levantou.

— Muito bem.

Dois dos meninos estavam sentados sozinhos. Liam era um deles. Ninguém tinha sentado ao seu lado, quando ele pegou o assento no fundo, ao lado da janela, a melhor carteira. Olhou ao redor orgulhoso; achou que eu ou Kevin iríamos correr feito doidos para sentar ao seu lado. Ele estava sozinho e Fluke Cassidy também.

— Muito bem, Sr. Leavy. Vamos ver um lugar para você.

Fluke tentou se enfiar na carteira de Liam.

— Fique onde está, Sr. Cassidy.

Agora sim ele ia sem dúvida pôr Charles Leavy ao lado de Fluke Cassidy.

— Lá — apontou para a carteira de Liam.

Rimos e Henno sabia por quê.

— Silêncio!

Era demais. Era o fim de Liam agora; eu e Kevin não iríamos nem mais falar com ele. A ideia me agradou. Não sabia por quê. Gostava de Liam. Mas para mim era importante. Se você era o melhor amigo de alguém — de Kevin, por exemplo —, então tinha que odiar todo mundo, os dois amigos juntos.

Isso fazia a amizade mais forte. E agora Liam estava sentado ao lado de Charles Leavy. Agora era só eu e Kevin, ninguém mais.

David Geraghty era o que tinha pólio. Por isso ninguém estava ao seu lado na carteira. A gente tinha que ajudá-lo com os livros escolares e ele sempre cheirava a remédio. Tive que sentar uma semana ao lado dele depois que tirei nota boa num teste de ortografia e ele não. Foi incrível. Eu me sentava bem na ponta da cadeira, quase caindo, com metade da minha bunda para fora. Aí David Geraghty começou a conversar. E nunca parava. O dia todo, as palavras saindo de um lado da boca como se o outro estivesse paralisado. Era difícil de ouvir, mas não era sussurro. Henno podia ouvi-lo, tinha certeza, mas nunca fez nada, talvez porque David Geraghty usasse muletas e fosse o melhor da classe.

— Dá para ver os pelos do nariz dele. Dá até para contá-los. Cinco em um buraco e sete no outro.

O dia todo daquele jeito. Quando percebi que David Geraghty não ia se ferrar e que eu também não porque estava sentado ao lado dele, me endireitei na cadeira e comecei a me divertir.

— Ele tem dezessete pelos no cu. Dividido por três é igual a cinco, restando dois. Sua mulher penteia os pelos dele *gach maidin*.[38]

O dia inteiro.

Ele me deixou experimentar suas muletas. Meus braços não se equilibravam. Não conseguia segurá-las firmes por muito tempo. Não eram como aquelas de metal que a gente usa quando quebra uma perna. Eram antiquadas, de madeira e couro. Você não podia ajustá-las. Os braços de David Geraghty eram fortes como pernas. Às vezes queria ser colocado de novo ao lado dele, mas ficava sempre contente quando não era.

Seán Whelan usava óculos. Eles ficavam dentro de uma caixinha preta em cima da sua carteira, acima do vão para canetas e lápis. Sempre que Henno se aproximava da lousa,

---

38 *Toda manhã.*

Séan Whelan pegava a caixinha e, quando Henno começava a escrever, tirava os óculos da caixinha e os colocava no rosto. Toda vez que Henno parava, ele tirava os óculos e os colocava de volta na caixinha. E quando Henno recomeçava, lá ia Séan Whelan com os óculos de novo. Parei de olhar para o professor por um tempo e me concentrei em Séan Whelan. Dava para saber onde Henno estava, só olhando para as mãos de Séan Whelan. As mãos iam até a caixinha, paravam, voltavam para os lados; subiam de novo, pegavam e abriam a caixinha e punham os óculos na cara. Ele tirou os óculos e pôs dentro da caixinha de novo e as mãos voltaram a descansar dos lados da carteira. Esperei para ele começar de novo. Henno parou de falar. Continuei olhando para Séan Whelan, esperando pelo sinal. Ele ficou olhando direto através da cabeça de Thomas Bradshaw. Seus olhos se voltaram para mim. E foi aí que Henno me bateu, um tapa bem doído na nuca. Séan Whelan pulou na cadeira, a última coisa que vi antes de me abaixar e fechar os olhos aguardando o próximo tapa.

— Sonhando acordado, Sr. Clarke!

A turma toda riu e de repente parou.

Henno abriu a mão e endureceu os músculos. Sua mão era uma tábua de madeira. Séan Whelan ia se ver comigo depois. Era culpa dele. Ia pegar a caixinha e os óculos e pensar em alguma coisa para fazer com eles. Ele tinha cabelos castanhos encaracolados. Era liso quando crescia, mas alguém, talvez a mãe dele, estava tentando formar um topete. Parecia um morro no topo da cabeça. Ia ser fácil fazer picadinho dele. Não ia se defender. Ah, ele ia mesmo se ver comigo. Não parecia durão.

Como Charles Leavy.

Charles Leavy calçava sandálias de borracha azul. A gente riu dele, mas com muito cuidado. No primeiro dia de aula, ele não trouxe nenhum material. Quando Henno perguntou por que, ele simplesmente olhou para seus braços em cima da carteira. Não ficou acanhado, nem nada. Tinha um buraco nas mangas e dava para ver sua camisa através dele. Seu cabelo era curto, o mesmo comprimento na cabeça toda. De vez em quando ele esticava o pescoço, levando a cabeça para um lado como se fosse cabecear uma bola, mas sem se preocupar em olhar para ela. Olhou para mim e eu olhei para frente. Senti um calor e fiquei com medo.

— Livros irlandeses. *Leabhair Gaeilge*.[39] Página... que página sugere, Sr. Grimes?

— Primeira página, professor.

— Correto.

— *A h-aon*[40], professor.

— Muito obrigado, Sr. Grimes. *Sambo san Afraic*.[41] Lá estava ele em sua canoa.

Rimos baixinho; o jeito que ele disse canoa. A fotografia embaixo do título da história era preta e vermelha em cima da página branca, um menino negro sem camisa numa canoa vermelha embaixo das árvores pretas, a floresta. Olhei para um lado: Liam estava dividindo seu livro com Charles Leavy. Estava com a mão no meio do livro para mantê-lo aberto. Charles Leavy esperou que Liam terminasse, só então se inclinou para ler o livro. Olhei para o outro lado: Seán Whelan tinha seu próprio livro, encoberto com papel de parede. Ele não usava os óculos para ler.

Durante o recreio, o das onze horas, empurrei Seán Whelan enquanto fazíamos a fila para voltar para a sala.

— Isso é só uma amostra.

Seán Whelan não disse ou fez nada. Fez de tudo para não olhar para mim e fiquei satisfeito com isso. Puxei os outros até chegar perto de Kevin.

— Vou acertar as contas com aquele Whelan — eu disse a Kevin.

— Quero ver — disse Kevin.

— Estou dizendo que vou e vou mesmo. Pode acreditar. Ele me empurrou.

---

39 *Livros irlandeses.*
40 *Um.*
41 *Sambo na África.*

Agora teria que me acertar com ele de qualquer jeito. Olhei para Seán Whelan. Ele tinha um jeito esquisito de olhar através da gente, para a frente, só que com o canto dos olhos.

Podia se considerar morto.

A briga me pegou de surpresa. Ia esperar por uma oportunidade boa, uma desculpa boa, mas Kevin me empurrou para cima de Seán Whelan — já estávamos fora do portão da escola, do outro lado da rua num terreno sendo escavado para construção — e Seán Whelan me deu uma cotovelada ou seu cotovelo estava no caminho e me tocou e eu estava lhe dando pequenos empurrões e ele também e isso me surpreendeu. Preparei meu soco com o pulso firme; não tive tempo de me preparar, de me lembrar de dar o soco com precisão e agora já era tarde demais. A cabeça de Seán Whelan me acertou o queixo, meus dentes trincaram. Dei um passo para trás, fora do alcance dos braços dele e chutei. Puxei o pé esquerdo de volta e chutei de novo. Seán Whelan tentou segurar meu pé, para me derrubar para trás. Consegui soltar meu pé sem cair. Ele começou a se afastar e os meninos ao redor começaram a abrir caminho, porque sabiam que eu ia tentar de novo. Dessa vez corri, chutei e o atingi bem em cheio. Um pouco acima do joelho. Ele cambaleou como se as suas pernas tivessem desaparecido. Gemeu. Pronto. Estava ganhando. Ia segurar seus cabelos e dar com os meus joelhos na sua cara. Nunca tinha feito isso antes. Uma vez ia tentar com Simbad, mas puxar a cabeça dele foi suficiente; ele começou a berrar e não consegui continuar. Não queria quebrar a cara dele. Seán Whelan não era Simbad. Ia segurar uma porção dos seus cabelos idiotas e...

A dor me jogou para o lado, fazendo-me contorcer por um segundo. Alguém me chutou, bem embaixo da minha costela do lado esquerdo, acertando dois dos meus dedos também. Seán Whelan na minha frente. Me levou um tempinho para...

Charles Leavy tinha me acertado.

Agora ninguém incentivava. Agora era para valer. Queria ir ao banheiro. Meus dedos queimavam como se congelassem.

Seán Whelan estava junto com os outros, agora só olhando. Tentei fingir que ainda estava brigando com ele.

No mesmo lugar, a mesma dor. Charles Leavy me acertou de novo.

Ninguém entrou na briga. Ninguém disse nada. Ninguém se moveu. Eles sabiam. Iam ver briga como nunca viram antes. Sangue e dentes quebrados, roupas rasgadas. Ossos quebrados. Sem regras.

Não conseguia fingir mais. Desejei que não tivesse começado a briga com Seán Whelan. Não podia chutar Charles Leavy de volta. Não conseguia fazer nada. Não fiz nada. Era o único jeito.

Ele me chutou.

— Ei, vocês aí! Assim não!

Era um dos trabalhadores da obra. Estava em um dos muros que construíam. Alguns dos meninos correram quando o ouviram, e para ver o que viria depois.

— Sem chutes — disse o homem. — Isso não é jeito de se brigar.

Ele tinha um barrigão enorme. Agora eu me lembrava: a gente gritou coisas feias para ele e ele tinha corrido atrás da gente no verão.

— Sem chutes — repetiu.

Kevin estava mais longe dele do que eu.

— Não é da sua conta, barrigudo!

Fugimos. Foi sensacional. Estava quase chorando. Ouvia o barulho dos meus livros e cadernos chacoalhando dentro da mochila nas costas, como cavalos galopando. Tinha escapado. A dor quando ria era insuportável. Só paramos quando chegamos à rua nova.

Ninguém tinha entrado na briga para me socorrer, quando Charles Leavy ia me matar. Levou algum tempo para me acostumar com esse fato, para que fizesse sentido. Aceitar que era normal. O silêncio, a espera. Todos eles olhando. Kevin ao lado de Seán Whelan, olhando.

***

Havia uma enorme maleta marrom embaixo da cama dos meus pais. Era de couro, mas fazia barulho como se fosse de madeira. Havia rugas. Quando esfregava a mão com força nela, uma mancha marrom ficava na minha mão. Não havia nada dentro. Simbad entrou na mala. Ele podia deitar nela como se fosse uma cama. Fechei-a.

— Como é?

— Legal.

Apertei uma das fechaduras num lado e tranquei. Fez um clique. Esperei para Simbad fazer alguma coisa. Então tranquei a do outro lado também.

— E agora?

— Ainda legal.

Fui embora. Pisei com toda força no chão, "bam bam", abri a porta num movimento só e depois fechei fazendo um "zuum", mas não uma batida, porque papai detestava quando batíamos as portas de casa. Esperei. Queria ouvir Simbad gritando e espernando, chorando e arranhando a tampa da mala. Aí iria libertá-lo.

Esperei.

Cantei enquanto descia as escadas.

— SON YOU ARE A BACHELOR BOY
  AND THAT'S THE WAY TO STAY – EE – AY

Subi as escadas de fininho; pulei os degraus que chiavam. Abri a porta com cuidado. Era incrível. Mas de repente, fiquei em pé. Estava com medo.

— Simbad?

Empurrei o botão para abrir a fechadura. A lingueta pulou para fora e machucou meu dedo.

— Francis.

O outro negócio não queria sair da fechadura, o que entrava no buraco. Puxei a tampa de um lado, mas ela só abriu um pouquinho; não conseguia ver nada. Pus dois dedos dentro, mas não consegui sentir nada e ganhei um arranhão no dedo. Fiquei com os dedos lá para que o ar entrasse na mala, mas senti dentes me mordendo, pelo menos achei que foi.

Ouvi um gemido. Era eu.

Fechei a porta atrás de mim, assim nada me seguiria. Segurei no corrimão o tempo todo enquanto descia as escadas. Estava escuro no corredor. Papai estava na sala, mas a televisão estava desligada.

Contei-lhe.

Ele se levantou. Não disse nada. Não contei que eu tinha trancado a mala, e que não conseguia abrir. Quando chegou no corredor, esperou por mim.

— Vamos lá, mostre.

Ele me seguiu. Podia ter passado na minha frente, mas não passou. Simbad não estava correndo perigo.

— Tudo certo aí, Francis?

— Acho que ele caiu no sono.

Papai puxou o ferrinho, a fechadura fez um clique e abriu.

Ele levantou a tampa e lá estava Simbad, os olhos arregalados. Virou-se de barriga, levantou e saiu da mala. Não disse nada. Só ficou lá em pé, sem olhar para a gente, nem nada.

Papai se achava o maioral porque podia sentar na mesma sala com a televisão ligada e não assistir a nada. Assistia às notícias e só. Lia o jornal ou um livro ou cochilava. Eu ficava olhando o seu cigarro queimando até quase chegar nos seus dedos, mas ele sempre acordava a tempo. Tinha uma poltrona só dele. Nunca podíamos sentar nela quando ele estava em casa. Eu, Simbad e mamãe com as nenéns no colo cabíamos na poltrona e ainda sobrava lugar. Um dia, quando estava chovendo lá fora, trovejando, sentamos na poltrona um tempão, só escutando a chuva. A sala escureceu. Havia um cheiro bom da mamãe, de comida e de sabão.

Quando chamava "Simbad, Simbad?", ele não respondia. Eu e Kevin demos uma pernada nele de cada lado, assim ele faria o que a gente mandava. Estava chorando, mas não fez nenhum barulho. Tinha que olhar direto no rosto dele para ver que chorava.

— Simbad.

Ele fechou os olhos.

— Simbad.

Tinha que parar de chamá-lo Simbad. Ele não se parecia mais com Simbad, o Marinheiro; suas bochechas eram menores agora. Eu ainda era muito maior do que ele, mas isso não tinha importância agora. Eu podia matá-lo nas brigas, mas tinha medo do jeito que ele ficava. Ele me deixava bater e depois ia embora.

Simbad não queria mais a luz do abajur acesa à noite. Quando mamãe ligou o abajur antes de apagar a luz do teto, ele se levantou e apagou. O abajur era dele. Ele tinha escolhido. Era um coelho que ficava vermelho com a luz acesa. Agora o quarto ficava em completa escuridão. Eu queria ligar a luz de novo, mas não podia. Era de Simbad. Eu nunca precisei dela. Tinha dito que era tolice. Tinha dito que não conseguia dormir com ela ligada. Durante uma semana mamãe ligou a luz e Simbad desligou. Ele desligava a luz e eu ficava preso naquela escuridão imensa.

Papai segurava Simbad. Estava segurando-o pelos braços. Não tinha batido nele ainda. A cabeça de Simbad estava abaixada. Ele não puxava ou tentava escapar.

— Meu Santo Cristo! — disse papai.

Simbad tinha colocado açúcar no tanque de gasolina do Sr. Hanley.

— Por que você faz essas coisas? Por que, meu Deus?

Simbad respondeu:

— Porque o diabo me tenta.

Vi os dedos de papai amolecerem ao redor dos braços de Simbad. Ele segurou seu rosto:

— Pare de chorar, vamos. Chega de lágrimas.

Comecei a cantar:

— I'LL TELL MY MA WHEN I GO HOME
 THE BOYS WON'T LEAVE THE GIRLS ALONE[42]

---

42 *Contarei à mamãe quando chegar em casa/ os meninos não deixam as meninas em paz.*

Papai me acompanhou. Pegou Simbad e rodopiou com ele. Depois foi a minha vez.

A primeira vez que ouvi, reconheci, mas não sabia o que era. Conhecia o barulho. Veio da cozinha. Estava no corredor de barriga no chão, sozinho, brincando com o meu Rolls-Royce. Empurrava o Rolls-Royce direto no rodapé. Já tinha uma marca na madeira que estava ficando cada vez maior. Fazia um barulho gostoso, quando o carro batia no rodapé. Mamãe e papai estavam conversando.

Ouvi um estalo. A conversa parou. Segurei o Rolls-Royce com as duas mãos. A porta da cozinha se escancarou e mamãe saiu. Ela virou rápido no corredor e subiu a escada, cada vez mais ligeiro.

Agora sabia. O que tinha sido aquele estalo. Ouvi a porta do quarto lá em cima se trancar.

Papai, sozinho na cozinha. Não veio atrás. Deirdre chorando. Ela tinha acordado. A porta de trás abriu e fechou. Ouvi os passos do papai ao redor da casa. Vi sua silhueta na porta da frente através do vidro. A silhueta dividida em pedacinhos coloridos antes de ele chegar ao portão. Não deu para ver qual a direção que tomou. Não me movi. Mamãe ia descer agora. Deirdre estava chorando.

Ele tinha batido nela. Um tapa na cara; um estalo. Tentei imaginar. Não tinha sentido. Tinha escutado; ele tinha batido nela. Ela tinha saído direto da cozinha para o quarto.

Um tapa na cara.

Esperei. Escutei. Fiquei protegendo-a.
Não aconteceu nada.
Não sabia o que devia fazer. Se ficasse lá ele não faria de novo, e isso era tudo. Fiquei acordado. Escutei. Fui ao banheiro e molhei meu pijama. Para não dormir. Para não me sentir confortável e cair no sono. Deixei uma fresta da porta aberta.

Escutei. Não aconteceu nada. Fiquei um século fazendo meu dever de casa, assim não precisaria ir para a cama tão cedo. Copiei páginas e páginas do meu livro de inglês e fingi que tinha que escrevê-las. Aprendi a soletrar palavras que não tinham sido pedidas ainda. Pedi a ela para checá-las para mim, nunca ele.

— S-u-b-m-a-r-i-n-o.
— Muito bem. Subterrâneo?
— S-u-b-t-e-r-r-â-n-e-o.
— Perfeito. Tem mais para fazer?
— Sim.
— O quê? Me mostre.
— Escrita.

Ela olhou para as páginas no livro que mostrei, duas páginas sem fotos, e as páginas que já tinha feito.

— E por que tem que fazer tudo isso?
— Caligrafia.
— Ah, bom.

Escrevi na mesa da cozinha, depois a segui até a sala de estar. Quando ela estava pondo as meninas para dormir, ele estava na sala comigo, então tudo bem. Gostava de exercício de escrita; gostava de escrever.

Ele sorriu para mim. Eu gostava do papai. Ele era meu pai. Não fazia sentido. Ela era minha mãe.

Fui até a cozinha. Estava sozinho. Os barulhos todos lá em cima. Bati na mesa. Baixinho. Bati de novo. Era o tipo certo de estalo. Mais oco, sem clareza. Talvez fosse diferente ouvindo esse som de fora da cozinha. No corredor, onde eu estava antes. Talvez tenha sido isso o que ele fez. Bater na mesa. Quando estava de mau humor. E, foi isso. Bati de novo na mesa. Não conseguia me convencer. Mas precisava. Usei o lado da mão, agora. Ela tinha vindo da cozinha, direto para o quarto. Não disse nada. Não me deixou ver o seu rosto. Tinha ido rápido da cozinha ao quarto. E isso não foi porque ele tivesse batido na mesa. Fiz de novo. Tentei perder o controle, ficar zangado e depois bater na mesa. Talvez porque ele tivesse perdido o controle, talvez por isso ela subiu até o quarto tão rápido, se escondendo. Talvez.

Não sabia.

Voltei à sala de estar. Ele queria checar minha ortografia.

Eu deixei. Soletrei uma errada de propósito. Não sei por quê. Simplesmente fiz. Deixei o "r" de fora quando disse "submarino".

Escutei. Esperei. Fiz meu dever de casa.

Cheguei em casa na sexta na hora do almoço.

— Estou na melhor carteira.

Era verdade. Não tinha cometido nenhum erro naquela semana. Todas as minhas somas estavam corretas. Fiz a tabuada de doze dentro de trinta segundos. Minha ortografia estava...

— Muito melhor.

Pus minhas coisas na mochila e caminhei para a frente da sala. Henno me cumprimentou.

— Vamos ver quanto tempo você fica lá — disse ele. — Muito bem, meu rapaz.

Me sentei ao lado de David Geraghty.

— E aí, meu velho, como é que vai?

— Estou na melhor carteira — disse ao papai mais tarde.

— É verdade? — perguntou. — Mas isso é excelente.

Ele me cumprimentou.

— Vamos ver. Submarino.

— S-u-b-m-a-r-i-n-o.

— Bom rapaz.

A grama estava molhada, mas não porque tinha chovido. O dia era curto demais para dar tempo de secá-la. As aulas tinham terminado. Ia ficar escuro rapidamente. Havia uma nova trincheira. Era enorme, gigantesca e profunda. O fundo era um lamaceiro só. Ao redor, estava tudo molhado.

— Areia movediça.

— Não, não é.

— E por que não é?

— É só lama.

Aidan estava lá dentro.

Liam e Aidan às vezes não iam à escola. O pai deles os deixava ficar em casa se ficassem bonzinhos. Vimos as varetas brancas mais altas do que a grama. Sabíamos que as varetas brancas eram para marcar uma nova construção, então fomos até lá para ver o que estavam começando a fazer e achamos Aidan dentro da trincheira. E não conseguia sair de dentro. Não tinha nada que pudesse usar para subir.

— Ele está afundando.

Esperei.

Uma das suas botas estava dentro da lama, que cobria o joelho. Olhei para a sua perna; contei até vinte. A perna ficou onde estava e Liam foi buscar uma escada ou uma corda. Eu queria que fosse uma corda.

— E como é que ele desceu até lá?

Que pergunta mais idiota. Isso sempre acontecia com a gente. Descer era a coisa mais fácil do mundo. Mas a gente nunca pensava sobre a hora de subir.

Olhei para as pernas de Aidan de novo. Agora, o joelho estava coberto. Ele estava afundando. Esforçava-se para se segurar nos lados, para não cair, tentando não chorar. Tinha chorado antes, dava para perceber só de olhar na cara dele. Pensei em jogar pedras nele, mas não era preciso.

Sentamos nas nossas mochilas com os livros escolares.

— Dá para se afogar em lama? — perguntou Ian McEvoy.

— Claro.

— Não.

— Fale mais alto — sussurrei — só para ele ouvir.

Ian McEvoy pensou um pouco.

— A gente pode se afogar em lama?

— Às vezes, sim.

— Quando as botas ficam cheias de lama e a gente não consegue ficar em pé.

Fingimos que Aidan não estava escutando. Ele estava tentando levantar a perna e deixar a bota na lama. Dava para ouvir o barulho do pé se movimentando dentro da bota. Kevin imitou o barulho com a boca. Aí a gente fez também. Aidan escorregou, mas não caiu.

Foi então que comecei a me preocupar de verdade. Ele poderia se afogar mesmo. E a gente só olhando acontecer. A gente ia ter que olhar. De repente a grama me pareceu ensopada. Seria como no meu pesadelo, aquele que às vezes tinha, quando minha boca ficava cheia de lama, lama seca de verão; não conseguia engolir. Não conseguia fechar a boca. Descia na garganta mais e mais para o fundo. Meu queixo tentando fechar e não podendo, não conseguindo engolir, lutando contra a minha boca ficando cheia e não podendo engolir, não podendo respirar. Liam trouxe uma escada e seu pai, que desceu e salvou Aidan. O pai de Liam foi reclamar com os trabalhadores, mas não deixou a gente ir com ele.

Keith Simpson não se afogou numa trincheira. Ele se afogou num laguinho. O laguinho cobria uns seis ou sete terrenos que ainda não tinham sido mexidos pela construtora. Era ideal para pegar sapos e brincar com o gelo. Não era muito fundo, mas era sujo, cheio de lodo. Você não podia colocar os pés nus dentro. O gelo fazia barulho como se fosse quebrar quando a gente se inclinava. Era muito pequeno para ser um lago de verdade.

Keith Simpson foi encontrado lá dentro. Simplesmente encontrado. Ninguém sabia como ele tinha ido parar lá.

Mamãe chorou. Ela não conhecia Keith Simpson. Eu também não. Ele era um dos garotos das casas da Cooperativa. Sabia como ele era. Miúdo e com sardas. Ela assoou o nariz e eu sabia que estava chorando. Barrytown todinha ficou em silêncio, como se a notícia tivesse se espalhado sem ninguém dizer nada. Ele tinha deslizado com o rosto para baixo e seu casaco, o pulôver e as calças se encheram de água e ele não conseguiu se levantar; isso é o que disseram. A água ensopou suas roupas. Dava para imaginar a cena. Pus minha meia na pia, em cima da água. Ela encheu a meia devagar. Metade da água na pia desapareceu dentro da meia.

Fui ver a casa. Sabia qual era. Era uma de esquina. Uma vez tinha visto um homem — devia ser o pai de Keith Simpson — em cima do telhado instalando a antena de televisão. As cortinas estavam fechadas. Cheguei mais perto. Toquei no portão.

Papai abraçou mamãe quando chegou em casa. Ele apertou as mãos do pai e da mãe de Keith Simpson no velório. Eu vi. Estava com a minha escola; todo mundo da escola estava lá, todos vestidos com nossas roupas de domingo. Henno nos fez rezar a primeira parte da Ave-Maria e o resto do pessoal nos acompanhou na segunda parte; isso tomou o tempo até a gente ser levado para a igreja. Mamãe ficou sentada. Tinha uma fila enorme para cumprimentá-los, ia pelo lado e por trás da igreja, acompanhando as estações da via-crúcis. O caixão era branco. Alguns livros de missa caíram no chão durante o ofertório. Fez um barulho estranho no chão da igreja. Um barulho enorme. Os únicos outros ruídos eram de alguém na frente soluçando e o rufar das roupas do padre, toda engomada, o sino do coroinha, mais soluços.

Não nos deixaram ir ao cemitério.

— Vocês podem ir lá rezar uma prece sozinhos, qualquer dia — disse a Sra. Watkins. — Talvez domingo que vem. É melhor assim.

Ela tinha chorado.

— Eles não querem que a gente veja o caixão descendo na cova — disse Kevin.

As aulas tinham terminado. Estávamos sentados em uma caixa de papelão aberta no meio do campinho atrás das lojas, para que nossas roupas não se molhassem ou ficassem sujas e para que as nossas mães não nos matassem. Só havia lugar para três e éramos cinco. Aidan teve que ficar em pé e Ian McEvoy foi para casa.

— Era meu primo — eu disse a eles.

— Quem? — perguntou Kevin.

Eles sabiam de quem eu estava falando.

— Keith Simpson.

Lembrei de mamãe chorando. Ele deve ter sido pelo menos um primo. Acreditei em mim mesmo.

— *Hari-kari*.

— É *hari-kiri* — eu disse.

— O que é isso? — perguntou Ian McEvoy.

— Você não sabe? — disse Kevin. — É burro mesmo.
— É a maneira como os japoneses se suicidam — expliquei a Ian McEvoy.
— Por quê? — perguntou Aidan.
— Por que o quê?
— Por que eles se suicidam?
— Por muitas razões.

Era uma pergunta idiota. Não era importante.

— Porque eles foram derrotados na guerra — explicou Kevin.

— Ainda por isso? — disse Aidan. — A guerra foi há muito tempo.

— Meu tio foi à guerra — disse Ian McEvoy.
— Não, ele não foi. Agora cala a boca.
— Foi sim.
— Não foi.

Kevin agarrou o braço dele e o torceu para trás, nas costas. Ian McEvoy não tentou se safar.

— E agora, ele foi ou não foi? — disse Kevin.
— Não — disse Ian McEvoy.

Ele não soltou Ian McEvoy.

— E então por que disse que ele foi?

Não era justo; ele devia ter soltado Ian McEvoy quando este disse não.

— Por que, hein?

Ele apertou o pulso de Ian McEvoy mais perto das suas costas. Ele teve que se inclinar para frente. Não respondeu. Não conseguia pensar em nada para falar, nada que fosse fazer Kevin soltá-lo.

— Solte-o agora — disse Liam.

Ele disse isso como se estivesse respondendo a uma pergunta do professor sabendo que a resposta era errada. Ainda assim, ele falou. Estava em pé. Queria que Kevin se voltasse contra ele porque ele disse isso e eu não e, se Kevin fizesse isso, então tudo estaria bem. Kevin puxou o braço de Ian McEvoy um pouco mais até ele se ajoelhar — aí ele berrou de dor; foi então que Kevin o soltou. Ian McEvoy se endireitou e fingiu que não foi nada. Esperei. Liam também. Não aconteceu nada. Kevin não fez nada. Aidan fez as coisas voltarem ao normal.

— Eles têm que se suicidar?
— Não — eu disse.
— E por que, então?
— Eles só fazem isso quando não têm outra alternativa — eu disse —, ou quando realmente querem fazer — completei, só por precaução.
— E quando é que eles não têm alternativa? — perguntou Simbad.

Ia falar para ele calar a boca e talvez também dar um tapa nele se estivesse a fim. Ele tinha duas cobrinhas de catarro descendo do nariz e nem estava tão frio.

— Quando perdem uma guerra ou alguma coisa do tipo — eu disse.
— Quando estão tristes — disse Aidan.

Soou como uma pergunta.

— É — eu disse. — Às vezes.
— Têm que estar muito tristes.
— É.
— Não, só deprimidos.
— Não. Têm que estar tão tristes a ponto de não conseguirem parar de chorar. Quando a mãe morre ou coisa assim. Ou o cachorro de estimação.

Assim que lembrei, já era tarde: a mãe de Aidan e Liam tinha morrido. Mas eles não fizeram nada, nem se olharam, nem nada. Liam sabia o que eu queria dizer. Ele balançou a cabeça, concordando.

Havia mais duas famílias em que o pai ou a mãe já tinha morrido. A mãe dos Sullivans e o pai dos Rickards. O Sr. Rickard morreu num acidente de carro. A Sra. Sullivan tinha morrido de doença. Os Rickards se mudaram depois que o pai morreu, mas depois voltaram. Não ficaram longe muito tempo, nem mesmo um ano. Eles não frequentavam a nossa escola, os três irmãos. Havia uma menina também, Mary. Mas ela era mais velha.

— Meio descontrolada — disse mamãe.
Ela tinha ido para Londres. Fugiu de casa. Lá é que a acharam. Era hippie, a única de verdade em toda Barrytown. A polícia da Inglaterra a tinha achado. E a fez voltar para casa.
— Eles pegam uma faca e enfiam na própria barriga — contei para eles.
Era impossível; as expressões na cara deles confirmavam. Eu concordava com eles. Não era fácil enfiar uma faca na própria barriga. Não tinha problema em me imaginar tomando um monte de comprimidos. Isso era fácil. Tomaria qualquer coisa para ficar fácil de engolir. Uma Coca-Cola ou até leite. Melhor Coca-Cola. Até mesmo pular de uma ponte quando o trem estivesse passando era fácil de se imaginar. Isso eu faria. Estaria pulando, e não me jogando de propósito em frente do trem. Já tinha pulado de coisas altas antes. Você não pode morrer asfixiado de propósito. Se você se joga na parte mais funda da piscina, no meio, e não há ninguém para te salvar, aí você morre afogado, se não souber nadar de jeito nenhum ou não for um bom nadador. Ou se você acabou de comer e tiver cãibras. O que não podia mesmo era me imaginar enfiando uma faca no estômago. E não queria nem experimentar para ver.
— Não é uma faca de pão — eu disse. — Ou uma assim.
— Faca de açougueiro.
— É.
Era fácil de ver como a gente podia se cortar com uma faca por acidente. Tínhamos visto o açougueiro usar a dele. Ele nos deixou vê-lo usar a faca. Nos deixou ficar do outro lado do balcão. A Sra. O'Keefe, mãe de James O'Keefe, estava na portinhola onde recebia o dinheiro e dava o troco, quando gritou com a gente porque roubamos o pó de serragem. A gente precisava para o porquinho da Índia. Havia um monte de pó de serragem. Era cedo no dia, por isso ainda estava limpo e fresco. Apanhamos uns punhados e enchemos os bolsos. Não era bom roubar. Pó de serragem não valia nada. E era para o porquinho da Índia. Ela gritou com a gente; um grito sem fazer sentido. Aí gritou um nome.

— Cyril!
Era o nome do açougueiro. Não corremos. Era só pó de serragem. Não achamos que ela o tinha chamado por causa da gente. Ele saiu do refrigerador gigante que ficava nos fundos.
— Que foi?
Ela apontou para nós. Era tarde demais para fugirmos.
— Eles — disse ela.
Ele viu o pó nas nossas mãos. Era colossal. O homem mais gigante e mais gordo de toda Barrytown. Não morava em Barrytown, como todo mundo que vivia nos quartos no andar superior das lojas. Vinha trabalhar numa Honda 50. Fez uma careta como se estivesse irritado com a Sra. O'Keefe. Não tinha tempo a perder; estava ocupado com outras coisas.
— Aqui, rapazes, quero mostrar algo a vocês.
Éramos eu, Kevin, Ian McEvoy e Simbad. Liam e Aidan estavam com a tia deles de Raheny de novo. Fomos até ele.
— Fiquem aí.
Ele entrou no refrigerador e voltou carregando uma perna de animal nos ombros. Usava um avental branco. Achei que era de uma vaca, a perna.
— Aqui, rapazes.
Fomos até o balcão, onde havia uma tábua de madeira. Estava limpa. Dava para ver as marcas onde a escova tinha sido passada. Já o tinha visto com a escova nas mãos. Era do mesmo jeito que uma escova normal mas, em vez de pelos, era feita de metal. Com um movimento rápido, ele tirou a perna de vaca dos seus ombros e a jogou na tábua. Fez um barulho seco na madeira. Deixou a gente apalpar a carne.
— Agora, rapazes.
Sua faca estava dentro da bainha, pendurada num gancho acima da mesa. Ele pegou a faca. Ela zuniu. Ele deixou a gente olhar a faca mais de perto.
— Essa me custou centenas de libras, rapazes — explicou. Não é para tocarem nela.
— Agora olhem aqui — disse ele.

Deslizou a faca na pele em cima da carne — só deslizou — e a pele saiu; uma lasca. Sem esforço nenhum; só inclinou a faca sobre a perna e pronto. Sem barulho, sem tensão. Mas vi que ele estava suando. Quebrou o osso com uma faca diferente, um cutelo. Experimentou no osso primeiro, uma, duas vezes, e pronto. Então desceu o cutelo com toda força e a perna se abriu em duas partes.

— Agora, rapazes — disse ele —, é só isso e pronto. E isso é o que vou fazer com vocês, pirralhos, da próxima vez que eu pegá-los roubando meu pó de serragem.

Não perdeu o ar de bonzinho, mesmo quando disse isso.

— Ponham tudo de volta no chão, no caminho da porta. Até mais, rapazes.

E voltou para o refrigerador. Joguei o pó ao redor do chão. Simbad correu depois que jogou no chão o pó que estava em seu bolso.

— Ele fez cocô — anunciou para os outros — nas calças.

— Desceu até os sapatos — eu disse.

— O COCÔ ESCORRENDO PELAS PERNAS
MERDA, MERDA LA, LA, LA.

O porquinho da Índia de Ian McEvoy morreu por causa do frio à noite. Ian foi vê-lo antes de ir para a escola e ele estava num canto coberto de gelo. Ele culpou sua mãe porque ela não o deixou levar o bichinho para a cama de noite.

— Ela disse que eu o sufocaria — disse ele.

— Prefiro ser sufocado do que morrer congelado — comentou Liam.

— A temperatura estava abaixo de zero a noite passada — eu disse.

A expectativa de vida de um porquinho da Índia era de sete anos se a gente trocasse a água de beber todo dia e lhe desse mingau de farelo quente toda noite no inverno. O porquinho de Ian McEvoy durou só três dias. Ele nem teve tempo de dar um nome para o bichinho. Perguntou à mãe dele o que era mingau de farelo quente, mas ela não quis explicar. Disse que não sabia.

— Capim também tem o mesmo efeito — foi isso que ela disse para Ian McEvoy. O pai dele também não estava muito disposto a ajudar.

— Compre um casaco para ele.

Ele achou que estava sendo engraçado.

Pegamos a boneca da irmã dele e um alfinete. Trouxemos os dois até o nosso terreno abandonado. A boneca não parecia em nada com a Sra. McEvoy.

— Não tem importância — minimizou Kevin.

— Ela não tem cabelos brancos desse jeito — apontei.

— Não importa, já disse — reiterou Kevin. — O importante é pensarmos nela quando dermos as alfinetadas.

Íamos usar um *Action Man* para o Sr. McEvoy, mas Edward Swanwick não nos deixou usar o dele e ele era o único que tinha um.

— Não tem importância — disse Kevin. — Ele vai morrer de tristeza quando a Sra. McEvoy bater as botas e isso já basta.

— Ele vai sentir muita falta dela — disse Kevin.

— Acho que ele não gosta dela tanto assim — disse Ian McEvoy.

— De qualquer forma, vai sentir falta dela — disse Kevin.

Demos uma surra em Edward Swanwick mesmo assim, mas não lhe batemos na cara.

Kevin era o sacerdote de novo, mas deixou Ian McEvoy enfiar o alfinete primeiro, afinal de contas ela era a mãe dele e a boneca era da sua irmã.

— Sra. McEvoy!

Ele ergueu as mãos para o ar.

— Sra. McEvoy!

Cada um de nós segurou uma perna e um braço, como se a boneca fosse tentar fugir.

— Morte a ela!

Ian McEvoy enfiou o alfinete na barriga dela, através do vestido. Me perguntei se em algum lugar no mundo uma menina de cabelos brancos e olhos grandes não estaria gritando em agonia.

— Morte a ela!
Meu alvo foi o cérebro. Kevin alfinetou a boceta. Liam, a bunda, e Aidan alfinetou os olhos. As marcas do alfinete eram quase imperceptíveis; não tocamos mais na boneca. Ian McEvoy não nos deixou. Ele levou a boneca de volta para casa e foi até a cozinha para checar. Esperamos por ele do lado de fora. Voltou.
— Ela está fazendo o jantar.
— Merda!
— Ensopado.
Era quarta-feira.
Não ficamos muito decepcionados, mas fingimos que ficamos. Passamos o porquinho da Índia morto pelo buraco de cartas na porta da Sra. Kilmartin e ela nunca descobriu quem tinha sido. Não deixamos nenhuma impressão digital.

Ela escutava o que ele dizia muito mais do que ele a ouvia. As respostas dela eram muito mais longas do que as dele. Ela conversava muito, muito mais do que ele. Mas não era tagarela, era só mais interessada do que ele, apesar de ele ser aquele que lia o jornal e assistia ao noticiário na televisão e mandava a gente ficar quieto mesmo quando não estávamos fazendo barulho. Eu sabia que ela era melhor na conversa do que ele; sempre soube disso. Ele era bom também, mas só às vezes. Outras vezes era inútil e, em outras, não se podia nem chegar perto dele para perguntar ou contar alguma coisa. Não gostava de ser perturbado; ele usava demais essa palavra, mas eu sabia o que significava e não sabia por que ele estava sendo perturbado quando na verdade não estava fazendo nada. Eu não ligava muito, só às vezes. Pais são sempre assim, todos os pais que eu conhecia, com exceção do Sr. O'Connell e um pai como ele eu não queria, a não ser talvez nas férias. Biscoitos quebrados eram superlegais, mas você precisa de legumes e carne também, mesmo se não gostar de comê-los. Todos os pais se sentam numa poltrona e não querem ser incomodados. Têm que descansar. Eles ganham o pão de cada dia. Papai chegava em casa todas as sextas-feiras com as compras, em uma sacola de lona que equilibrava em cima do ombro. Tinha um cordão na abertura usado como fecho. Era o tipo de cordão que machucava as mãos. Pequenos fiapos de cordão entravam na pele se a gente pegasse nele muito rápido. Mamãe era sempre quem esvaziava a sacola. Estava cheia de legumes. Ele os comprava no mercado da Moore Street. Papai pagava por tudo que a gente comia. Tudinho. Precisava recuperar as energias no fim de semana. Às vezes eu não acreditava que essa era a única razão por que não podia chegar perto dele, pelo jeito com que ele se enfiava num canto e não saía para nada. Às vezes, era só por maldade.

Ganhei uma medalha. Cheguei em segundo lugar nos cem metros, que não eram cem metros de verdade, talvez nem mesmo cinquenta. Era sábado, o dia de esportes na escola, o primeiro que ela organizava. Havia vinte competidores, ocupando todo o campinho. Henno era o organizador. Ele ia dar a largada. Tinha até um apito. E também uma bandeirinha, que não usou. O campinho era íngreme. Era difícil correr em linha reta e a grama era mais alta em algumas partes. Vi Fluke Cassidy caindo. Ele estava um pouco à minha frente, mas eu estava quase ultrapassando-o. Vi sua perna se contorcer. Passei na frente dele. Senti o vento ao passar por ele. Joguei as mãos para cima na chegada, como eles faziam. Pensei que tinha chegado primeiro; não havia fita de chegada e não vi ninguém perto de mim quando ultrapassei a linha final. Mas Richard Shiels tinha chegado primeiro, correndo num dos lados do campinho. Segundo lugar entre vinte. Tinha superado dezoito. Henno tinha algo a dizer:

— Muito bem, Sr. Clarke. Se pelo menos você fosse assim tão veloz com suas respostas na aula.

Eu era muito rápido na classe; sabia mais sobre algumas coisas do que o próprio Henno. Ele era um canalha bastardo. Um bastardo é alguém cujos pais não são casados, ou é filho ilegítimo. Henno não era um filho ilegítimo, nem por isso deixava de ser um bastardo canalha. Ele não podia simplesmente me dar a medalha. Tinha que fazer um comentário maldoso. Não achei ilegítimo no meu dicionário, mas legítimo significava conforme a lei, legal, então ilegítimo devia ser o exato oposto. Hirsuto significava peludo.

— O pinto dele é hirsuto!
— Hirsuto!
— Hirsuto, hirsuto, hirsuto!
A medalha tinha um atleta desenhado, sem nome e sem nada escrito. O atleta, vestido com uma camiseta branca e shorts vermelhos, mas descalço. Sua pele era da mesma cor da medalha. Caminhei para casa; não corri. Fui até o papai primeiro.
— Agora não; estou ocupado.
Nem levantou os olhos. Estava lendo o jornal. Sempre falava sobre Backbencher aos sábados, contando à mamãe o que Backbencher tinha dito. Talvez ele estivesse lendo Backbencher. Mexeu no jornal endireitando as folhas. Não estava zangado, nem nada.
Me senti um idiota. Deveria ter ido à mamãe primeiro; teria sido mais fácil então, o que aconteceu depois. Caminhei para a porta, minhas pernas bambas. Ele estava na sala de visitas. Paz e tranquilidade, isso é o que ele tinha lá, o único lugar na casa toda. Eu não me importava de esperar, o que me chateava era que ele nem sequer levantou os olhos da página. Ia fechar a porta sem fazer barulho.
Ele olhou para mim:
— Patrick?
— Desculpe.
— Não, venha aqui.
O jornal caiu no chão, dobrado. Ele deixou cair.
Soltei a maçaneta da porta. Ela estava precisando de graxa. Voltei à sala. Estava com medo e contente, um pouco de cada. Queria ir ao banheiro, ou achei que queria, esse tipo de sensação. Perguntei qualquer coisa.
— Você está lendo Backbencher?
Ele sorriu.
— O que é isso aí?
— Uma medalha.
— Mostre. Você devia ter me contado. Você ganhou.
— Segundo lugar.
— Quase primeiro.

— É.
— Legal, filhão.
— Pensei que tinha chegado em primeiro.
— Da próxima vez. Mas segundo lugar também é bom. Ponha aqui.

Ele estendeu a mão.

Como queria que ele tivesse feito isso da primeira vez. Não era justo o jeito que fazia a gente quase chorar antes de mudar de ideia e fazer o que a gente queria que fizesse. Não acontecia sempre, mas às vezes, quando ele ocupava partes da sala sozinho, e fazia a casa ficar diferente nos fins de semana. Eu nunca podia simplesmente correr para ele. Tinha que checar primeiro. Culpava o jornal. Jornais eram inúteis, com suas manchetes, "Terceira Guerra Mundial iminente", quando era só os israelenses de encrenca com os árabes. Eu detestava isso. Se alguém diz que vai matar, então tem que matar mesmo.

— Vou te machucar.

Assim era melhor.

Jornais eram chatos. Papai às vezes lia em voz alta para mamãe o que Backbencher dissera e era tanta estupidez. Mamãe ouvia, mas só porque papai queria ler e ele era o seu marido.

Muito bem.

Isso é o que ela sempre dizia, mas nunca soava como se realmente achasse bom; dizia isso do mesmo jeito que dizia "Vá dormir".

— O Verbo se fez carne!

Zumm.

— Backbencher!

Os jornais eram enormes, com letras miúdas, e levavam o dia todo para ler, especialmente aos sábados e domingos. Eu li alguma coisa sobre uma cruz que foi profanada por marginais. Estava na primeira página do *Evening Press* e me levou oito minutos para ler. Havia uma fotografia da cruz, mas não mostrava nenhum estrago. Sempre sabia, no caminho para comprar o jornal, as notícias que viriam em destaque. Por exemplo, se estivesse um dia bonito, dia de verão quente e ensolarado, sempre tinha uma fotografia de garotas ou crianças na praia, sempre três delas em fila; as crianças segurando baldinhos de areia com pazinhas. Isso é o que acontecia com papai: ele começava a ler o jornal e por isso tinha que terminar — achava que estava sendo correto ao fazer isso —, e levava o dia inteiro nessa tarefa. Tornava-se mal-humorado e perigoso. O tempo era curto e, porque as letras eram miúdas, ele não podia ser interrompido de jeito nenhum. Sábado à tarde: mamãe estava nervosa, nós todos o odiávamos e tudo o que ele tinha feito o dia todo era ler Backbencher.

"Te crucifico."

A mãe de James O'Keefe sempre dizia isso para ele, seus irmãos e irmã. Mas o que ela queria dizer era: "Faça o que te digo. Vou te dar uns couros. Vou te esfolar vivo. Te quebro cada osso do teu corpo. Te esquartejo. Te mutilo."

Era tudo besteira.

"Ainda vou me contorcer por causa de você." Não sabia o que ela queria dizer com isso. A Sra. Kilmartin vociferou isso a Eric, o seu filho débil mental. Ele tinha aberto todos os saquinhos individuais de seis caixas de batatinhas fritas.

Mamãe me explicou.

— Ela quer dizer que vai matá-lo e vai ser enforcada por isso, mas não está falando sério.

— E por que ela não diz o que realmente quer dizer?

— Gente grande é assim.

Deve ser incrível ser débil mental. Você pode fazer tudo que quer e não vai ter qualquer problema por isso. Não dá para você fingir que é débil mental. Tem que ser assim o tempo todo. Nenhum dever de casa e babar quanto quiser no jantar.

Agnes, a mulher que trabalhava na lojinha da Sra. Kilmartin porque esta só tinha tempo para ficar espiando atrás da porta, passava horas todo dia com uma tesoura cortando pedacinhos das primeiras páginas dos jornais, a parte onde tinha o nome do jornal com a data embaixo, mais nada.

— Por quê?

— Para mandá-los de volta.

— E por quê?
— Porque eles não querem o jornal inteiro de volta.
— E por que não?
— Porque eles não precisam deles. São inúteis com a data vencida.
— Posso ficar com eles?
— Não, de jeito nenhum.

Não os queria de verdade. Só falei porque sabia o que ela ia responder e estava só checando.

— A Sra. Kilmartin limpa a bunda com eles — eu disse. Disse baixinho.

Simbad estava lá. Ele fixou os olhos na porta da vitrine: lá estava ela. Agnes replicou aos sussurros:

— Vão embora, moleques, ou eu conto a ela.

Ela morava com a mãe; não era bem uma mulher ainda. As duas viviam num bangalô que ficava no meio das casas novas. A grama no jardim de sua casa estava sempre perfeita.

A expressão no rosto do papai era diferente quando estava lendo o jornal. Era mais acentuada, com as sobrancelhas cerradas. Às vezes ficava com a boca aberta, mas rangia os dentes. Quando ouvia-o rangendo os dentes não sabia que barulho era aquele. Olhei ao redor da sala. Me levantei. Estava sentado no chão ao lado dele esperando que acabasse de ler. Não vi nada. Olhei para a mamãe. Ela estava lendo uma revista; lendo mesmo, não; virando as páginas, olhando para a página enquanto virava, a mão acompanhando a folha, com o mesmo espaço de tempo para cada uma delas. Olhei para o papai para ver se ele também estava escutando o mesmo barulho que eu, coisas pesadas se quebrando, então vi sua boca se movendo. Fiquei observando: a boca se movia ao mesmo tempo que o barulho; era o barulho. Esperei pelo estalo. Queria avisá-lo. Eu o odiava por fazer aquilo. Jornais eram vis.

— Estava pensando em fazer porco amanhã, só para quebrar a rotina.

Ele não disse nada; nem olhou.

— Acho que seria gostoso.

Seu rosto enfiado na página. Seus olhos não se moviam. Não estava lendo. Ele a fez perguntar:

— O que você acha?

Ele remexeu no jornal. Dobrou as páginas. Concentrou-se na pergunta. Quando falou, foi como se não estivesse falando, como se as palavras fossem suspiros — nem mesmo sussurros.

— Faça o que quiser.

O rosto no jornal, pernas cruzadas e rígidas, sem ritmo.

— O que quiser.

Não olhei para mamãe ainda; esperei.

— Você sempre faz mesmo.

Ainda não olhei para ela.

Ela não disse nada.

Fiquei escutando.

Ele era o único que eu ouvia respirar. Sugando o ar com o nariz. Oxigênio para dentro, gás carbônico para fora. As plantas faziam o contrário. Agora dava para ouvi-la, a sua respiração.

— Posso ligar a TV? — pedi.

Queria lembrá-lo que eu ainda estava lá. Estava para começar uma briga e eu poderia evitá-la só com minha presença.

— Televisão — disse ela me corrigindo.

Estava tudo bem. Nunca diria aquilo se não estivesse tudo bem. Mamãe detestava meias palavras e palavras que não existiam. Só gostava das palavras inteiras, palavras próprias.

— Televisão — eu disse.

Não ligava se fosse "tá" ou "pra" ou palavras encurtadas. Essas eram diferentes. "É te-le-vi-são", ela diria, sem desistir.

Sua voz estava normal.

— Televisão — eu disse. — Posso?

— O que está passando? — perguntou ela.

Não sabia. Não me importava. O som iria tomar conta da sala. Ele iria olhar.

— Alguma coisa — eu disse. — Talvez um programa sobre política. Alguma coisa interessante.
— Como o quê?
— *Fianna Fail* versus *Fine Gael*[43] — eu disse.
Papai levantou os olhos e olhou para mim.
— Está passando agora? — perguntou.
— Talvez esteja — eu disse. — Não tenho certeza.
— Um jogo entre eles?
— Não — eu disse. — Debate.
Os únicos programas que ele não fingia que estava assistindo eram aqueles em que as pessoas conversavam e *O homem de Virgínia*.
— Você quer ligar a televisão? — perguntou.
— Sim.
— E por que não disse logo?
— Mas eu disse.
— Então ligue — decretou.
Suas pernas se moviam, uma em cima da outra, para cima, para baixo. Ele, às vezes, punha Catherine e Deirdre no seu pé e balançava para cima e para baixo. Fez isso com Simbad também, me lembrava — então já devia ter feito comigo. Me levantei.
— E o dever de casa?
— Feito.
— Todinho?
— Sim.
— Soletração?
— Sim.
— Quantas?
— Dez palavras.
— Dez delas. Vamos, me dê uma.
— Sedimento. Você quer que eu diga?
— Se você já fez, não precisa, mas pode dizer.
— S-e-d-i-m-e-n-t-o.

---

43 Os dois principais partidos políticos irlandeses. [N.E.]

— Sedimento.
— C-e-n-t-e-n-á-r-i-o.
— Centenário.
— Isso. É o nome que se dá quando se completa cem anos.
— Como o aniversário da sua mãe.
Pronto. Tudo estava bem. Tudo normal de novo. Ele tinha brincado. Mamãe riu. Eu ri. Ele riu. Minha risada foi a mais longa. Enquanto ria, pensei que ia começar a chorar. Mas não comecei. Meus olhos piscaram loucamente, mas consegui fazer parar.
— Sedimento tem quatro sílabas — eu disse.
— Muito bem — disse mamãe.
— Se-di-men-to.
— E centenário?
— Cen-te-ná-rio. Quatro.
— Muito bem. E cama?
Abri a boca para responder e de repente percebi o significado da pergunta.
Me levantei rápido.
— OK.
Queria ir, enquanto estivesse tudo bem. Eu tinha feito ficar tudo bem.

Dois professores tinham faltado porque estavam doentes, e Henno precisava tomar conta de uma outra classe além da nossa. Ele nos deixou com um monte de somas escritas na lousa para fazer. Deixou a porta aberta. Ninguém estava brincando ou fazendo barulho. Eu gostava de divisões compridas. Usava a régua para fazer as linhas estreitas. Gostava de adivinhar se tinha a resposta certa antes de chegar ao fim da página. Um arranhão e risadas. Kevin tinha se inclinado sobre a carteira de Fergus Shevlin e feito uma linha torta no caderno dele, mas usou o outro lado da caneta, por isso não tinha marca nenhuma, mas Fergus levou um susto enorme. Eu não vi. Estava na frente da sala naquela semana e Kevin no meio.

Sempre dava para perceber quando Henno tinha voltado. A sala caía num silêncio profundo, por alguns segundos.

Ele estava na sala. Sabia. Não olhei. Estava quase acabando minha soma.

Estava em pé ao meu lado.

Ele pôs um caderno na minha cara. Estava aberto. Não era meu. Havia linhas molhadas de tinta escorrendo pelas páginas. Elas tornavam o azul da tinta mais claro; e também havia linhas azuladas onde alguém tentou secar as lágrimas com as mãos.

Esperei pelo tapa.

Olhei para ele.

Simbad estava lá com ele. Eram as lágrimas de Simbad, dava para perceber pelo seu rosto e pela sua respiração cortada.

— Olhe para isso — disse Henno.

Queria que eu olhasse para o caderno. Fiz o que pediu.

— Não acha que é uma vergonha?

Não disse nada.

Não tinha nada de errado, a não ser as lágrimas. Elas estragavam a escrita, mais nada. A escrita de Simbad não era ruim. Era grande e as linhas de cada letra faziam curvas como rios, porque ele escrevia bem devagar. Algumas das curvas saíam da linha, mas não muito. Eram apenas as lágrimas.

Esperei.

— Tem muita sorte de não estar nesta classe, Sr. Clarke Junior — disse Henno a Simbad. — Pergunte ao seu irmão.

Ainda estava tentando entender o que havia de errado com o caderno, por que eu tinha que olhar para ele e por que o meu irmão estava ali. Ele tinha parado de chorar. Seu rosto estava normal.

Era um sentimento novo: alguma coisa muito injusta estava acontecendo; alguma coisa doída. Ele só tinha chorado. Henno não o conhecia. Só implicou com ele.

Ele falou comigo.

— Ponha o caderno na mochila e mostre para a sua mãe assim que chegar em casa. Mostre a ela o tipo de indivíduo que ela cria. Entendeu?

Não ia fazer isso, mas tive que dizer sim.

— Sim, senhor.

Queria olhar para Simbad, para mostrar a ele que não ia. Queria olhar para todo mundo ao redor.

— Ponha na mochila, então.

Fechei o caderno com cuidado. As páginas ainda estavam um pouco úmidas.

— Suma da minha vista, já! — Henno disse a Simbad.

Simbad se foi. Henno o chamou de volta para que fechasse a porta; perguntou se ele tinha nascido num estábulo. Depois foi até a porta e a abriu de novo, para escutar qualquer barulho que viesse da outra classe.

Dei o caderno a Simbad.

— Não vou mostrar à mamãe — eu disse.

Ele ficou em silêncio.

— Não vou contar a ela o que aconteceu — assegurei.

Precisava que ele soubesse disso.

Um dia ela não se levantou de manhã. Papai foi buscar a Sra. McEvoy para tomar conta das meninas durante o dia. Eu e Simbad tivemos que ir à escola.

— Tomem café aqui — disse ele.

Abriu a porta da cozinha.

— Já se lavaram?

Mas ele se foi antes que eu respondesse que sempre me lavava antes de descer para tomar café. Sempre preparava meus sucrilhos, pegava a tigela e punha os sucrilhos sem derramar, jogava o leite e depois o açúcar. Punha o açúcar na colher e polvilhava em cima dos sucrilhos. Mas nessa manhã não sabia o que fazer. Estava confuso. A tigelinha não estava na mesa. Sabia onde ela guardava as tigelinhas. Pedia para eu guardá-las, às vezes. O leite também não estava. Acho que ainda estava no batente da porta da frente. Só tinha o açúcar. Levantei a mão para pegá-lo. Não queria pensar. Não queria pensar em mamãe lá em cima no quarto. Sobre sua doença. Não queria vê-la. Estava com medo.

Simbad me seguia.

Se ela não estivesse doente, se estivesse na cama, teria que saber por que ela não tinha se levantado. Não queria descobrir.

Não conseguia ir ao quarto. Não queria saber. Tudo estaria normal de novo quando a gente voltasse da escola.

Comi uma colher de açúcar. Não deixei na boca muito tempo para que ficasse gostoso. Não estava com fome. Não me importava com o café da manhã. Faria torradas. Gostava do gás.

— O que é que ela tem?

Não queria saber.

— Cala a boca.

— O que é que ela tem?

— Cala a boca.

— Ela está doente?

— Está de saco cheio de você. Agora cala a boca.

— Ela não está bem?

Gostava do chiado do gás e do cheiro que saía por uns segundos. Agarrei Simbad. Pus sua cara perto do gás. Ele a afastou para longe. Ele não era mais tão fácil de controlar como antes. Seus braços eram fortes. Mas ainda não conseguia ganhar de mim. Nunca conseguiria. Eu seria sempre maior do que ele. Fugiu.

— Vou contar.

— A quem?

— Papai.

— O que você vai contar a ele? — perguntei, me aproximando.

— Que você estava mexendo com o gás — disse ele.

— E daí?

— Você sabe que a gente não deve.

Ele correu para o corredor.

— Você vai acordar a mamãe — eu disse. — Aí ela nunca vai melhorar e você vai ser o culpado.

Ele não iria contar nada.

— Vocês dois estiveram metidos nisso.

Isso era o que ele quase sempre dizia.

Abri a porta da cozinha para me livrar do cheiro de gás.

Se mamãe não estivesse doente de verdade, se eles tivessem tido uma de suas brigas, teria escutado alguma coisa.

Eles estavam rindo antes de eu ir para a cama. Estavam conversando.

Fechei a porta.

Papai estava voltando. Podia ouvir suas passadas. Ele abriu a porta e entrou, uma passada só. Deixou a porta aberta.

— Dia bonito lá fora — comentou. — Já tomaram café?

— Sim, já — eu disse.

— Francis também?

— Sim.

— Muito bem, rapazes. A Sra. McEvoy vai tomar conta de Cathy e de Deirdre. Ela é muito boazinha.

Olhei para seu rosto. Não estava duro, ou branco; não dava para ver as veias no pescoço. Parecia calmo e bonzinho. Não tinha acontecido nada. Mamãe estava mesmo doente.

— Assim sua mãe pode melhorar mais rápido — disse ele.

Agora queria ir vê-la. Tudo estava bem. Ela estava apenas doente.

— Eu nem vou ter tempo de tomar café — disse ele, mas parecendo gostar da ideia. — Nada de descanso para esse filho de Deus.

— Posso ir vê-la? — perguntei.

— Ela está dormindo.

— Só para olhar.

— Melhor não. Você pode acordá-la. Melhor não. Você se importa?

— Não.

Não queria que eu fosse lá. Alguma coisa não cheirava bem.

— E o lanche de vocês? — quis saber. — Vocês vão ter que ficar na escola.

— Sanduíches — eu disse.

— Vocês conseguem fazer? Vou vestir as meninas.

— Sim.

— Bom garoto — disse ele. — O de Francis também, certo?

— OK.

A manteiga estava dura. Tinha visto mamãe fazendo. Passando a faca em cima. Mas eu não conseguia. Pus pedacinhos

de manteiga em cada canto do pão. Não achei nada na geladeira para pôr nos sanduíches, nada que tenha encontrado, a não ser queijo, e eu detestava queijo. Por isso fiz sanduíches de pão com pão. Fiz um para Simbad também, no caso de papai checar. Se ele descesse a escada sorrindo, ia pedir dinheiro para comprar batatinhas fritas para comer com os sanduíches.
Ele sorriu.
— Posso comprar batatinhas para comer com os sanduíches?
— Boa ideia — disse ele.
Ele sabia que eu estava pedindo dinheiro para comprar. Estava com uma menina em cada braço; elas riam. Sanduíches com batatinhas fritas. Teria que sair de fininho da escola no recreio, porque a gente não podia deixar o pátio, a não ser que fosse levar um recado para um professor ou coisa assim. Não tinha nada de errado com ela. Só estava um pouco adoentada. Agora sabia disso com certeza. Ela estava com dor de barriga ou dor de cabeça, só isso, ou até mesmo gripada. Papai pôs Catherine no chão para poder pegar o dinheiro do bolso. Nada que não a fizesse estar de pé quando a gente voltasse para casa.
— Aqui.
Ele achou o dinheiro.
— Pegue.
Dois xelins.
— Um para cada um — avisou. — Sem briga.
— Obrigado, papai.
Simbad tinha voltado.
— Papai nos deu um xelim para cada — contei para ele.
— Mamãe vai estar melhor quando a gente voltar, não é? — perguntou.
— Provavelmente — disse papai. — Talvez não, mas provavelmente sim.
— Sanduíches com batatinhas fritas.
Mostrei os dois xelins. Peguei o lenço, pus os dois xelins no meio, embrulhei o lenço e o pus de volta no bolso, bem no fundo, o dinheiro bem guardado.

***

Demorei a voltar para casa, de propósito. Escondi a mochila de livros entre a cerca e o muro da casa de Liam e Aidan, e fomos procurar o Doidão. O Doidão vivia nos campos. Quase não tinha mais campos, mas ele ainda andava por lá. Já o tinha visto uma vez. Ele pulou dentro de uma trincheira quando eu estava olhando. Usava um casaco enorme e preto e um boné. Era sujo e corcunda. Não tinha dentes, só dois tocos escuros na frente, como Tootsie. Não vi os dentes — ele estava muito longe —, mas era assim que eles eram. Só vi sua silhueta. Todos nós o vimos naquele dia. Corremos atrás, mas ele fugiu. Íamos matá-lo por causa de todas as coisas que fez . Comia passarinhos e ratos e qualquer coisa de comer que achasse nas lixeiras. Papai sempre levava a lixeira para o portão às quartas-feiras porque o lixeiro passava às quintas de manhã e ele sempre tinha muita coisa para fazer toda manhã. Uma quinta-feira, a tampa da lixeira estava fora do lugar e um monte de lixo estava espalhado ao redor, sacos e ossos, latas e todas as coisas que estavam no topo da lixeira, o lixo de segunda, terça e quarta-feira. Voltei para dentro de casa e contei para a mamãe.

— Gatos — explicou. — Eles espalham tudo no chão.

Estava indo à escola. Olhei o lixo. Tinha um naco faltando num pedaço de pão. Era redondo. Chutei-o para longe e a marca do pão ficou na calçada. O Doidão.

Ninguém conseguia pegá-lo. Uma garota em Baldoyle foi levada ao hospital em Jervis Street porque tinha desmaiado ao chegar em casa depois que o Doidão, que estava escondido numa pilastra, pulou na frente dela e mostrou o pinto. A polícia procurou por ele e não achou. Ele sabia muito bem quando a gente estava andando sozinho.

— Ele esteve no exército durante a guerra — disse Aidan.

Só estávamos eu, Aidan e Liam. Kevin tinha ido a algum lugar com o pai e a mãe dele; sua avó estava doente e ele teve que vestir as roupas de domingo. Ele trouxe um bilhete pedindo permissão para sair cedo da escola. Era bom que não estivesse com a gente, mas eu não disse nada.

— E quem te contou? — perguntei.

Não perguntei do mesmo jeito que diria se Kevin estivesse com a gente.

— Ele levou um tiro na cabeça e ninguém conseguiu tirar a bala direito; foi por isso que ele ficou doido. Mesmo assim, a gente ainda deveria matá-lo.

— É.

— Acho que a avó de Kevin está morrendo — disse Liam. A gente teve que usar as nossas roupas de domingo quando mamãe morreu. Você se lembra?

— Não — disse Aidan. — Ah, sim. Teve uma festa depois.

— Uma festa?

— É — disse Aidan.

— É — repetiu Liam. — Um tipo de festa. Com sanduíches e bebidas para os adultos.

— Para a gente também.

— Alguns deles estavam cantando.

Queria ir para casa.

— Não acho que vamos achá-lo hoje — supus. — Está muito claro.

Eles concordaram. Nada de covarde, cagão ou alguma coisa assim. Peguei minha mochila e diminuí as passadas, me pondo a caminhar normalmente. Peguei uma folha da árvore dos Hanleys, dobrei e observei a linha ficar escura na dobra onde a folha quebrou. Cheguei no portão.

Ela ainda estava de roupão. Só isso.

— Olá — saudou.

— Oi — respondi.

Simbad já estava em casa e sem sapatos. Não havia nada de errado com ela. Nada visível.

— Você ainda está doente?

— Não — respondeu. — Estou bem.

— Você quer que eu vá à venda?

— Não, não precisa — disse ela. — Francis estava cantando uma canção nova para mim.

— Comemos sanduíches com batatinhas fritas de lanche — eu lhe contei.

— Eu sei — disse ela. — Continue cantando para mim, querido!
— Tally-ho hounds away
Simbad olhava para o chão.
— Tally-ho hounds away
Tally-ho hounds away
Me boys away[44]
Mamãe começou a bater palmas.

Ela permaneceu de roupão no dia seguinte também, mas isso era porque ainda não tinha se trocado. Estava melhor, mais animada, as costas retas. E também se movia mais rápido.
Fiquei acordado a noite toda, enquanto pude, quase a noite toda. Não houve nada. Acordei cedo — meio escuro ainda. Levantei da cama. Não fez barulho quando meus pés alcançaram o chão. Fui até a porta, na frente da tábua que chiava. Escutei. Nada. Dormiam. O ruído do papai. O ruído da mamãe, mais baixo. Voltei para a cama. Ela ainda estava quentinha, era uma delícia voltar para a cama ainda quente. Juntei meus pés perto do corpo. Não ligava de estar acordado. Era o único. Olhei para Simbad. Sua cabeça estava onde os pés deveriam estar. Seus pés, em outro lugar. Podia ver sua nuca. Olhei-o respirar. Havia passarinhos lá fora, um monte deles; três tipos diferentes. Eu sabia: eles estavam voando ao redor do leite. Antes havia uma espécie de cobertura pequena, perto do batente onde o leiteiro colocava o leite, para impedir que os pássaros mexessem nele, mas agora não tinha mais. Também tinha uma tampa de lata e uma pedra grande que ficava em cima dela, mas não estava mais lá, a tampa de lata. A pedra, não procurei. Não entendia por que todo mundo tentava impedir que os pássaros bebessem do leite, quando eles só bebiam um pouquinho do topo da garrafa e nada mais. Ouvi o alarme do despertador do quarto deles. Podia ouvir o relógio na mesinha de cabeceira do lado do papai. Ouvi alguém parar

---

44 Canção a partir de grito de caça para atiçar os cães. [N.T.]

o despertador. Esperei. Ouvi os passos dela vindo na direção da nossa porta. Tinha fechado a porta bem antes. Fingi que estava dormindo.

— Bom dia, meninos.

Continuei fingindo. Não precisava olhar. Sabia pela voz que ela estava melhor.

— Hora de acordar!

Simbad riu. Ela estava fazendo cócegas nele. Mas resmungava também, alegre e irritado. Esperei pela minha vez.

Isso não queria dizer que não tinha acontecido nada, nada de errado. Só queria dizer que, se alguma coisa aconteceu entre eles, se tivessem tido uma briga, agora ela estava melhor. Foi a primeira vez que ela não se levantou de manhã, com exceção de dois dias quando voltou do hospital depois de ter tido Deirdre. Estava na cama quando voltamos da casa da nossa tia. A gente tinha ficado lá enquanto ela estava no hospital. Nossa tia Nuala. Era a irmã mais velha de mamãe. Não gostava de lá. Eu sabia o que estava se passando, mas Simbad, não.

— Minha mamãe está no hop-sital.

Já não falava mais assim. Tinha melhorado.

Ela estava na cama quando chegamos em casa. Viemos de ônibus, dois ônibus, com o meu tio.

Fiquei vigiando. Escutando.

— Eles fizeram uma festa — disse a Kevin — depois do enterro. Na casa deles. Cantando e tudo.

Fui até a venda buscar dois bolos para Henno comer de lanche.

— Um pacote de biscoitos, se ela não tiver mais bolos.

Ele disse que eu podia ficar com um xelim porque fiz o favor; por isso comprei um pirulito gigante com o dinheiro. Mostrei a Kevin por baixo da carteira. Agora pensei que devia ter comprado outra coisa, algo que pudesse dividir com ele.

Quando Henno nos mandou dormir, Kevin me desafiou a chupar o pirulito sem ser pego. Se tirasse o pirulito da boca porque Henno podia ouvir o barulho ou estivesse vindo checar nossos cadernos, se me acovardasse, teria que dá-lo a Kevin. Ele só precisaria passá-lo na água da torneira e pronto.
    Henno foi conversar com a mãe de James O'Keefe depois que eu pus o pirulito na boca. A Sra. O'Keefe estava gritando. Henno nos pôs de aviso e fechou a porta. A gente ainda podia escutá-la. James O'Keefe não estava na sala. Chupei como louco o pirulito. Ela disse que Henno estava sempre encrencando com o seu filho. Fiz o pirulito girar dentro da boca, passando de uma bochecha à outra, mas também no céu da boca e na língua. Tinha ficado liso. Não conseguia tirá-lo da boca; pedi a Ian McEvoy que olhasse para mim; abri a boca: o pirulito estava branco. Tinha chupado a cobertura todinha. Ele era tão inteligente quanto qualquer um dos outros garotos, ela disse a Henno. Ela conhecia alguns deles e não havia do que se orgulhar. Henno abriu a porta e nos mandou ficar quietos de novo. "Acalme-se, Sra. O'Keefe", ouvimos ele dizer. Depois, nada mais. As vozes desapareceram. Ele devia ter ido para outro lugar com ela. Começamos a rir porque todo mundo estava olhando para mim chupando o pirulito. Ficavam dizendo que ele estava vindo e fingiam que ele vinha, mas eu não caí nessa, não. Não veio durante um século. Quando voltou, o pirulito estava tão pequeno que eu podia engoli-lo se quisesse. Tinha vencido. Olhei para Henno e engoli o pirulito. Tive que empurrar com toda a força para dentro da garganta. Depois disso ela ficou dolorida um tempão. Henno ficou muito bonzinho durante o resto daquele dia. Levou-nos ao campinho e nos mostrou como driblar. Minha língua tinha ficado rosa.

    Eles brigavam o tempo todo agora. Não diziam nada, mas era briga. Só a maneira como ele dobrava o jornal e batia nas folhas já era reveladora. A forma com que ela se levantava para atender uma das meninas chorando no andar de cima, suspirando e se curvando, querendo que ele visse que ela estava cansada. Havia algo ali. Eles talvez achassem que estavam escondendo da gente.

Não conseguia entender. Ela era tão boazinha. Ele era legal. Tinham quatro filhos. Eu era um deles, o mais velho. O homem da casa, quando papai não estava lá. Ela nos abraçava mais apertado agora, nos agarrava e olhava para cima ou para o chão. Não percebia quando eu tentava me soltar; já era grande demais para isso. Na frente de Simbad. Ainda adorava o cheiro dela. Mas não estava nos abraçando. Estava se apoiando na gente.

Ele esperava antes de responder. Sempre fazia isso, fingindo que não tinha escutado. Era sempre ela quem tentava fazê-los conversar. Ele respondia quando eu achava que ela iria perguntar de novo, mudando de voz, agora irritada. Era uma agonia esperar por ele.

— Paddy?
— O quê?
— Você não me ouviu?
— Ouviu o quê?
— Você me ouviu.
— Ouviu o quê?

Ela parava. Estávamos escutando. Ela tinha nos visto. Ele achou que havia ganhado. Também achei.

— Simbad?

Ele não respondeu. Mas não estava dormindo; sabia pela respiração.

— Simbad.

Sabia que estava escutando. Não me movi. Não queria que ele pensasse que eu ia pegá-lo.

— Simbad? Francis.
— O que é?

Pensei em alguma coisa.

— Você não gosta de ser chamado de Simbad?
— Não.
— Tá bom.

Não disse nada por um momento. Senti-o se mover, chegar mais perto da parede.
— Francis?
— O que é?
— Está ouvindo os dois?
Não me respondeu.
— Está ouvindo, Francis?
— Estou.
Era isso. Sabia que ele não iria dizer mais. Ouvimos o ruído de vozes nervosas vindo do andar de baixo. Ouvimos, e não só eu. Longo, longo tempo. Os silêncios eram o pior, esperando para começar de novo, ou mais alto. O barulho da porta batendo. A porta de trás — ouvi o vidro vibrar.
— Francis?
— O que é?
— É assim toda noite.
Não disse nada.
A respiração veio forte entre seus lábios. Ele fazia isso o tempo todo, depois que seus lábios tinham sido machucados.
— Só conversam — disse ele.
— Não é, não.
— É sim.
— Não é, não. Estão gritando.
— Não, não estão.
— Estão — afirmei. — Mas baixinho.
Esperei por uma prova. Nada.
— Eles pararam — disse ele. — Não estavam.
Ele parecia contente e nervoso.
— Vão fazer a mesma coisa outra vez amanhã.
— Não, não vão. Estavam só conversando sobre coisas.

Observei-o pondo as calças. Ele sempre levantava o zíper antes de fechar o botão da cintura e levava séculos, mas nunca mudava de expressão. Olhava fixamente para as mãos e fazia o queixo dobrar em dois. Esqueceu da camiseta e da camisa e teria que começar tudo de novo. Queria ajudá-lo, mas não pude.

Um movimento meu e ele mudava, se afastava, virava para o lado e resmungava.

— O botão deve ser fechado primeiro — eu disse a ele. — Em cima. Feche o botão primeiro.

Falei com um tom normal.

Ele continuou fazendo como antes. Do rádio lá embaixo vinha um som bonito; vozes.

— Francis — chamei.

Olhou para mim. Eu iria tomar conta dele.

— Francis.

Ele segurou as duas partes da frente das calças com as duas mãos.

— Por que está me chamando de Francis? — perguntou.

— Porque Francis é o seu nome, não é?

Seu rosto não me disse nada.

— É o seu nome de verdade — eu disse. — Você não gosta de ser chamado de Simbad.

Ele segurou os dois lados com uma mão e subiu o zíper com a outra, ainda como antes. Aquilo me irritava. Era idiotice.

— Você realmente não gosta? — perguntei.

Minha voz ainda era normal.

— Não me amole — rebateu.

— Por quê? — insisti.

Não disse nada.

Tentei de um outro jeito.

— Você quer que eu te chame de Francis?

— Não me amole — repetiu.

Desisti.

— Simmmm-bad!

— Vou contar à mamãe.

— Ela não liga — eu disse.

Ele não respondeu.

— Ela não liga — reiterei.

Esperei ele perguntar por que não. Iria pegá-lo. Ele não perguntou. Não disse nada. Virou de costas e fechou as calças.

Não bati nele.

— Ela não vai ligar — eu disse enquanto abria a porta do quarto.
Tentei de novo.
— Francis.
Ele não olhou para mim. Escondeu-se no pulôver enquanto o vestia.

— Vou lhe dar uma joelhada — ameacei, acertando as canelas dele.
Ele prostrou-se sem compreender a dor, caindo como um saco de batatas. Já tinha feito isso e também visto outros fazerem tantas vezes que não era mais engraçado. Era só uma desculpa; fingindo que era brincadeira machucar os outros. Nem sabia o seu nome. Era muito pequeno para ter um. Seu grito morreu quando percebeu que nada mais ia acontecer.
Um outro jeito era, com o dedo bem duro, enfiá-lo nas costelas de alguém com toda força, como um canivete, torcendo e dizendo "estou te chateando?". Era coisa nova, na escola, às segundas-feiras depois do fim de semana. Não dava para relaxar. Seu melhor amigo podia tentar: só de brincadeira. Ou agarrar o saco e mandar dizer "assovie". Alguns caras tentavam assoviar. Simbad recebeu um puxão no saco e uma joelhada ao mesmo tempo. Todo mundo teve a sua vez. Mas Charles Leavy, não.
Charles Leavy não fez isso com ninguém. Eu achava muito estranho. Ele podia ter tido todos nós em fila, como Henno numa sexta de manhã, e dado joelhadas em nossas pernas até a gente cair. Todo mundo queria se mostrar na frente de Charles Leavy. Queria dizer palavrões. Queria que ele olhasse para você do jeito certo.

Eles não diziam nada por um tempinho, mas isso não era mau; assistiam à televisão ou liam, ou mamãe tricotava. Isso não me deixava nervoso; seus rostos pareciam OK.
Mamãe disse qualquer coisa durante *O homem de Virgínia*.
— Onde é que o vimos antes?

Papai gostava de *O homem de Virgínia*. Não fingia que não estava assistindo.

— Acho que — disse ele — não tenho muita certeza; mas já o vi, isso eu sei.

Simbad não conseguia dizer *Virgínia* direito. Ele nem sabia o que significava e por que era chamado de *Virgínia*. Mas eu sabia.

— Ele vem da Virgínia.

— Certo — assentiu papai. — E de onde vêm os dublinenses, Francis?

— De Dublim — respondeu Simbad.

— Muito bem, rapaz.

Papai me cutucou. Cutuquei-o de volta, com meu joelho na sua perna. Estava sentado ao lado da sua poltrona, no chão. Mamãe perguntou se ele queria um chá durante os comerciais. Ele disse "não", depois mudou de ideia e gritou "sim".

Eles sempre conversavam durante o noticiário; falavam sobre as notícias. Às vezes não era bem conversa, só comentários.

— Mas é um safado.

— É.

Sabia quando ele ia chamar alguém de safado; sua poltrona chiava. Era sempre um homem e estava sempre dizendo qualquer coisa para o entrevistador.

— Quem pediu a opinião dele?

O entrevistador tinha feito a pergunta, mas sabia o que papai queria dizer. Algumas vezes, falava primeiro que ele.

— Seu safado.

— Muito bem, Patrick.

Mamãe não se importava se eu gritasse "safado" quando o noticiário estivesse passando. As notícias eram chatas, mas às vezes assistia até o fim. Achei que os americanos estavam lutando contra os gorilas no Vietnã; isso era o que parecia. Mas não fazia sentido nenhum. Os israelenses estavam sempre lutando contra os árabes e os americanos lutando contra os gorilas. Era legal que os gorilas tivessem um país só para eles, e não um zoológico, e os americanos estavam matando-os por causa disso. Mas havia americanos sendo mortos também. Eles estavam cercados e a guerra estava quase no fim. Eles tinham helicópteros. Delta do Mekong. Zona desmilitarizada. Ofensiva do Tet. Os gorilas no zoológico não pareciam difíceis de derrotar numa guerra. Eram bonzinhos, pareciam velhos e inteligentes e os pelos estavam sempre sujos. Os braços eram incríveis; adoraria ter braços como aqueles. Eu nunca tinha subido no telhado. Kevin já. Seu pai quase o matou quando descobriu, no momento que voltou para casa, e ele só tinha subido até o telhado da cozinha, a parte plana. Eu torcia pelos gorilas, apesar de dois tios e tias meus viverem nos Estados Unidos. Nunca os tinha visto. Eles nos mandaram dez dólares, para mim e Simbad, num Natal. Não me lembrava o que tinha comprado com os meus cinco dólares.

— Eu devia receber sete porque sou o mais velho.

E não me lembrava dos nomes do tio e da tia que nos mandaram o dinheiro, qual deles. Brendan e Rita ou Sam e Boo. Também tinha sete primos nos Estados Unidos. Dois deles tinham o mesmo nome que eu. Não ligava. Ainda torcia pelos gorilas. Até quando perguntei:

— E por que os ianques estão lutando contra os gorilas?
— O que disse?
— Por que os ianques estão lutando contra os gorilas?
— Você ouviu isso, Mary? Patrick quer saber por que os ianques estão lutando contra os gorilas.

Eles não riram, mas era engraçado. Dava para perceber. Queria chorar; tinha dado um fora dos grandes. Era um burro. Detestava quando me pegavam, mais do que qualquer outra coisa. Detestava. Isso era coisa de escola, não ser pego e ver os outros serem pegos. Agora não foi assim; não estava na escola. Ele me explicou o que era uma guerrilha. Agora entendia.

— Impossível de derrotar — disse ele.

Mas eu ainda torcia por eles, os guerrilheiros.

Agora tinha voltado para o locutor no estúdio. Charles Mitchell.

— Sua gravata está torta, olhe!

Aí veio Richard Nixon.
— Aquilo é que é um nariz — disse papai. — Olhem!
— Ele é até mais bonito do que a maioria deles.
Não demorou muito. Ele só cumprimentou algumas pessoas. Quando Charles Mitchell voltou, sua gravata estava direita. Eles riram. Eu também. Não havia muita coisa mais: duas vacas mortas e um fazendeiro falando sobre elas. Ele estava com muita raiva. Ouvi o chiado.
— Safado!
Nada de diferente aqui. Nenhuma dica, nenhuma voz pesada, nenhuma reclamação. Estava tudo normal.
— Para a cama, filhote.
Não me importava. Queria ir. Queria ficar acordado na cama por um tempinho. Dei um beijo em cada um. Ele tentou fazer cócegas com o queixo. Fugi. Deixei que me pegasse sem precisar se levantar da poltrona. Então fugi de novo.

— Sua mãe e seu pai, eles brigam?
— Não.
— Não brigar de socos e chutes — expliquei. — Tô falando assim de gritar e discutir.
— Ah, sim — disse Kevin. — Fazem isso o tempo todo.
— Mesmo?
— É.
Fiquei contente de ter perguntado. Tinha levado o dia todo para chegar lá. Tínhamos caminhado até Dollymount, fingimos uma briga — estava congelando — e voltamos para casa e ainda não tinha perguntado até quando chegamos na rua Barrytown, já perto das lojas.
— E os seus?
— Se eles brigam?
— Sim.
— Não.
— E por que perguntou, então? Acho que brigam.
— Não — reafirmei. — Só discussões. Como os seus.
— E por que me perguntou?

— Meu tio e minha tia — eu disse. — Mamãe estava conversando com papai sobre eles. Meu tio deu um soco na minha tia, ela bateu nele de volta e chamou a polícia.

— E o que eles fizeram?

— Prenderam ele — eu disse. — Vieram numa viatura com uma sirene.

— Ele está na cadeia?

— Não. Foi solto. Mas teve que prometer que não faria aquilo de novo. Por escrito. E escrever e assinar o nome embaixo. E se por acaso fizer de novo, vai para a cadeia por dez anos, os meus primos vão ser mandados para Artane e minha tia ficará com as meninas, porque ela não teria como sustentá-los todos.

— Como ele é?

— Grande.

— Dez anos — disse Kevin.

O mesmo tempo que eu ou Kevin tinha de idade.

— Isso é tempo demais só por bater em alguém. E ela? — ele se lembrou. — Ela também bateu nele.

— Mas não foi com força — eu disse.

Adorava inventar essas coisas. Adorava quando o próximo pedaço da história vinha na cabeça. Fazia sentido, crescia e dava para continuar até quando quisesse acabar. Era como numa corrida. Mas eu sempre vencia. Falava o que vinha na cabeça e acreditava naquilo, de verdade. Mas agora era diferente. Para começar, não devia ter perguntado a ele; era a pessoa errada. Devia ter perguntado a Liam. Tinha escapado, mas Kevin provavelmente diria à sua mãe sobre o caso de meu tio e minha tia e ela diria à mamãe, apesar de as duas não se gostarem muito. Dava para perceber pelo jeito como continuavam a se mover quando se encontravam em frente às lojas, como se estivessem com pressa para poder conversar por muito tempo. Ela diria à mamãe, e mamãe me perguntaria o que andei falando para Kevin e eu sabia que não seria tão fácil escapar dessa.

— Mas por que estava falando sobre pais e mães brigando?

Teria que fugir de casa.
Não tinha dito os nomes dos meus tios. De propósito.
— Foi só de brincadeira.
Estava pensando em fugir mesmo.
— Só queria aprontar com ele.
Fiquei um tempão — Henno tinha ido conversar com um outro professor — olhando para o mapa da Irlanda.
— Só estava enganando-o.
Ela riria. Sempre ria quando eu dizia coisas assim. Achava que eu era inteligente por causa disso.
— Vou deixá-los sozinhos por alguns minutos, rapazes — avisou Henno.
A gente adorava quando dizia isso. Dava para ouvir, até. Costas relaxando, se preparando.
— Uns minutos apenas — disse Henno. — Vou deixar a porta aberta. E vocês já conhecem os meus ouvidos mágicos.
— Sim, senhor — disse Fluke Cassidy.
Ele falou sério. Se qualquer um de nós tivesse dito aquilo, seria trucidado.
Henno saiu. Esperamos. Voltou à porta e esperou. Ficamos com os olhos nos livros, sem olhar para ver se ele ainda estava lá. Ouvimos suas passadas. Parou. Então ouvimos de novo, dessa vez o som diminuindo.
— Fodam-se os seus ouvidos mágicos!
Tentamos não rir muito alto. Era melhor assim, tentando não rir. Eu ri mais do que o normal; não conseguia parar. Tive que enxugar o rosto. Peguei o atlas da mochila. Não o usávamos muito, até agora somente para aprender os condados da Irlanda. Offaly era o mais fácil de lembrar porque era o mais difícil. Dublim era OK, isso se a gente não confundisse com Louth. Com Fermanagh e Tyrone, era difícil lembrar qual era qual. Olhei para o mapa da Irlanda de cima a baixo. Não havia lugar para onde fugir, talvez uma das ilhas. Mas um dia fugiria de qualquer jeito. Não dava para você fugir para uma ilha; tinha que ir de barco ou nadar pelo menos um pedaço do caminho. Não era um jogo,

porém: não havia regras. Um tio meu tinha fugido para a Austrália.

Abri o atlas no mapa-múndi que ficava no meio do livro. Havia lugares no meio, entre as duas páginas, que não conseguia decifrar porque as páginas não se abriam completamente. Mas havia muitos outros lugares.

Não estava brincando.

Henno disse que meus olhos estavam vermelhos. Falei que eu não estava dormindo o suficiente. Na frente de todo mundo. Também me avisou que ia telefonar para a mamãe e falar para ela me mandar para a cama às oito e meia toda noite. Em frente de todo mundo. Disse que ela estava me deixando ver televisão em excesso.

Ele me olhou nos olhos:

— Andou bebendo a noite passada, Sr. Clarke?

Só para zombar de mim.

A gente não tinha telefone em casa, mas não lhe contei.

Meu tio tinha ido sozinho para a Austrália. Não havia fugido, mas era muito jovem, não tinha nem dezoito anos. Ele ainda estava lá. Tinha seu próprio negócio e um barco.

Fiquei acordado a noite inteira. Foi por isso que mamãe achou que eu estava muito pálido e Henno disse que meus olhos estavam avermelhados. Tinha ficado acordado de propósito, a noite toda sem pregar o olho.

Não sabia o que estava acontecendo quando começou a ficar cinza em vez de completamente escuro; me metia mais medo do que o escuro. Era a aurora. Então os pássaros começaram. Eu estava vigiando. Só para ter certeza de que eles não iam começar de novo. O que precisava fazer era só ficar acordado. Como São Pedro quando Jesus estava no Jardim. São Pedro cochilou, mas eu não, nem mesmo uma vez. Fiz um canto na cama e sentei ali no escuro. Não me permiti entrar nas cobertas. Bati com a cabeça na parede. Me belisquei. Me concentrei no quanto podia aguentar. Fui ao banheiro e molhei meu pijama para que ficasse frio. Consegui ficar acordado.

O galo cantou.

Não houve mais brigas. Fui até a porta do quarto dos meus pais e encostei o ouvido, só escutando, sem respirar. Os dois dormindo, o ronco leve dele e a respiração dela tentando acompanhá-lo. Me afastei da porta e respirei fundo. Então comecei a chorar.

Missão cumprida.

Um galo cantou de verdade. Não inventei. Não foi có-có--ró-có-có-có; em vez disso, os seis sons pareciam mais ligados. Foi no sítio dos Donnellys, no fim da rua, o pedacinho de sítio que ainda existia. Era a primeira vez que tinha ouvido. Tinha visto os galos muitas vezes, junto com as galinhas, atrás da cerca de arame. Não sabia que era um galo até aquele momento; achei que era uma galinha diferente, talvez a rainha das galinhas. A gente às vezes punha grama pelas frestas para que ela chegasse mais perto da cerca.

— Ela é perigosa.
— Galinhas não são perigosas.
— Mas essa aí é.
— Olhe para os olhos dela.
— Os ovos dela são maiores. E azuis.

Ela não chegava perto de jeito nenhum. Não conseguíamos atirar pedras nela direito através da cerca de arame.

Ela gritou, palavras que eu não conseguia compreender. Quebrou qualquer coisa. Acho que foi ela porque o barulho veio logo depois do grito, como se fosse o fim do grito. Ele riu de uma maneira que indicava não ter sido por algo engraçado. Aí soluços. Me levantei para fechar a porta mas, quando cheguei lá, abri ainda mais.

— Patrick.

Era Simbad.

— Só estão conversando.
— Não me amole — eu disse.

Ele dormiu antes de começar a chorar de novo.

Agora só dependia de mim.

Eles pararam. Nada. Foram para a cama, um depois do outro, ele primeiro. Não foi ao banheiro; seu hálito ia cheirar mal de manhã. Escutei a cama chiar, o lado dele. Depois ela veio. Não sabia que a televisão estava ligada até a ouvir ser desligada. Depois ela na escada, pulando o degrau que rangia. Foi ao banheiro. A torneira. O ruído da escova de dentes. Ela usava uma azul, ele uma vermelha, Simbad uma menor verde e a outra vermelha era minha. Ela fechou a torneira, o ruído da bolha de ar subindo no cano até o sótão. Depois atravessou o corredor para o quarto. Abriu a porta escancarada até bater na cama, o lado dele — e depois, com um gesto da mão, trancou a porta. Tudo silencioso na escada, o barulho indo para o quarto.

Fiquei lá em pé, parado. Tinha que ficar quieto. Se eu me movesse, ia começar tudo de novo. Só podia respirar, mais nada. Era como quando Catherine ou a outra neném parava de chorar: 45 segundos, mamãe dizia, se elas não começassem de novo dentro de 45 segundos, então era porque tinham caído no sono. Fiquei lá em pé. Não contei; isso não era um jogo ou coisa de criancinhas. Não sei quanto tempo. O suficiente para sentir frio. Nenhuma voz, só uma mexida aqui e ali, se aconchegando. Todo mundo, menos eu.

Eu estava no comando. Eles não sabiam. Agora podia me mover; o pior tinha passado: Tinha conseguido. Mas tinha que ficar acordado a noite toda. Tinha que manter a minha vigilância noturna.

Rodésia. Era perto da linha do Equador, a linha imaginária ao redor da Terra. Havia elefantes, macacos e gente negra e pobre. Os elefantes nunca esqueciam. Quando sabiam que iam morrer, eles caminhavam até o cemitério de elefantes, deitavam lá e morriam. No meio do cemitério. Era muito longe. Iria lá quando fosse maior. Sabia mais uma coisa sobre a Rodésia. Tinha esse nome por causa de Cecil Rhodes, mas não sabia por quê; não me lembrava. Devia ser porque ele tinha descoberto o lugar ou conquistado. Não existiam mais países a serem descobertos; todos eles já tinham cores. Olhei para os outros países cor-de-rosa. O Canadá era enorme, quarenta, cinquenta vezes maior do que a Irlanda. A Polícia Montada Canadense.

Montados. Policiais a cavalo. Homens magros em cavalos velozes. Nenhum deles usava óculos. Jaquetas vermelhas. Calças que se abotoavam dos lados. Pistolas em coldres com uma alça e abotoadura de pressão. Isso para que a pistola não caísse quando galopassem mais rápido. Atrás dos *rustlers*.[45] *Rustlers*, não. No Canadá, eram contrabandistas. Esquimós que não obedecem à lei. Matando os ursos. Comandando os huskies nos trenós. Chicoteando os cães. Os rabos enrolados. Óculos de proteção.

— Vamos, rapaz.

O mapa na minha frente. Dava para cheirar o papel e a carteira.

Henno estava lá.

Não sabia o que tinha se passado, o que estava se passando.

— Levante-se, vamos.

Não parecia ser Henno. Mãos me segurando dos lados. Mãos de homem, embaixo dos meus braços. Fui erguido. Fiquei em pé ao lado da carteira. Só dava para ver o chão. Estava sujo. Mãos nos meus ombros. Me empurrando para a frente, me segurando. Não ouvi barulho nenhum. Não vi ninguém. Através da porta. Porta se fechando.

O rosto do Sr. Hennessey.

Olhando para mim.

— Tudo bem?

Balancei a cabeça. Uma vez só.

— Cansado?

Balancei a cabeça.

— OK. Acontece com todo mundo.

As mãos me segurando.

Subindo.

Superfície áspera.

Cansado demais para mover meu rosto. Tudo tão pesado.

Um cheiro.

Bom.

---

[45] Ladrão de gado nos Estados Unidos. [N.T.]

***

Acordei. Não me movi. Não estava na cama. O cheiro era diferente, couro. Vi o braço de uma poltrona. Estava deitado numa poltrona. Duas poltronas, uma em frente à outra formando uma cama. Estava no meio. Duas poltronas de couro. Ainda assim não me movi. Tinha um cobertor em cima de mim e uma outra coisa. Era um casaco. O cobertor era cinza e grosso. Conhecia o casaco. Conhecia o teto, a cor do teto, as rachaduras no teto como um mapa. A janela que precisava de um ferro para ser aberta. Conhecia aquela fumaça subindo do cinzeiro, fina e desaparecendo enquanto subia. Me levou um tempinho: estava na sala do diretor.

— Acordado?
— Sim, senhor.
— *Maith thú.*[46]

Ele separou as duas poltronas e me deixou sentar numa delas. Tirou o casaco de cima de mim e o pôs no cabide, junto com o chapéu.

— O que houve, meu filho?
— Não sei, não, senhor.
— Você caiu no sono.
— Sim, senhor.
— Na sala.
— Sim, senhor. Mas não me lembro.
— Dormiu bem a noite passada?
— Sim, senhor. Acordei cedo.
— Cedo.
— Sim, senhor. Ouvi o galo cantar.
— Isso é cedo.
— Sim, senhor.
— Dor de dente?
— Não, senhor. Dor nas pernas.
— É melhor contar para a sua mãe.
— Sim, senhor.

---

46 *Que bom.*

— Agora, volte para a sala de aula. Pergunte que lições você perdeu.
— Sim, senhor.
Não queria voltar para a sala. Estava com medo. Pego em flagrante. Estavam todos me esperando. Tinha sido pego. Estava sozinho. Ainda me sentia cansado. E idiota. Havia um branco na minha cabeça.
Não aconteceu nada. Bati na porta antes. Henno não estava na frente da sala quando abri a porta. Vi Liam perto da janela, Fluke Cassidy. Henno caminhando no corredor. Não disse nada. Ele me mandou para a minha carteira com um gesto de cabeça. Sentei. Ninguém me olhou feio. Ninguém sorriu ou fez qualquer movimento. Nada de recados em cima da carteira. Todos pensaram que eu estava doente; tinha qualquer coisa muito errada comigo, por Henno não ter me batido e, em vez disso, me carregado para fora. Eles me olharam quando voltei como se eu fosse fazer tudo de novo. Ninguém disse nada, nem Kevin.
Me senti o maior idiota.
Queria ir dormir de novo. Em casa. Queria dormir acordado, saber que estava dormindo.
Durante o resto do dia, Henno só me fez responder perguntas se eu levantasse o braço. Não tentou pegar, nem bater em ninguém. Eles sabiam que era por minha causa.
— Qual dos trópicos fica ao norte da linha do Equador?
Eu sabia. Levantei o braço. Usei a outra mão para segurá-lo no ar:
— Professor!
— Patrick Clarke.
— O Trópico de Câncer, senhor.
— Muito bem.
A sineta tocou.
— Sentados! Primeira fila, em pé...
Estavam esperando por mim lá fora, mas não como numa gangue ou em círculo. Fingiam não esperar. Queriam ficar comigo.
Não gostei muito.
— Sr. Clarke?

Henno estava de pé à porta.
— Sim, senhor.
— Venha aqui.
Fui. Não estava nervoso.
— Os demais, para casa.
Moveu-se para o lado para me deixar entrar. Não fechou a porta. Voltou para a mesa e sentou em sua ponta, com uma perna para fora.
Tentou sorrir e parecer sério.
— Como se sente agora?
Não sabia como responder.
— Sentindo-se melhor?
— Sim, senhor.
— O que houve?
— Caí no sono, senhor. Não sei por quê.
— Cansado?
— Sim, senhor.
— Não dormiu à noite?
— Um pouco. Acordei muito cedo.
Ele pôs as mãos cruzadas no joelho e se inclinou para perto de mim.
— Está tudo bem?
— Sim, senhor.
— Em casa?
— Sim, senhor.
— Bom. Pode ir. Pergunte aos outros o que tem de dever de casa e traga pronto amanhã.
— Sim, senhor. É para fechar a porta?
— Sim, meu caro.
A porta era maior do que a abertura. Foi a umidade que fez a porta expandir. Puxei a maçaneta com força e ela fechou, arranhando dos lados.
Estavam todos do lado de fora do portão, fingindo que não me esperavam. Todos queriam ficar comigo, eu sabia. Não me fez sentir bem. Deveria ter feito. Mas não. Não queriam me deixar sozinho, e eu sabia por quê: não queriam perder nada

— queriam ser os primeiros a buscar socorro. Queriam salvar a minha vida. Não tinham a mínima ideia.

— Quais são os exercícios que perdi?

Uma corrida para ver quem tirava a mochila das costas primeiro.

Eram uns molengas. Charles Leavy não estava lá. David Geraghty também não. Talvez ele precisasse ir direto para casa tomar comprimidos, ou qualquer coisa assim. Todos abriram as mochilas e tiraram a agenda de dever de casa. Tirei a minha e me sentei, encostando no muro. Deixei a grade tocar na minha cabeça. Deixei Kevin me dar sua agenda.

Charles Leavy não ligava. Era o único que sabia o que tinha acontecido: que eu tinha caído no sono. Ele ficava acordado a noite inteira o tempo todo. Escutando o pai e a mãe. Não se importando. Dizendo foda e boceta. Cabeceando sua bola de futebol.

Ficaram olhando enquanto eu escrevia a agenda do dia. Deixei minha mão tremer um pouco, mas depois desisti. Não estava me divertindo. Estavam todos lá e eu não gostava deles. Me sentia completamente só.

Não tínhamos tanto exercício para fazer.

Percebi alguma coisa muito esquisita. Queria ficar com Simbad.

— Francis, você quer?

Era um biscoito, apenas um biscoito. Eu queria um, mas preferi dar a ele. Queria que pegasse. Estava lhe dando. E ele nem olhava.

Agarrei-o.

— Abra a boca!

Seus lábios desapareceram quando fechou a boca com toda força. Preparou-se para o pior, ficou rígido como cadáver.

— Abra a boca!

Segurei o biscoito na frente dos seus olhos.

— Vê!

Fechou os olhos, apertados. Segurei sua cabeça e esfreguei o biscoito em sua boca fechada, até ele esfarelar e eu não conseguir segurá-lo mais. Era um biscoito recheado de figo.

— Veja! Era só um biscoito! Biscoito!
Sua cara ainda estava fechada.
— Biscoito recheado de figo.
Apanhei os pedaços do chão.
— Estou comendo, olhe!
Adorava a parte com o figo dentro, mole com pequenas pedrinhas que se quebravam. A parte que era o biscoito tinha se esfarelado tanto que não havia um pedaço que fosse para apanhar do chão.

Seus olhos e boca ficaram trancados. Não pôs as mãos cobrindo os ouvidos, mas eles estavam fechados também; dava para sentir.

— Terminei — eu disse — e não morri envenenado, olhe.
Abri meus braços em frente a ele.
— Olhe.
Dancei.
— Olhe.
Parei.
— Ainda estou vivo, Francis.

Não sabia se ele respirava. Em algumas partes o rosto estava rosado e, em outras, embaixo dos olhos, estava branco. Não se abriu comigo. Pensei em lhe dar uma canelada — ele merecia —, mas me faltava vontade; mesmo assim dei-lhe um chute. Bem no meio da perna. Meu pé balançou de volta. Ele ouviu o barulho; vi sua boca se encher de ar. Fui pegá-lo de novo, mas desisti.

Simbad me amedrontava.

Podia fazer tudo parar de acontecer, eu não.

— Francis...
Imóvel, duríssimo.
— Francis.

Toquei em sua cabeça, passando os dedos entre os seus cabelos. Não reagiu.

— Desculpa por ter te chutado.
Nada.

Saí do quarto e fechei a porta. Com força suficiente para ele ouvir o clique da maçaneta. Não a bati. Esperei. Me agachei e olhei pelo buraco da fechadura. Não conseguia ver onde ele estava. Buracos de fechaduras não são bons para essas coisas. Contei até dez. Abri a porta, de maneira normal.

Simbad ainda estava lá, do mesmo jeito. Exatamente do mesmo jeito.

Queria matá-lo. Ia matá-lo; não era justo. Tudo que eu queria era ajudá-lo e ele não me deixava. Nem ficar no quarto ele deixava e eu já estava lá. E ele ia descobrir de um jeito ou de outro.

Tapei seu nariz. Tapei as suas narinas com meus dedos, não para machucar, não com força.

Agora.

O nariz estava seco. Era mais fácil ficar segurando assim. O único ar que tinha era o que já estava nele antes.

Agora.

Ou morreria ou faria alguma coisa.

— Francis.

Cedo ou tarde, teria que inalar oxigênio e exalar gás carbônico. Vi as cores na sua cara mudando. Alguma coisa estava acontecendo.

Sua boca se abriu — nada mais — bem rápido, com um estalo, e fechou de novo; tão rápido quanto um peixinho dourado. Era impossível que tivesse respirado, pelo menos não o suficiente. Estava me iludindo.

— Francis, você está morrendo.

Seu nariz ainda não estava suando.

— Francis, você vai morrer se não respirar oxigênio — eu o avisei — dentro de minutos. Francis. É para o seu próprio bem.

Fez de novo. Abriu, pop!, fechou de novo.

Alguma coisa aconteceu: comecei a chorar. Ia lhe dar um murro, mas antes de fechar o punho comecei a chorar. Segurei seu nariz um pouquinho, mas só para poder ficar segurando nele. Não sabia por que estava chorando. Fiquei chocado com isso. Soltei o nariz. Pus os braços ao seu redor. Minhas mãos se juntavam nas costas dele. Ficou rígido e fechado. Achei que meus braços iriam amaciá-lo. Teriam que fazê-lo.

Estava abraçando uma estátua. Não podia nem sentir seu cheiro, pois meu nariz estava cheio de ranho e não conseguia limpá-lo. Fiquei daquele jeito porque não queria desistir. Meus braços ficaram doloridos. Meu choro se transformou em um ruído baixo, sem lágrimas. Imaginava: será que Simbad — Francis — sabia que eu estava chorando? Por sua causa, em parte.

Não parava de chorar esses dias.

Soltei meus braços dele.

— Francis?

Enxuguei o rosto, mas não estava mais molhado. Tinha evaporado.

— Nunca mais vou bater em você, tá bem? Nunca, nunca.

Não esperava uma resposta, nem nada. Mas esperei um pouco. Aí lhe dei um chute. E um murro. Duas vezes. Então senti minhas costas congelarem: alguém estava olhando. Me virei. Ninguém. Não bati nele de novo.

Deixei a porta aberta.

Queria ajudá-lo. Ele tinha que saber. Tinha que estar preparado, como eu. Queria poder ficar ao seu lado. Ele estava tão quentinho. Queria prepará-lo. Estava à sua frente. Sabia mais do que ele. Queria ficar na cama com ele para ouvirmos juntos. Não conseguia me controlar: se ele não fazia o que eu queria que fizesse, sempre voltava a irritá-lo, amedrontá-lo, machucá-lo. Odiá-lo. Era mais fácil assim. Simbad não me escutava. Não me deixava fazer nada por ele.

Comeu como se nada tivesse acontecido. Eu também. Torta de batatas e carne moída. A crosta dourada estava perfeita e cobria a torta como se fosse pele. A comida da mamãe me fazia quase acreditar que não havia nada errado: era sempre gostosa. Eu comia tudo. Uma delícia.

Fui à geladeira.

K.E.L.V.I.N.A.T.O.R.

Ela me ensinou essas letras. Eu me lembrava.

Gostava do jeito com que a porta da geladeira não me deixava abri-la e eu sempre ganhava no fim. Havia cinco garrafas de leite, uma delas aberta. Carreguei-a com as duas mãos — vidro sempre me deixava nervoso — para a mesa. Enchi minha caneca deixando um centímetro abaixo da borda. Detestava quando o leite derramava.

— Francis — eu disse —, você quer que eu encha a sua caneca com leite?

Queria que mamãe visse.

— Sim — respondeu.

Fiquei quieto. Não esperava que ele dissesse "sim". Achava que ia dizer "não" ou ficar calado.

— Sim, por favor — disse mamãe.

— Sim, por favor — repetiu Simbad.

Aproximei o gargalo da garrafa do aro da caneca e derramei o leite, a mesma quantidade que tinha posto na minha. Não sobrou muito na garrafa.

— Muito obrigado, Patrick — disse Simbad.

Não sabia como responder. Aí me lembrei.

— Não há de quê.

Levei a garrafa de volta à geladeira. Mamãe se sentou. Papai ainda estava no trabalho.

— Vocês estiveram brigando de novo? — perguntou ela.

— Não — respondi.

— Tem certeza?

— Não — eu disse. — Quer dizer, certeza de que não?

— Não — disse Simbad.

— Espero que não — disse mamãe.

— Não brigamos — garanti.

Então quis fazê-la rir.

— Eu lhe asseguro.

E ela riu.

Olhei para Simbad. Ele olhou para mamãe rindo. Sorriu. Tentou rir, mas ela parou antes que ele pudesse começar.

— Aprecio muito o seu jantar, minha senhora — eu disse.

Mas dessa vez ela não riu tanto.

***

Olhei para o papai por muito tempo, tentando adivinhar o que estava diferente. Tinha alguma coisa. Ele tinha acabado de chegar em casa, tarde, quase na hora de a gente ir para a cama. Era para ele ter corrigido meu dever de casa, um exercício de ortografia. Seu rosto estava diferente, mais marrom, mais brilhante. Pegou a faca devagar e depois olhou para o garfo como se tivesse acabado de descobrir que estava lá, ao lado do prato. Pegou-o com um ar de quem não sabia exatamente o que era. Seguiu o vapor que saía da comida no prato.

Ele estava bêbado. De repente me dei conta. Sentei à mesa, com meu caderno de ortografia como desculpa. Inglês na frente, gaélico atrás. Estava fascinado. Ele estava bêbado. Era uma coisa nova. Nunca tinha visto. O pai de Liam e Aidan uivava para a lua. E agora, aqui estava papai, bêbado. Estava dizendo a si mesmo o que fazer, dava para vê-lo se concentrando. Seu rosto estava rígido de um lado e leve do outro. Ele estava bonzinho. Abriu um sorriso quando percebeu que eu estava ali.

— Ah, aí está você — disse ele.

Nunca tinha falado assim antes.

— Vamos ver sua soletração.

Pediu para eu testá-lo. De dez palavras, acertou oito. Não conseguiu soletrar "exasperar" e "ritmo".

Mas não era por isso. Não, eles não estavam se afastando um do outro porque papai estava bebendo. Só havia uma garrafa de xerez na casa toda. Eu mesmo chequei. Era sempre a mesma. Não sabia nada sobre isso, quanto você precisa beber, o que realmente acontece quando você bebe. Sabia, porém, que aquela não era a razão. Procurei marcas de batom no seu colarinho. Tinha visto numa cena de *O agente da Unde*. Não achei nada. De qualquer maneira, não podia imaginar por que deveria haver marcas de batom no colarinho. Talvez mulheres sejam muito ruins de pontaria no escuro. Não sabia direito por que estava olhando o colarinho do papai.

Não conseguia nenhuma prova. Às vezes não acreditava. Tinha ocasiões em que pensava não haver nada errado pelo jeito como eles tagarelavam bebendo chá, o jeito que a gente assistia à televisão — mas voltava a realidade de novo antes que eu fosse enganado pela sensação de felicidade. Ela era maravilhosa. Ele era gentil.

Mamãe parecia mais magra, papai, mais velho. Parecia bravo, como se estivesse se fazendo de bravo. Ela olhava para ele o tempo todo, quando ele não estava olhando, como se procurasse por alguma coisa, tentando reconhecê-lo; como se ele tivesse dito que era alguém de quem ela se lembrava do nome, mas não tinha certeza de que gostaria dele quando se lembrasse realmente quem era. Às vezes, a boca de mamãe se abria e ficava aberta enquanto ela olhava. Ficava esperando que ele olhasse. Ela chorava o tempo todo. Achava que eu não percebia. Enxugava os olhos com as mangas e se esforçava para sorrir e até dava risadinhas tolas, como se o choro tivesse sido um erro e ela tivesse acabado de descobrir isso.

Não havia provas.

O Sr. O'Driscoll da casa no fim da rua antiga não vivia mais lá. Não porque tivesse morrido. Já o tinha visto. O pai de Richard Shiels de vez em quando não voltava para casa. Richard disse que era porque ele precisava ir trabalhar noutro lugar.

— África.

Mas não acreditava nele. Sua mãe uma vez apareceu com um olho roxo. A mãe de Edward Swanwick fugiu com um piloto da Aer Lingus. Ele costumava voar baixo acima da casa deles. Uma das chaminés rachou. Ela nunca mais voltou. Os Swanwicks...

— Aqueles que sobraram — disse a mãe de Kevin — se mudaram para Sutton.

Nós seríamos os próximos. Nunca mais vi Edward Swanwick. Éramos os próximos. Eu sabia muito bem disso e ia ficar preparado.

Espiávamos eles jogar. Charles Leavy estava no gol, o portão fechado atrás dele. Seán Whelan chutou a bola com toda a força contra o portão. Era a sua vez de ficar no gol. Charles

Leavy pegou a bola, chutou para o gol. Eles trocaram de posição de novo. A cabeça de Charles se contorcia. A bola sacudiu o portão.

— Ele não está tentando defender — disse Kevin.

— Porque não quer ficar no gol — eu disse.

Só molengas ficam no gol.

Apenas os dois estavam lá. A maioria das casas novas ainda não estava ocupada, mas a rua parecia mais terminada porque o cimento agora ligava-a com a rua Barrytown. Não havia mais o vão. Meu nome escrito no cimento. Era o meu último autógrafo. Já tinha enchido o saco. A rua já tinha um nome também: avenida Chestnut, a placa pregada na parede da casa dos Simpsons porque a deles era a casa de esquina. Estava escrito também em gaélico: *Ascal na gCastán*. Quando a bola quicava na rua, dava para escutar as pedras e pedregulhos. Havia poeira em todo canto, mesmo com o inverno já chegando. As ruas saindo da avenida Chestnut não faziam nenhum sentido. Não dava para ver como seriam quando estivessem terminadas.

Charles Leavy de volta ao gol. Defendeu uma porque não tinha outro jeito, a bola bateu direto nas suas pernas. Seán Whelan marcou um no rebote. Ele conseguia chutar baixo. O portão chacoalhou.

Demos o primeiro passo.

— Meio-campo — disse Kevin.

Eles simplesmente ignoraram.

— Ei! — intercedeu Kevin. — Meio-campo.

Charles Leavy esperou que Seán Whelan fechasse o portão direito novamente. Seu chute fez a bola atingir a pilastra, só a ponta, e a fez voar passando pelo nosso lado. Corri para pegá-la. Estava fazendo isso por Charles. Chutei a bola, tomando cuidado para que fosse direto até ele. Esperou até a bola parar, como se não quisesse admitir que eu fui buscá-la para ele, porque não queria nem olhar para mim.

Kevin tentou mais uma vez.

— Vocês não querem jogar meio-campo?

Charles Leavy olhou para Seán Whelan. Seán Whelan balançou a cabeça e Charles Leavy virou-se para a gente.

— Vão se foder — disse ele.

Eu queria desaparecer. Nunca ouvi isso dito assim, como se ele realmente desejasse aquilo. Era uma ordem. Não havia escolha. Ele nos mataria se ficássemos. Kevin também sabia disso. Dava para vê-lo se preparando para ir embora. Eu não disse nada até Charles Leavy ver que a gente estava indo mesmo.

— A gente pode ficar no gol — eu disse. — Eu e ele.

Continuamos nos afastando.

— Vocês podem ficar no ataque o tempo todo.

Charles Leavy acertou em cheio e Seán Whelan saiu do portão. Seán fez um gol mesmo antes de Charles chegar no portão, e então trocaram de novo. Dessa vez Seán Whelan deu de ombros e Charles Leavy passou a bola para mim. Para mim, não para Kevin.

Deixei-o ganhar a bola. Deixei-o ganhar todas as investidas. Punha a bola longe de mim, assim ele não tinha que me atacar para pegá-la. Eu quase lhe passava a bola. Queria que ganhasse. Precisava fazê-lo gostar de mim. Mas Seán Whelan, eu ataquei sem perdão. Estava usando minhas roupas boas — mamãe nos fazia usar nossas roupas boas o domingo inteiro. Não precisei ir para o gol nem uma vez, porque nunca cheguei a fazer três gols. Deixava Charles Leavy me passar quando ele estava no ataque, e Kevin também, quando Charles estava no gol. Um deles sempre estava no ataque, por isso não venci nenhuma vez. Não ligava. Estava jogando futebol com Charles Leavy. Estava me aproximando dele. Fingia que estava tentando tirar-lhe a bola. Estava jogando comigo.

Ele era inútil no futebol. Seán Whelan era demais, brilhante com a bola. Ela grudava nos seus pés, a não ser que ele não quisesse. Jogando com quatro ele era muito melhor do que quando só estavam dois deles. Seán colocava a bola entre as nossas pernas; rolava-a embaixo dos pés, se inclinando para fora de forma que não a tirássemos dele. Batia de leve a bola no paralelepípedo, ela pulava e ele metia na rede — o portão. Fez

assim sete vezes. Tirou-a de Charles Leavy, deu uma cotovelada e se enfiou entre Charles e a bola.
— Isso é falta — reclamei.
Eles me ignoraram. Estavam rindo, um empurrando o outro, trocando rasteiras. Quando Kevin pegou a bola, eu fingi que estava tentando derrubá-lo e ele me deu um chute.
Charles Leavy se preparou para chutar; Seán Whelan chegou na bola primeiro, chutou e fez o gol. Charles deu um chute no ar e gritou com o susto. Caiu devagar — não precisava cair — e começou a dar risada.
— Seu sacana. Você tá fodido — falou para Seán Whelan.
Eu odiava Seán Whelan. Ele fez o truque com o paralelepípedo de novo. Kevin saiu da frente. O portão pulou com a força da bola. A Sra. Whelan abriu a porta:
— Sumam daqui agora mesmo. Vão achar outro portão para quebrar e deixem o meu em paz. E você, Seán Whelan, vê se não estraga as calças.
E voltou para dentro da casa.
Achei que iríamos procurar outro lugar para jogar, mas Seán Whelan não se moveu, nem Charles Leavy. Esperaram que a Sra. Whelan fechasse a porta e começaram tudo de novo. Olhava para o portão cada vez que a bola batia nele. Não aconteceu nada.
O jogo morreu. Sentamos no muro. Tinha um vão no caminho onde eles iam pôr qualquer coisa quando terminassem de construir. Não dava para saber o quê. O jardim dos Whelans tinha sido escavado: havia montes de terra e lama, como numa fazenda.
— Por que não tem grama? — perguntei.
— Não sei — respondeu Seán Whelan.
Ele não queria responder. Dava para ver pela sua cara. Olhei para Kevin para ver que expressão tinha. Queria descobrir o que se passava em sua cabeça.
— Tem que crescer — disse Charles Leavy.
Kevin estava olhando para o monte de terra, como se esperasse que a grama começasse a crescer naquele momento. Queria que Charles Leavy continuasse falando.

— Quanto tempo demora? — perguntei.
— O quê? E eu que vou saber? Anos e anos.
— É — concordei.
Sentado ali ao lado de Charles Leavy, no muro. E Kevin.
— Vamos ao celeiro? — instigou Kevin. — Vamos?
— Para quê? — quis saber Charles Leavy.
Concordava com ele. Não havia mais nada lá, nem mesmo um celeiro propriamente dito depois do incêndio. Era chato. Os ratos tinham se mudado. Agora empesteavam os quintais de algumas das casas novas. Tinha visto uma garotinha com uma marca de mordida. Estava mostrando a marca para todo mundo. A única coisa que ainda dava para fazer era atirar pedras nos muros de ferro que sobravam e ver as lascas de ferrugem caírem. O ruído era legal, mas não demorava nada.

Kevin não respondeu a Charles Leavy. Me senti legal: foi ele quem disse e não eu. Era sempre eu. Agora me sentia superlegal.

— O celeiro é uma chatice — eu disse.

Kevin não disse nada. Nem Charles Leavy. Mas não era tão chato assim. Era legal, adorava estar sentado ali, sem nada para fazer. Não havia nada para olhar a não ser algumas casas no outro lado da rua. Charles Leavy morava numa delas. Não sabia qual. Ficava imaginando que era a que tinha uma pilha de tijolos quebrados no jardim, tijolos, montes de terra e cimento duro com pedaços de papelão endurecidos dentro dele. E ervas daninhas gigantes crescendo ao redor, parecendo ruibarbo. A que tinha o vidro da janelinha da porta da frente quebrado. Tinha decidido que era aquela. Parecia com ele. Me dava medo, só de olhar para a casa, e me excitava. Era selvagem, pobre, maluca: novinha em folha e caindo aos pedaços. O monte artificial de tijolos iria ficar lá por anos. As ervas daninhas iriam chiar, se inclinar, virar cinzas e se tornar permanentes. Sabia qual era o cheiro dentro da casa: fraldas e vapor. Queria entrar lá e ser bem recebido.

Charles Leavy estava sentado ao meu lado. Cabeceou a bola imaginária três vezes — bum bum bum —, sem barulho, e só então sua cabeça se aquietou. Usava tênis. Tinha uma rachadura onde a borracha se juntava com a lona. A lona era cinza e rasgada. Suas meias, cor de abóbora. E isso no domingo. Ele disse "foda-se" como eu queria dizer — exatamente do mesmo jeito que ele. Tinha que soar como nenhuma outra palavra soava, rápida, afiada, cortante, corajosa. Ia dizê-la sem olhar para trás. Do jeito que Charles Leavy dizia. A cabeça se aproximando como se fosse esbarrar na cara da gente. A palavra nos atingia só depois que sua cabeça voltava à posição anterior. O "se" era como um avião a jato passando sobre a nossa cabeça — durava uma eternidade. O "foda" era o soco, o "se" era a gente arquejando.

Foda-SEEE!

Queria ouvir de novo.

— Já fez teu dever de casa? — perguntei.

— Foda-se.

— Foda-se — gritei no escuro para Simbad.

Sabia que ele me escutava. Ficou mais silencioso. Ele tinha parado de respirar. Antes, estava também se remexendo na cama.

— Foda-se — repeti.

Eu estava ensaiando.

Ele não moveu um dedo.

Observei Charles Leavy. Estudei. Gesticulei como ele. Imitei seus ombros. Fiz meus olhos diminuírem. Quando papai nos deixasse, ou mesmo mamãe, iria cabecear a bola imaginária. Ia sair e me divertir. Iria para a escola no dia seguinte com meu dever de casa pronto. Queria ser como Charles Leavy. Durão. Queria usar chinelos de borracha, arrastando pelo chão, fazendo barulho, e desafiar qualquer um a me olhar. Charles Leavy não desafiava ninguém; já tinha passado dessa fase: nem percebia quem estava ao seu redor. Eu também queria chegar lá. Queria olhar para mamãe e papai e não sentir nada. Queria estar preparado.

— Foda-se — eu disse a Simbad.
Ele já estava dormindo.
— Foda-se.
Ele gritou lá embaixo, meu pai, um rugido.
— Foda-se — eu disse.
No corredor, ouvi lágrimas serem engolidas.
— Foda-se.
Uma porta estremeceu, a da cozinha. Dava para saber pelo barulho.
Agora eu também estava chorando, mas estaria pronto quando a hora chegasse.

Ele se encostou na pilastra do pátio, para não ser visto por um professor que passasse com o carro ou caminhasse por ali. Mas não estava se escondendo. Estava fumando. Sozinho.

Eu já tinha fumado. Todos nós na gangue, passando o cigarro, fingindo que tragávamos mais do que fazíamos e segurando a fumaça dentro dos pulmões por um século. A gente tinha que fazer com que todo mundo a visse sair das narinas, reta e fina, fumaça que saía sem os negócios que o cigarro continha. Eu era bom nisso.

Charles Leavy estava fumando sozinho. A gente nunca fazia isso. Cigarros eram muito difíceis de se roubar, mesmo da loja de Tootsie, por isso tínhamos que fumar na frente de alguém. Esse era o objetivo. Mas Charles Leavy, não. Fumava solitariamente.

Ele me metia um medo danado. Estava lá, sozinho. Sempre sozinho. Nunca sorria. Nunca sorria um sorriso verdadeiro. Sua risada era um ruído que ele começava e parava como se fosse uma máquina. Não era próximo de ninguém. Vivia por aí com Seán Whelan, só por conveniência. Não tinha amigos de verdade. A gente gostava de gangues, multidão, tumulto, fazer parte. Charles podia ter a gangue que quisesse, uma gangue de verdade, um exército. Mas não sabia. A gente se empurrava na fila de manhã, no pátio, para ficar perto dele. Ele não sabia disso também. Eram como redemoinhos ao seu redor, brigas que nunca lhe diziam respeito.

Eu estava sozinho. O ar saía da minha boca como fumaça de cigarro. Às vezes punha os dedos na frente da boca como se estivesse segurando um cigarro e soltava a fumaça. Mas agora não, nunca mais. Aquilo era só brincadeira.

Era genial. Nós dois ali, sozinhos. Estava tão excitado que meu estômago se contraiu. E doía.

Falei.

— Me dê uma tragada.

Ele deu.

Deu-me o cigarro. Não acreditei, tinha sido tão fácil. Minha mão tremia, mas ele não viu porque não estava olhando para mim. Concentrava-se na tragada. Era um Major, a marca do cigarro. O mais forte que tinha. Não queria vomitar. Sequei os lábios direito, para que não deixasse nenhuma marca molhada no cigarro. Dei uma leve tragada e o devolvi a Charles rapidinho. Ia explodir para fora, tinha atingido minha garganta muito rápido, do jeito que acontecia às vezes. Mas segurei a tragada. Matei a tosse, segurei a fumaça e traguei. Era horrível. Nunca havia fumado um Major antes. Queimou minha garganta e revirou meu estômago. Minha testa ficou molhada de suor e esfriou, só a testa. Levantei o rosto, fiz um túnel com os lábios e soltei a fumaça. Saiu legal, do jeito que deveria sair, subindo para o telhado do pequeno galpão. Tinha conseguido.

Precisei sentar, minhas pernas bambas. Tinha um banco atrás do galpãozinho, um banco longo. Fui até ele. Ia melhorar num instante. Já conhecia aquela sensação.

— É foda! Isso é demais — eu disse.

Nossas vozes soavam magníficas embaixo do galpão, profundas e ocas.

— Adoro fumar — comentei. — É um barato, não acha?

Estava falando demais. Sabia.

Ele falou.

— Estou tentando parar com essa porra — respondeu.

— É — eu disse.

Não era suficiente.

— Eu também.

Queria dizer mais, estava morrendo de vontade, continuar falando, fazer durar mais, até a sineta tocar. Estava pensando rápido, qualquer coisa que não fosse besteira. Não vinha nada na cabeça. Kevin apareceu no pátio. Estava olhando ao redor. Ainda não tinha visto a gente. Ia estragar tudo. Como eu o odiava.

Alguma coisa se formou na minha cabeça, a frase veio antes de se tornar um pensamento completo.

— Lá vem aquele puta idiota — falei.

Charles Leavy levantou os olhos.

— Conway — eu disse. — Kevin — corrigi para não dar margem à dúvida.

Charles Leavy ficou calado. Matou o cigarro e pôs o toco na caixinha junto com os outros, depois no bolso. Dava para ver a forma da caixa pelo tecido das calças.

Me senti bem. Era o começo. Olhei para Kevin de longe. Não sentia falta dele. Tinha medo mesmo assim. Não havia mais ninguém. Estava sozinho. Do jeito que queria.

Charles Leavy foi embora, saiu do pátio, saiu da escola. Não tinha a mochila de livros com ele. Estava cabulando. Não dava a mínima. E eu não tinha como segui-lo. Nem mesmo fazer de conta que ia e mudar de ideia. Havia professores chegando, pais de alunos no portão; além do mais, estava frio. Não podia ir. E também tinha feito todas as lições de casa e teria sido perda de tempo.

Levantei e caminhei na direção do pátio, assim Kevin me veria. Fingiria que ainda gostava dele. Mas, de agora em diante, iria cabular. Sozinho. Seria logo. O dia todo. Não contaria para ninguém. Esperaria até que me perguntassem. Não contaria muito. Seria coisa só minha.

Fiz uma lista.

Dinheiro, comida e roupas. Essas eram as coisas de que precisava. Dinheiro, não tinha. Meu dinheiro da primeira comunhão estava numa conta no correio, mas mamãe guardava a caderneta. Era para quando eu crescesse. Perda de tempo: você

só compra livros e roupas quando vira adulto. Só tinha visto a caderneta uma vez.
— Vou guardar bem guardado, está bem?
— Sim.
Tinha três páginas cheias de selos e cada selo valia um xelim. Uma das páginas não estava cheia. Não me lembrava quanto valia ao todo. O suficiente. Tinha recebido dinheiro de toda a parentada e alguns vizinhos. Até tio Eddie me deu três pence. Minha missão seria me apoderar do livro.

Comida era fácil: enlatados. Durava mais tempo, porque a comida era enlatada em vácuo e continuava fresca. Só era ruim se a lata estivesse amassada. Bem amassada. Já tinha comido coisas de dentro de latas que haviam sido amassadas, um pouquinho só, e não tinha acontecido nada. Uma vez achei que ia ser envenenado — queria ser, só para provar ao papai —, mas mesmo ao banheiro só tive que ir no dia seguinte. Feijão era o melhor: eu gostava e era nutritivo. Teria que conseguir um abridor de latas. O que tinha em casa estava pregado na parede. Precisaria roubar um da loja de Tootsie. Uma vez roubamos um, mas não era para usar. Enterramos. Nunca tinha aberto uma lata assim antes. Enlatados eram pesados.

Mais uma briga, dessa vez uma forte, com gritaria. Os dois correram para fora da casa, ele pela frente e ela por trás. Ele foi embora; ela voltou. Mamãe tinha gritado também, dessa vez. O cheiro de bebida na respiração, qualquer coisa assim. Eu nem vi quando papai chegou em casa, a não ser pela janela. Ele chegou em casa, começaram a gritar, ele saiu. Tinha chegado tarde. Eu e Simbad já estávamos na cama. A porta estremeceu. O ar no andar térreo voltou ao normal.
— Ouviu isso?
Simbad não respondeu. Talvez não tivesse ouvido. Talvez tivesse decidido não ouvir e assim foi. Eu ouvi muito bem. Esperei que ele retornasse. Queria descer e ficar com ela. Ela o tinha feito sofrer dessa vez, assim pareceu.

Só levaria algumas latas e compraria mais se precisasse depois. Levaria maçãs, mas laranjas, não. Laranjas faziam muita sujeira. Comer frutas era bom para a gente. Não levaria nada que tivesse que cozinhar. Faria sanduíches e embrulharia em papel-alumínio. Nunca tinha comido feijão frio. Iria separá-los do molho.

Não gostei que ela tenha gritado. Não combinava.

Desfrutaria de um bom jantar antes de ir.

E, por último, roupas. O que estivesse vestindo mais algumas coisas: dois de cada um e mais uma capa de chuva. Não esqueceria o capuz. A maioria dos caras que fugiam de casa esqueciam de levar cuecas e meias. Elas estavam na minha lista. Não sabia onde mamãe as guardava. Talvez no armário. Sempre havia um par de meias e cuecas estirados na nossa cama todo domingo, quando a gente acordava, quase como um presente do Papai Noel. Aos sábados à noite, na banheira, a gente usava as cuecas usadas para cobrir os olhos por causa do sabão, quando mamãe lavava nossos cabelos.

Papai voltou bem mais tarde. Ouvi o eco ao redor da casa e depois a porta da cozinha bater. A televisão estava ligada. Mamãe estava na sala. Ele ficou na cozinha um tempinho, fazendo chá ou esperando que ela percebesse sua presença. Derrubou qualquer coisa no chão — ouvi o barulho da coisa rolando. Ela continuou na sala. Ele foi até o corredor. Não se moveu por um tempinho. Então ouvi o rangido do assoalho: a porta da sala arranhava o assoalho quando a gente abria. Empurrou a porta. Esperei. Afiei os ouvidos.

Dei um arroto. Minhas costas se levantaram da cama, como se eu tentasse me soltar de alguém que me forçava para baixo. Outro arroto. Doeu a garganta. Queria um gole d'água. Fiquei esperando pelas vozes; tentei ouvi-los além do barulho da televisão. Não conseguia levantar e ir mais perto: tinha que ouvi-los da cama, exatamente onde estava. Não ouvia nada. O volume da televisão estava muito mais alto do que antes. Pelo menos achei que estava.

Esperei. Depois não me lembro mais.

Os dois eram culpados. Quando um não quer, dois não brigam. Não precisava de três: não havia lugar para mim. Não podia fazer nada. Porque não sabia como impedir que começassem. Podia chorar, rezar, espiar e ficar acordado a noite toda e assim fazer com que terminasse, mas não sabia como fazer para que não começasse. Não compreendia. Nunca iria. Não adiantava quanto eu escutasse e estivesse lá, não iria compreender. Simplesmente não sabia. Eu era burro.

Não era somente um monte de briguinhas. Era uma luta interminável, com assaltos, a mesma luta. E não parava depois do décimo quinto assalto, como no boxe. Era como uma dessas lutas da antiguidade, quando não se usavam luvas e continuavam a se esmurrar até que um deles fosse nocauteado ou morto. Mamãe e papai tinham passado havia muito tempo do décimo quinto assalto: estavam brigando por anos — agora fazia sentido —, mas os intervalos entre os assaltos estavam diminuindo cada vez mais, e essa era a diferença. Um deles iria cair logo.

Mamãe. Queria que fosse o papai. Ele era maior. Não, também não queria que fosse ele.

Não podia fazer nada. Às vezes, quando a gente pensa em alguma coisa tentando entendê-la, a resposta se abre sem a gente esperar, como uma luz esponjosa e suave, e aí a gente entende, faz sentido para sempre. Dizem que isso é o cérebro, mas não é; é sorte, como pegar um peixe ou achar uma moeda na rua. Incrível, como crescer. Não acontecia agora, porém. Podia pensar e pensar e pensar e me concentrar e nada vinha.

Eu era o árbitro.

Era o árbitro e eles não sabiam. Mudo e surdo. Invisível também.

— Faltando segundos...

Não queria que ninguém ganhasse. Queria que a briga continuasse para sempre, que nunca acabasse. Eu podia controlar, assim ia durar e durar.

— Intervalo...

Entre as brigas.

— In-ter-va-lo!

Minhas mãos no peito deles para separá-los.

Plim plim plim.

Por que as pessoas não gostam de outras pessoas?

Odiava Simbad.

Mas não odiava. Quando me perguntava por que eu o odiava, a única razão que vinha era porque ele era o meu irmão mais novo e pronto; não o odiava de verdade. Irmãos mais velhos devem odiar os irmãos mais novos. Tinha que ser assim. Era a regra. Mas podiam gostar deles também. Gostava de Simbad. Gostava do seu tamanho e seu jeito, como usava o cabelo puxado para trás da forma errada. Como era chamado de Simbad e em casa se chamava Francis. Simbad era um segredo.

Simbad morreu.

Chorei.

Simbad morreu.

Não havia nada de bom em ele morrer. Não conseguia pensar em nenhuma vantagem. Nada. Não teria ninguém para odiar, para fingir que odiava. O quarto de dormir, do jeito que eu gostava, precisava ter o seu cheiro, seus ruídos, seu jeito. Agora estava chorando mesmo. Era gostoso sentir falta de Simbad. Sabia que o veria logo. Continuei chorando. Não havia mais ninguém. E quando o visse, iria bater nele, quase com certeza, talvez uma canelada só por ser ele.

Adorava Simbad.

As lágrimas no olho esquerdo escorriam mais rápidas do que as do olho direito.

Por que papai não gostava de mamãe? Ela gostava dele; era ele que não gostava dela. O que tinha de errado com ela?

Nadinha. Mamãe era muito bonita, mas a gente nunca tem bem certeza. Sua comida era gostosíssima. A casa estava sempre limpa, a grama devidamente cortada e ela sempre deixava as margaridas pequenas no meio porque Catherine gostava delas. Ela não gritava como as outras mães que eu conhecia. Não usava calças sem zíper. Não era gorda. Nunca ficava zangada por muito tempo. Pensando bem, ela era a melhor mãe que havia por aqui. Realmente era: não cheguei a essa conclusão por ser seu filho. Ela era a melhor. A mãe de Ian McEvoy era legal, mas fumava, estava sempre cheirando a cigarro. A mãe de Kevin me metia medo. Liam e Aidan não tinham mãe. Havia ainda a Sra. Kierman, mas não contava porque não tinha filhos. Era Sra. só por ser casada com o Sr. Kierman. Mamãe era a melhor de todas elas e de todas as outras também. A mãe de Charles Leavy era gigante, seu rosto vermelho, quase roxo. Usava uma capa de chuva o tempo todo e, em vez de abotoar, dava um nó no cinto. Não podia nem pensar em ser beijado por ela quando fosse dormir; tentaria fingir que estava beijando, assim ela não ficaria magoada, aproximando os lábios, mas sem tocar no rosto. Além disso, fumava também.

Charles Leavy podia beijá-la.

Tinha muito mais coisas erradas com papai do que com mamãe. Não havia nada de errado com mamãe, a não ser que às vezes estava muito ocupada. Papai, de vez em quando, perdia a paciência e ele gostava disso. Ele tinha uns pontos escuros nas costas, como insetos pretos grudados em sua pele. Tinha visto uns cinco deles, numa fileira torta. Espiei enquanto ele fazia a barba. Sua camiseta não cobria dois deles. Era inútil num monte de coisas. Nunca terminava os jogos. Lia os jornais. Tossia. Só vivia sentado.

Não peidava. Pelo menos nunca o peguei peidando.

Se a gente pusesse um fósforo aceso perto do cu quando fosse peidar, o peido sairia como uma labareda; o pai de Kevin foi quem disse isso —, mas a gente tinha que ser mais velho para isso funcionar, pelos menos uns vinte anos.

Era ele contra ela.

Mas se um não quer, dois não brigam. Ele deve ter tido suas razões. Às vezes papai não precisava de razões. Seu ânimo era razão suficiente. Mas nem sempre. Geralmente, era justo e nos escutava quando a gente estava em apuros. Ele me ouvia mais do que a Simbad. Devia ter uma razão para ele odiar a mamãe. Tinha que haver qualquer coisa errada com ela, pelo menos uma coisa. Não conseguia ver. Queria ver. Queria compreender. Queria tomar partido entre os dois. Ele era meu pai.

Fui para a cama logo depois de Simbad, antes que me mandassem. Dei um beijo de boa-noite na mamãe e no papai. Não houve conversa até agora, os dois estavam lendo, a televisão ligada com o som baixo, esperando pelo noticiário. Meus lábios quase não tocaram o rosto do papai. Não queria perturbá-lo. Queria que ele ficasse do jeito que estava. Eu estava cansado. Queria dormir. Desejei que o livro fosse brilhante.

Parei no corredor e escutei. Silêncio. Escovei os dentes e fui para o quarto. Não escovava os dentes direito já fazia um século. Olhei para o aparelho de barbear do papai, mas não tirei a lâmina. A cama estava fria, mas as cobertas estavam pesadas em cima de mim. Era bom.

Escutei.

Simbad não estava dormindo: os espaços entre sua inspiração e expiração não eram longos. Não disse nada. Cheguei de novo. Escutei: tinha certeza de que ele não dormia. Escutei mais — tinha deixado a porta aberta. Ainda nada de conversa lá embaixo. Se não ouvisse nada até a música do noticiário começar, então era porque não haveria briga. Não disse nada. Em algum ponto enquanto estava na cama, enquanto ouvia, meus olhos se acostumaram à escuridão, em como ver no escuro: as cortinas, os cantos, o pôster de George Best, a cama de Simbad, Simbad.

— Francis?
— Não me amole.
— Eles não estão brigando hoje.

Nada.

— Francis?
— Patrick.

Estava zombando de mim, pelo jeito que falou.

— Pah-trick.

Não conseguia pensar em nada.

— Pahhh-twick.

Senti como se ele tivesse me flagrado fazendo alguma coisa proibida, me ferrando, mas não sabia o quê. Queria ir ao banheiro. Não conseguia levantar da cama.

— Pahhh...
Era como se ele fosse eu, e eu, ele. Eu ia molhar a cama.
— Twi-ck.
Não molhei.
Puxei as cobertas.
Simbad me descobriu; me descobriu. Queria que ele conversasse, porque eu estava com medo. Fingindo que o protegia, queria-o perto de mim, dividir, ouvir junto; parar ou fugir. Ele sabia: estava amedrontado e solitário, muito mais do que ele.
Mas não por muito tempo.
Havia um buraco no lençol de cima, bem onde o dedão ficava; adorava enfiá-lo no buraco, sentir a aspereza do cobertor puxando meu dedão. Agora o lençol rasgou mais, quando puxei o cobertor. Eu sabia por que, Simbad não. Ele ouviu o rasgão. Tinha metido medo nele. O rasgão do lençol.
— Simbad.
Levantei da cama. Estava no comando de novo.
Ia ao banheiro, mas não tinha mais pressa.
— Vou te estrangular — eu disse.
Cheguei na porta.
— Mas primeiro vou ao banheiro. Você não me escapa.
Enxuguei o assento. A luz do banheiro estava apagada, mas ouvi quando o xixi bateu no plástico. Enxuguei ao redor e joguei o papel higiênico dentro da bacia do vaso. Dei descarga. Voltei ao quarto sem tocar na porta. Me aproximei de sua cama devagarinho, mas num passo mais pesado.
— Francis.
Estava lhe dando mais uma chance.
— Afaste um pouquinho.
Tínhamos empatado: ele me meteu medo e eu meti medo nele. Sem barulho. Não se moveu. Me enfiei em sua cama.
— Afaste um pouquinho.
Não era uma ordem. Minha voz pedia.
Ele já estava dormindo. Dava para perceber. Não o tinha assustado o suficiente para ficar acordado. Sentei na cama e levantei os pés.

— Francis...
Não havia lugar. Não quis empurrar. Ele era muito mais pesado quando dormia. Não queria acordá-lo. Voltei para a minha cama. Ainda estava quentinha. O buraco no lençol bem maior, muito grande. Meu pé se enroscava no buraco. Tinha medo de rasgá-lo ainda mais.
Ia pegar no sono. Sabia que ia. De manhã diria a Simbad que não o acordara.
Escutei.
Nada, e então umas palavras. Ela, ele, ela, ele mais tempo, ela, ele muito mais tempo, ela um pouco, ele. Era só conversa, conversa normal. Ele conversando com ela. Marido e mulher. Sr. e Sra. Clarke. Meus olhos se fecharam sozinhos. Parei de ouvir. Fiquei praticando minha respiração.

— Eu não te acordei — contei a Simbad.
Ele andava na minha frente. Estava dando tudo errado.
— Porque não quis — eu disse.
Ele não ligava; tinha dormido. Não acreditava em mim.
— Mas é verdade!
A gente chegaria na escola logo e lá não podíamos ficar juntos. Cheguei perto dele, parei na sua frente. Não me olhou. Barrei o seu caminho. Falei quando tentou dar a volta.
— Ele a odeia.
Continuou andando, se afastando para que eu não o agarrasse, mas com a mesma velocidade.
— Odeia mesmo.
Chegamos ao campo em frente à escola. A grama era alta e não havia trincheiras, mas dava para ver os atalhos feitos nela. Todos se encontravam num ponto no final do campo, bem na frente da escola. E no meio, urtigas, ervas silvestres das grandes nas trincheiras abandonadas.
— Se não quiser acreditar, não acredite — eu disse. — Mas é verdade.
E pronto. Um monte de alunos chegando através do descampado, se juntando no atalho maior. Três caras da classe dos

bolsistas estavam sentados, fumando no capim molhado. Um deles estava tirando a casca de um talho de capim e jogando-a dentro da lancheira. Comecei a andar devagar. Simbad passou por uns caras e eu o perdi de vista. Esperei por James O'Keefe, que estava atrás de mim.

— Fez o dever? — perguntou ele.

Que pergunta idiota: todo mundo fazia o dever de casa.

— Sim — respondi.

— Todinho?

— É.

— Eu não — disse ele.

Sempre dizia isso.

— Não fiz algumas das leituras — eu disse.

— Isso não é nada — respondeu.

O dever de casa era sempre corrigido, todinho. A gente nunca escapava. Tínhamos que trocar os cadernos com os outros. Henno caminhava pela sala dando respostas e olhando por cima dos ombros. Corrigia sem avisar.

— Estou analisando sua ortografia, Patrick Clarke. Me diga por quê.

— Assim eu não escrevo as respostas para ele, professor.

— Correto — decretou. — E ele não escreverá nenhuma para você.

Deu-me um tapa no ombro com força, talvez porque tivesse sido bonzinho comigo uns dias antes. Doeu, mas não esfreguei.

— Já fui aluno também — disse ele. — Conheço todas as manhas. Próximo: onze vezes dez dividido por cinco. Primeira parte, Sr. O'Keefe.

— Vinte e dois, professor.

— Primeira parte.

James O'Keefe levou uma no ombro.

— Multiplicar onze vezes dez, professor.

— Certo. Então?

— Só isso, professor.

Outro tapa no ombro, com mais força.

— A resposta, seu *amadán*.⁴⁷
— Cento e dez, professor.
— Cento e dez. Está certo, Sr. Cassidy?
— Sim, senhor.
— Dessa vez está. A segunda parte?

Com a Sra. Watkins era muito mais fácil. A gente sempre fazia uma parte do dever e o resto era fácil de preencher quando nos mandava corrigir aquilo que já tínhamos feito. Henno sempre nos fazia corrigir com um lápis vermelho. Levávamos três puxões de orelha se a ponta não estivesse afiada. Duas vezes por semana, às terças e quintas, a gente podia ir de dois em dois até a lixeira ao lado de sua mesa e fazer a ponta do lápis. Ele tinha um apontador pregado num dos lados da mesa — era só colocar o lápis dentro do buraco com a lâmina e girar a manivela —, mas nunca nos deixava usá-lo. Cada um tinha que ter o seu. Duas palmadas se a gente esquecesse de trazê-lo; e não podia ser um da marca Hector Grey, um com o Mickey Mouse ou os Sete Anões, nenhum assim: tinha que ser um apontador comum. A Sra. Watkins sempre escrevia as respostas na lousa antes das nove horas e depois se sentava para tricotar.

— Levante a mão quem acertou. *Go maith*!⁴⁸ A próxima, quem quer ler para mim?

Isso sem tirar os olhos do tricô.

— Patrick Clarke.

Li a resposta da lousa, enquanto copiava no espaço onde já devia tê-la escrito antes. Uma vez caminhou pela sala, parou em frente à minha carteira e olhou para o meu caderno. A tinta ainda estava molhada e ela nem percebeu.

— De dez, acertou nove — anunciou. — *Go maith*.

Sempre fazia uma delas errada, às vezes até duas. Todos nós fazíamos, menos Kevin. Ele sempre tirava dez, em tudo. Um grande irlandesinho — dizia ela. Quando Ian McEvoy

---

47 *Idiota*.
48 *Muito bem*.

chamou-o disso, Kevin lhe deu uma puxada de nariz daquelas bem doloridas, depois, no recreio.

Ela pensava que era boazinha, mas a gente a odiava.

— Ainda acordado, Sr. Clarke?

Todos riram. Eram obrigados a rir.

— Sim, senhor.

Sorri. Eles riram de novo, mas não tão alto quanto da primeira vez.

— Bom — disse Henno. — Que horas são, Sr. McEvoy?

— Não sei, não, professor.

— Não tem dinheiro para comprar um relógio.

Rimos.

— Sr. Whelan.

Seán Whelan levantou a manga do pulôver e olhou para o pulso.

— Dez e meia, professor.

— Em ponto?

— Quase.

— Hora exata, por favor.

— Dez horas e vinte e nove minutos, professor.

— Que dia é hoje, Sr. O'Connell?

— Quinta-feira, professor.

— Tem certeza?

— Sim, senhor.

Rimos.

— Acredito ser quarta-feira — disse Henno. — E são dez e meia. Que livro vamos tirar da *mála*[49], Sr... Sr... Sr. O'Keefe?

Rimos. Éramos obrigados a rir.

Fui para a cama. Ele ainda não tinha chegado em casa. Dei um beijo na mamãe.

— Boa noite — eu disse.

— Durma bem.

---

49 *Mochila*.

Havia um fio de cabelo crescendo de uma coisinha do lado de seu rosto. Entre o olho e a orelha. Nunca tinha visto antes, aquele fio. Era grosso e liso.

Despertei. Um pouco antes de ela vir nos acordar. Percebi pelos ruídos lá embaixo, na cozinha. Simbad ainda dormia. Não esperei. Levantei. Tinha despertado completamente. Vesti a roupa rapidinho. Fazia tempo bom. O quadrado atrás da cortina estava claro.

— Já ia subindo — disse ela quando cheguei à cozinha.

Estava dando comida às meninas, dando de colher a uma e fazendo com que a outra pusesse a comida na boca direito, sem derramar. Catherine quase nunca acertava a boca com a colher. Sua tigelinha ficava sempre vazia, mas ela nunca comia muito.

— Eu já levantei — eu disse.

— Estou vendo — respondeu.

Fiquei olhando enquanto mamãe alimentava Deirdre. Ela nunca se entediava de fazer isso.

— Francis ainda está dormindo — avisei.

— Não faz mal.

— Está até roncando.

— Não está.

Ela estava certa: ele não estava roncando. Só falei por falar, não para ferrá-lo. Só queria dizer alguma coisa engraçada.

Não estava com fome, mas queria comer qualquer coisa.

— Seu pai já foi trabalhar — comentou.

Olhei para ela. Estava inclinada atrás de Catherine, ajudando-a a pôr na colher o resto do mingau da tigela, guiando seu braço, sem forçá-lo, acertando a colher no mingau.

— Assim, meu anjo.

Subi as escadas. Esperei. Escutei. Estava ocupada na cozinha. Fui até o quarto deles. A cama tinha sido arrumada, o edredom em cima dos travesseiros e enfiado atrás deles. Puxei-o. Escutei. Olhei para os travesseiros primeiro. Puxei um pouco mais. Olhei para os cobertores. Ela tinha deixado o de baixo sem esticar. Só o seu lado tinha a marca de um corpo, as rugas certas, combinando com os travesseiros. O outro estava plano,

os travesseiros, fofos. Pus a mão no lençol: estava quentinho, pelo menos achei que estava. Não toquei no lado dele.
　Não pus o edredom de volta. Só para ela saber.
　Escutei. Olhei no guarda-roupa. Seus sapatos e gravatas, três pares de sapatos, um monte de gravatas, emaranhadas.
　Mudei de ideia: arrumei o edredom de volta, da forma como estava antes.
　Olhei para a mamãe. Estava limpando a cadeira da neném. Nada diferente nela, a não ser os cabelos, mas não sabia o porquê. Tentei me concentrar, olhei-a novamente, procurando ver o que a expressão no seu rosto significava.
　Parecia a mesma.
　— Quer que eu vá acordar Francis?
　Atirou a toalha de prato e ela caiu em cima da pia.
　Nunca atirava coisas.
　— Nós dois vamos — disse ela.
　Pegou a neném e ajustou as pernas dela ao redor de sua cintura. Aí me estendeu a mão, que estava molhada. Subimos a escada. Rimos quando os degraus rangeram. Ela apertou minha mão.

　O enterro seria colossal. Com bandeira no caixão e tudo. Simbad e eu iríamos receber dinheiro da família da pessoa que foi salva. Mamãe usaria um véu, cobrindo o rosto. Embaixo do véu, seu rosto seria lindo. Ela choraria baixinho. Eu não ia chorar de jeito nenhum. Iria pôr meus braços ao seu redor quando estivéssemos caminhando para fora da igreja, com todo mundo olhando para a gente. Simbad não poderia alcançar os ombros dela. Kevin e os outros iriam querer ficar ao meu lado na saída da igreja e ao lado da cova, mas não poderiam porque teria muita gente, não só parentes. Eu estaria vestindo um terno com calças compridas e um bolso por dentro do paletó. A família do menino que foi salvo botaria uma placa na parede do lado da nossa porta. Papai tinha morrido salvando um menininho. Mas não ia acontecer assim; era besteira. Sonho só era bom enquanto durava. Não ia acontecer nada com papai. Mesmo porque eu não queria que ele morresse ou alguma coisa do tipo. Ele era meu pai. Preferia imaginar o meu próprio enterro. Era um sonho muito mais legal.

Vi Charles Leavy passando pelo portão da escola. Olhei ao redor — não queria ninguém mais comigo — e o segui. Esperei ouvir um grito de dentro da escola — a gente não podia sair do pátio no recreio mais curto. Continuei caminhando com a mesma velocidade. Pus as mãos nos bolsos.

Ele entrou no campinho em frente à escola. Chutei uma pedra ao atravessar a rua. Olhei para trás. O galpão cobria a vista do pátio. Não havia ninguém olhando. Corri. Charles se agachou num capim comprido. Não tirei os olhos do lugar. Diminuí o passo e caminhei através do capim. Assoviei. Achei que ia me deparar com ele.

— Sou eu.

Vi um vão no capim, um buraco.

— Sou eu.

Estava lá. Precisava me sentar, mesmo não querendo. Minhas calças já estavam escuras de tão molhadas. Ele estava sentado num pedaço de papelão úmido. Não havia lugar para mim. Me acocorei numa das pontas.

— Eu te vi — eu disse.

— E daí?

— Nada.

Ele tirou um trago do Major. Devia ter acendido o cigarro no tempo que levei para alcançá-lo. Não o compartilhou comigo. Achei bom, mas queria que tivesse.

— Tá cabulando?

— Você acha que eu ia deixar minha mala de livros na sala se eu estivesse cabulando? — rebateu.

— Não — respondi.

— Então.

— Seria idiotice.

Deu mais uma tragada. Éramos os únicos ali no campinho. O único barulho vinha do pátio da escola, gritos e o apito de um professor, e de uma betoneira ou qualquer coisa parecida, mas bem mais distante. Observei a fumaça saindo. Ele não. Olhava para o céu. Eu estava ensopado. Fiquei tentando ouvir a sineta. Como iríamos voltar à escola? O silêncio era como dor na barriga. Ele não ia dizer nada.

— Quantos você fuma por dia?
— Uns vinte.
— Onde arranja dinheiro?

Não quis que minha voz soasse assim como se eu não acreditasse nele. Olhou para mim.

— Roubo — contou.

Eu acreditava nele.

— É — eu disse — como eu faço também.

Agora eu também mirava o céu. O tempo estava passando.

— Você já fugiu de casa alguma vez?
— Vá se foder!

Fiquei surpreso. De repente, entendi; para que iria querer fugir?

— Nunca quis?
— Já teria ido se quisesse — disse ele.

Então ele fez a pergunta:

— Pensando em fugir de casa, você?
— Não.
— Então por que perguntou?
— Só por perguntar.
— É. Talvez.

Ia perguntar se eu podia ir com ele da próxima vez. Por isso o segui. Foi burrice. Estava ilhado, fora do pátio. Estava com ele, mas ele não dava a mínima. Se Charles Leavy fosse fugir de casa, nunca voltaria. Seria para sempre. Eu não queria fazer assim.

Não queria ser pego. Me levantei.

— Já vou.

Ele não disse nada.

Cheguei ao fim do campinho agachado, mas não foi fácil.

Queria fugir para meter medo neles, fazê-los se sentirem culpados, fazê-los se reaproximarem. Ela iria chorar e ele a consolaria com abraços. E seus braços ficariam ao redor dela quando eu voltasse para casa na viatura policial Seria mandado para Artane por ter feito a polícia perder tempo e dinheiro, mas eles me visitariam todos os domingos enquanto eu estivesse preso, o que não seria por muito tempo. Achariam que era culpa deles, Simbad também, mas eu diria que não. Depois seria libertado.

 Esse era o meu plano.

 Levantei do capim. Olhei ao redor como se procurasse alguma coisa, fingindo estar preocupado.

 — Perdi uma nota de uma libra, professor. A que mamãe me deu para fazer compras.

 Dei de ombros e desisti. O vento tinha levado a nota. Atravessei a rua. A pior parte, rodear o galpão, entrar no pátio. Ninguém me esperando. O Sr. Finnucane abrindo a porta com a sineta na mão. Fiquei entre Aidan e Liam.

 — Aonde foi?

 — Estava fumando.

 Olharam para mim.

 — Com Charles — eu disse.

 Não consegui ficar calado.

 — Quer cheirar o meu bafo?

 O Sr. Finnucane levantou a sineta e com a outra mão segurou o badalo. Sempre fazia assim. Levantava o sino em cima dos ombros, então soltava o badalo e abaixava o sino, levantava, abaixava, dez vezes. Seus lábios se moviam, contando. A gente tinha que estar em fila quando ele chegava ao décimo. Charles Leavy estava na minha frente, com cinco alunos entre nós. Kevin estava atrás de mim. Deu-me uma joelhada.

 — Pare de brincadeira!

 — Me faça parar.

 — Eu faço.

 — Então faça.

 Não fiz nada. Queria machucá-lo de verdade.

 — Faça.

 Dei-lhe um chute de costas e acertei na sua canela. Doeu. Dava para sentir. Ele pulou de dor e saiu da fila.

— O que está acontecendo aí?
— Nada, professor.
— O que se passa com você?
Não era Henno. Era o Sr. Arnold. Estava contando os meninos na fila. Não ligava muito para o que se passava. Só estava olhando por cima das cabeças dos alunos. Não se deu ao trabalho de abrir espaço na fila para ver o que foi.
— Eu caí, professor — disse Kevin.
— Bom, não caia de novo.
— Sim, senhor.
Kevin estava de novo atrás de mim.
— Vai se ver comigo, Clarke.
Nem olhei.
— Vai se ver comigo, ouviu?
— Calados, aí atrás.
Henno tinha chegado para nos levar para a sala. Marchou de um lado, contando, e depois do outro. Passou por mim pela segunda vez. Esperei pela reação de Kevin. Ele me deu um murro nas costas. Foi só o que teve tempo de fazer.
— E isso é só o começo.
Não liguei. Não me machucou muito. Mesmo porque eu ia me vingar. Ele não era mais meu amigo. Era um molenga, um inútil, um mentiroso. Não sabia de nada.
— *Anois*[50] — Henno gritou na frente da fila. — *Clé deas, clé deas...*[51]
Marchamos para dentro do prédio principal, na direção da sala. Henno parou na porta.
— Limpe os pés.
Ele só precisava dizer uma vez. Os caras na frente da fila faziam e o resto copiava. O último a entrar tinha que fechar a porta devagarinho. Nem um pio se ouvia na escola toda. Henno sempre nos deixava voltar por último, assim os nossos ruídos não se misturavam com os das outras classes. Ele

---

50 *Agora.*
51 *Direita, esquerda, direita, esquerda...*

nos mandava ficar em pé por meia hora se ouvisse qualquer ruído. A gente tinha que deixar os dois que estivessem à nossa frente entrarem na sala primeiro, para que ele autorizasse os próximos dois.

Ia fugir de casa, mesmo sem Simbad ou Charles Leavy. Queria que Simbad viesse, como em *Flight of the Doves*.[52] Eu, como líder, carregando meu irmãozinho nas costas quando ele estivesse cansado, através dos brejos e bosques, atravessando rios. Eu tomando conta dele.

— Mais dois meninos.

Ia fugir sozinho.

— Mais dois.

Para um lugar não muito longe. Algum lugar para onde pudesse ir a pé e também voltar.

— Mais dois.

Kevin estava esperando. Avisou alguns caras. Eles estavam esperando. Não liguei. Não estava com medo. Ele tinha me derrotado todas as outras vezes. Era diferente antes: nunca quis vencer. Agora, não me importava. Se me machucasse, eu o machucaria também. Não me importava quem vencesse. Não tentei me livrar, fingir que ele não estava ali ou que eu tinha me esquecido. Caminhei direto para ele. Sabia o que ia acontecer.

Empurrou-me com as mãos no meu peito. O vão entre a gente diminuiu e os espectadores ao redor também. Tinha que ser coisa rápida: logo os professores iriam começar a ir embora. Dei uma passada para trás. Kevin teve que me seguir.

— Venha.

Ele me empurrou com mais e mais força — um murro com a mão aberta —, tentando me fazer reagir.

Eu disse bem alto:

— Vi a marca de cocô na sua cueca.

---

52 Romance do autor irlandês Walter Macken no qual dois irmãos de sobrenome Dove fogem da madrasta e vão procurar a avó. [N.T.]

Vi a dor, a mágoa e o rancor tomarem conta de suas feições em um instante. Ele ficou vermelho; seus olhos diminuíram e pareciam molhados.

A turma se aproximou mais.

Veio com os dois pulsos levantados e tesos. Queria me acertar em cheio. Não se importava com nada. Não olhou para ninguém. Me acertou. Um dos pulsos se abriu: ia me arranhar. Ele estava gemendo. Me afastei, virei para o lado e acertei bem do lado do seu rosto. Me machuquei. Ele se virou e veio para cima de mim com fúria: o dedo no meu nariz. Dei-lhe uma joelhada — passou direto; dei-lhe outra joelhada — acertei, em cima do seu joelho. Segurei-o contra mim. Tentou escapar se esgueirando por dentro das roupas. Levantei a mão e puxei seus cabelos — minha mão molhada: suas lágrimas e o ranho. Ele não podia se livrar agora — todos iriam vê-lo chorando. Tentei tirar suas mãos de cima de mim e pular para trás. Não consegui. Dei mais uma joelhada — não acertei. Agora ele estava guinchando como um animal. Seus cabelos nas minhas mãos. Puxei sua cabeça para trás.

— Isso não vale!

Alguém gritou. Não liguei. Era besteira. Essa era a coisa mais importante que já tinha acontecido comigo. Sabia disso.

Sua cabeça entrou no meu rosto, na minha boca. Sangue — dava para sentir o sabor. A dor era legal. Não era ruim. Não era importante. Ele repetiu a façanha, dessa vez não tão bem. Estava me empurrando. Se eu caísse, seria diferente. Voltei. Ia cair. Caí em cima de alguém. Ele teve tempo de se ajustar — pulando para trás —, mas já era tarde: levantei e me preparei. Isso era fantástico.

Kevin estava puxando meu pulôver, camisa e camiseta até o meu queixo, tentando me derrubar. Deve ter parecido bem idiota naquela posição. Não conseguia chutá-lo: precisava das minhas pernas. Com as mãos fechadas, esmurrei os dois lados de sua cabeça, uma vez, duas, depois agarrei seus braços para que as mãos não chegassem muito perto do meu rosto. Ele me parecia bem menor do que eu. Seu rosto, direto no meu peito, cavando, mordendo o pulôver. Agarrei seus cabelos e empurrei.

Sua cabeça deslizou para a minha barriga e ele achou que eu já era, que poderia me empurrar rápido e me arrastar para o chão. Continuei segurando nos seus cabelos. Ele estava preparando o impulso — abri espaço para o joelho, enfiei bem na cara dele, com toda a força que tinha. Senti o choque no seu gemido, a dor, a derrota. Ele estava acabado. A turma ficou quieta. Nunca tinham visto tal coisa antes. Queria ver o rosto dele, mas ao mesmo tempo tinha medo.

Nada ia ser como antes.

Meu joelho começou a crescer. Podia sentir o inchaço. Ainda segurava sua cabeça. Ele ainda tentava me empurrar, me segurando, mas sem nenhuma convicção. Tentei fazer de novo, dar mais uma joelhada, mas pensei demais, minha perna diminuiu o ritmo e só consegui encostar no rosto dele. Não ia soltá-lo até que me soltasse também. Segurei em uma de suas orelhas e dei um puxão com gosto. Ele gritou até parar por si mesmo. Eu não queria terminar como antes. Agora era diferente. Estava acabado, mas ele nunca iria admitir, por isso propus:

— Se rende?

— Não.

Ele tinha que dizer não. Agora eu tinha que machucá-lo mesmo. Peguei sua orelha de novo e puxei, usando até as unhas.

— Se rende?

Ele não disse nada.

Eu não queria mais aquilo. Por isso soltei. Pus as minhas mãos nos seus ombros e o empurrei para que eu tivesse espaço suficiente de sair, deixá-lo para trás. Nem olhei para ele.

Atravessei a rua. Estava mancando. Ele podia vir atrás de mim. Eu não tinha vencido. Não se rendeu. Podia vir atrás de mim e pular. Não olhei para trás. Alguém atirou uma pedra. Não me importei. Não olhei para trás. Tinha o sangue de Kevin nas minhas calças. Agora estava sozinho.

— Não me rendi — disse ele.
Depois do lanche, no pátio.

— Vou te matar — prometeu.

Seu nariz estava vermelho, seu queixo, machucado, cinco arranhões em uma linha curva. A pele ao redor do olho direito estava roxa e avermelhada. Tinha marcas de sangue seco em seu pulôver, mas não era muito. Ele estava usando uma camisa limpa.

— Você não ganhou.

Parei e olhei direto nos seus olhos. Percebi, estava morrendo de vontade de olhar ao redor, medindo um jeito de escapar. Não falei nada. Continuei caminhando.

Ele esperou.

— Covarde.

Mamãe correu para mim quando viu minhas calças, o sangue. Então parou e olhou para o meu rosto:

— O que aconteceu?

— Uma briga.

— Oh!

Ela me fez trocar as calças e não disse mais nada.

— Onde você deixou as calças sujas?

Subi a escada e as trouxe. Levei-as para o cesto de plástico que ficava num canto entre a geladeira e a parede.

— Vamos ter que pôr de molho.

Ela tirou as calças do cesto. Simbad viu. Era difícil de saber que aquilo era sangue. Não ficava vermelho naquele tecido.

Uma outra voz.

— Covarde.

Era Ian McEvoy.

— Ei, covarde!

Abriu-se um vão dentro de mim por um instante: me acostumar com aquilo.

— Puxando os cabelos.

— Có-có-ri-có!

Era James O'Keefe, imitando uma galinha. Sabia imitar bem. Fui até o galpão e me sentei no banco, sozinho. Eles todos em pé no sol e me procurando com os olhos, porque estava escuro e o sol estava atrás do telhado do galpão. Era fresco ali. Podia ouvir uma mosca ou um inseto qualquer morrendo.

— Boicote!
A voz de Kevin.
— Boicote!
Todos:
— Boicote, boicote, boicote.
A sineta tocou e eu me levantei.

Capitão Boycott tinha sido boicotado pelos seus inquilinos porque estava sempre roubando e botando-os para fora. Eles não diziam bom-dia e nem passavam perto dele, por isso ficou doido e voltou para a Inglaterra, de onde tinha vindo.

Fui para a fila. Fiquei atrás de Seán Whelan. Pus minha mala no chão. Ninguém ficou ao meu lado na fila. Henno veio.

— Vamos, endireitem-se.

Ele começou a caminhar, contando. David Geraghty ficou ao meu lado. Ele tinha um jeito de se inclinar numa das muletas. Virava a cabeça como se estivesse observando Henno passar.

— Aí vem ele.

Ele se endireitou.

— Uma ocupação boa, essa de contar crianças.

Fiquei olhando os lábios de David Geraghty. Não conseguia vê-los se moverem. Estavam sempre um pouco abertos.

Fluke Cassidy teve que sentar ao meu lado. Não me olhou. O único que me olhou foi Kevin. Seus lábios se moveram.

Boicote.

Era bom. Não queria ser amolado. Só que não queria todos eles me ignorando o tempo todo. Por todo canto que olhava, os rostos se voltavam. Ficou meio chato. Olhei para Seán Whelan e Charles Leavy: eles não faziam parte. E David Geraghty: ele me mandou um beijo.

Mas o resto...

Parei de olhar. Eles só podiam me boicotar se eu não quisesse ser boicotado.

— Você ganhou?
— O quê?
— Na briga.

— Ganhei.
Ela não disse "que bom", mas era como se tivesse dito pelo jeito que me olhou.
— Com quem foi? — perguntou.
Olhei além dos seus ombros.
— Não pode contar.
— Não.
— Tá bom.

Entrei no quartinho da caldeira. Precisei subir pelo tanque. Estava quente. Tomei cuidado para que minhas pernas não tocassem nele. Usei uma cadeira para subir na primeira prateleira: toalhas e panos de prato. Me inclinei e chutei a cadeira para longe da porta. Então veio a parte complicada: me inclinei ainda mais, agarrei a porta e puxei para trancá-la. Não tinha maçaneta do lado de dentro. Tive que pôr os dedos entre as tábuas que formavam a porta. O vento. Clique.

Escuro como breu. Nenhuma claridade, nem dentro, nem através da porta. Estava me testando. Não sentia medo. Fechei os olhos, apertei, abri de novo. Escuro total e ainda não estava com medo.

Sabia que não era real. Sabia que o escuro lá fora não era tão escuro como aqui, mas metia muito mais medo. Sabia disso. Mas fiquei contente, mesmo assim. A escuridão em si não era nada: não tinha nada que me amedrontasse nela. Era bom ali no quartinho, as toalhas eram gostosas. Melhor do que embaixo da mesa. Fiquei ali.

Ele voltou do trabalho como sempre. Jantou. Conversou com mamãe: uma mulher tinha vomitado no trem.

— Pobre coitada — lamentou mamãe.

Nada diferente. Seu terno, camisa, gravata, sapatos. Olhei para os sapatos. Derrubei o garfo. Eles estavam polidos, como sempre foram. Apanhei o garfo. Seu rosto não estava escuro como sempre quando ele voltava, a parte que tinha que barbear. Sempre havia pelos espetados onde tinha se barbeado de manhã. Passava o rosto na gente fazendo cócegas.

— Aqui vem o papai com a cara de ralador!
A gente corria dele, mas adorava.
Agora não estavam lá. Seu rosto parecia macio: os pelos ainda embaixo da pele. Ele não tinha se barbeado de manhã. Me senti bem. Eu o tinha flagrado. Comi toda a cenoura.
Fiquei no quartinho escutando mamãe lá embaixo com as meninas. A porta de trás estava aberta. Catherine entrava e saía. Queria ouvir Simbad. Ele não estava lá. Papai não se movia. Continuou escuro, com uma luzinha de nada no canto da porta. Ia ser diferente lá fora. Teria ventania, animais, tempo feio, pessoas e frio. Mas a escuridão era o pior. Precisava lutar contra ela. Ia me vestir para me manter quente e levaria uma lanterna para assustar os animais. Criaturas da noite. Minha capa de chuva — com o capuz — me manteria seco. A escuridão era a única coisa desfavorável, mas eu tinha que lutar contra ela. Acho que consegui vencer. Não sentia nem um pouco de medo, agora. Até gostava. Era um sinal de que estávamos virando adulto, quando a escuridão da noite não tinha diferença com a claridade do dia.
Estava preparado, quase. Tinha roubado o abridor de latas. Superfácil. Não tinha nem me dado ao trabalho de pôr no bolso. Tirei a etiqueta de preço e saí andando como se tivesse entrado na loja já com ele na mão. Já tinha duas latas de comida, uma de feijão e outra de abacaxi em rodelas. Não queria tirar muitas de uma vez: mamãe perceberia. A lata de abacaxi em rodelas estava no quartinho, que também servia de despensa, fazia anos. Descobri onde estavam guardadas as cuecas e as meias, os pulôveres e o resto: na prateleira de cima do quartinho. Eu podia pegá-los a qualquer hora, só precisava de uma cadeira. A única coisa que me faltava agora era o dinheiro. Tinha três xelins guardados, mas não era suficiente. Precisava achar a caderneta de poupança dos correios, aí estaria completamente preparado. Então iria.

A única coisa de que sentia falta era de conversar, não ter ninguém com quem conversar. Gostava de papo. Não tentei fazer nenhum deles conversar comigo. Todos seguiram Kevin, principalmente James O'Keefe. Era o primeiro a gritar:

— Boicote!
Aidan e Liam não eram tão ruins. Eles me olhavam. Teriam me respondido se eu dissesse qualquer coisa. Pareciam nervosos e tristes. Sabiam como é que era. Ian McEvoy tinha um jeito de olhar para mim que eu não tinha percebido antes. Saía do meu caminho em uma curva quando eu chegava perto, como se fosse se aproximar e depois tivesse mudado de ideia. Eu não ligava. Ele nunca foi ninguém mesmo. Charles Leavy não mudou nada. Nenhum deles conversava comigo, nenhum deles.

Com exceção de David Geraghty. Nunca parava. A gente não se continha, lado a lado na carteira, na primeira fila. Ele se inclinava, se apoiando na mesinha, bem no nariz de Henno.

— Olá!
Tentando me fazer rir.
— Olé, olá!
Era doido. Ficava imaginando se era aleijado de propósito: não queria ter pernas como o resto de nós. Ele não estava fazendo isso para me animar. Fazia só por fazer. Era completamente maluco, completamente na dele, muito melhor do que Charles Leavy. Não precisava fumar ou fazer a gente vê-lo sair cabulando.

— Uma maravilha de dia!
Estalou a língua.
— Siiim, senhor. Trampas.
Estalou a língua de novo.
— Merda, merda, bosta, bosta, foda, foda.
Ri.
— Olha aí.

Era o recreio. Estava sozinho, longe de todos, assim ninguém precisava me boicotar. Procurava Simbad, só para ver.

Ouvi primeiro, antes de sentir, um zunido no ar, aí o golpe nas costas. Me empurrou para a frente e decidi cair. Era uma dor verdadeira. Rolei no chão e olhei. David Geraghty. Tinha me golpeado com uma de suas muletas. O barulho ficou no ar ao meu redor.

Ele estava chorando. Não conseguia pôr a mão de volta no vão da muleta. Estava chorando de verdade. Olhou para mim quando disse:

— Foi Kevin quem me mandou te acertar.

Fiquei no chão. Ele se ajustou na muleta e saiu mancando pelo pátio.

Não cheguei a ter chance de fugir de casa. Era tarde. Ele foi embora antes. O jeito como fechou a porta, sem bater. Alguma coisa me disse. Eu sabia: ele não ia voltar. Fechou a porta, como se fosse até as lojas, só que foi a porta da frente e a gente só usava a porta da frente para visitas. Não bateu. Fechou com cuidado — vi seu rosto através do vidro da porta. Esperou uns instantes, então se foi. Não tinha uma mala, ou sequer um casaco, mas eu sabia.

Abri a boca e um berro se desenhou, mas não saiu. Uma dor no peito; podia sentir meu coração batendo e bombeando sangue para o resto do meu corpo. Era para ter chorado. Achei que era assim. Solucei uma vez e pronto.

Tinha batido nela de novo; eu vi e ele me viu. Deu um golpe no ombro dela.

— Você está ouvindo?

Na cozinha. Fui lá para beber água. Vi quando ela caiu. Ele me olhou. Abriu o punho. Ficou vermelho. Parecia como se estivesse em apuros. Ia dizer qualquer coisa para mim, achei que ia. Mas não disse. Olhou para ela. Suas mãos se moveram. Achei que ia ajudá-la a se levantar e voltar à posição em que estava antes de ser esmurrada.

— O que você quer, meu bem?

Era mamãe. Não segurou o ombro nem nada.

— Um gole d'água.

Ainda estava claro, muito cedo para brigar. Queria dizer "desculpe por estar aqui". Mamãe encheu minha caneca na torneira da pia. Era domingo.

Papai falou.

— Como é que está a partida?

— Eles estão ganhando — eu disse.

O futebol de domingo passava na TV e o Liverpool batia o Arsenal. Eu torcia pelo Liverpool.

— Genial — vibrou.

Tinha ido à cozinha para dizer-lhe e também para beber água. Peguei a caneca.

— Muito obrigado.

E voltei para assistir ao Liverpool ganhando. Gritei quando o apito final soou, mas ninguém veio para ver.

Ele não bateu a porta nem de leve. Pude vê-lo pelo vidro da porta, esperando. Depois foi embora.

De uma coisa, eu sabia: amanhã ou no dia seguinte mamãe iria me chamar, a sós, para dizer: "Você agora é o homem da casa, Patrick."

Era assim que sempre acontecia.

— PADDY CLARKE
PADDY CLARKE
NÃO TEM PAI.
HA HA HA!

Não prestei atenção. Eram só garotinhos.

Ele voltou para casa um dia antes da noite de Natal, para nos visitar. Eu o vi pelo vidro da porta de novo. Estava usando seu casaco escuro. Assim que vi o casaco, lembrei do cheiro que tinha quando molhado. Abri a porta. Mamãe ficou na cozinha. Estava muito ocupada.

Ele me viu.

— Patrick — chamou.

Mudou os pacotes de um braço para o outro e estendeu a mão para mim.

— Como vai você? — perguntou.

Estendeu a mão para que eu apertasse.

— Como vai?

Senti sua mão fria e enorme, seca e áspera.

— Muito bem, obrigado.

Créditos das músicas

Long Gone Lonesome Blues
Letra e música de Hank Williams
Copyright © 1950 (renovado 1978) Acuff-Rose
Music Incorporated. EUA. Acuff-Rose
Opryland Music Limited, Londres.
Reproduzida com permissão.

I'll Never Get Out of This World Alive
Letra e música de Fred Rose e Hank Williams
Copyright © 1952 Milene Music Incorporated &
Hiriam Music, EUA. Acuff-Rose
Opryland Music Limited, Londres.
Reproduzida com permissão.

Bachelor Boy
Letra e música de Bruce Welch e Cliff Richard
Copyright © 1962. Reproduzida com permissão da EMI Music
Publishing / Elstree Music, Londres.

Todas essas músicas têm direitos reservados e copyright
internacional assegurado.

ESTE LIVRO FOI COMPOSTO EM PALATINO CORPO 11 POR 13 E IMPRESSO SOBRE PAPEL OFF-WHITE AVENA 80 g/m² NAS OFICINAS DA ASSAHI GRÁFICA, SÃO BERNARDO DO CAMPO — SP, EM JULHO DE 2016